सरोज कौशिक

सरोज कौशिक का जन्म 6 अक्टूबर, 1940 को फ़िरोज़पुर, पंजाब में हुआ। उन्होंने कराची, बम्बई और कलकत्ता से शिक्षा ग्रहण की। समाज-सेवा, संगीत और लिखने-पढ़ने का संस्कार माँ से मिला और पिता से निर्लिप्तता। उनके उपन्यास 'कोलकी' और 'पूर्णिमदम्' काफ़ी प्रशंसित रहे। उन्होंने बाँग्ला के प्रसिद्ध लेखक सुनील गंगोपाध्याय के बहुचर्चित उपन्यास 'धूलिबसन' का हिन्दी अनुवाद 'उत्तर संधान' नाम से किया। 'हंस', 'रविवार' सहित विभिन्न पत्र-पत्रिकाओं में उनकी रचनाएँ प्रकाशित हुईं।

पूर्णमिदम्

सरोज कौशिक

राधाकृष्ण पेपरबैक्स

पहला पुस्तकालय संस्करण
राधाकृष्ण प्रकाशन प्राइवेट लिमिटेड द्वारा
2019 में प्रकाशित

राधाकृष्ण पेपरबैक्स में
पहला संस्करण : 2023

राधाकृष्ण पेपरबैक्स : उत्कृष्ट साहित्य के जनसुलभ संस्करण

राधाकृष्ण प्रकाशन प्राइवेट लिमिटेड
जी-17, जगतपुरी, दिल्ली-110 051
द्वारा प्रकाशित

शाखाएँ : अशोक राजपथ, साइंस कॉलेज के सामने, पटना-800 006
पहली मंजिल, दरबारी बिल्डिंग, महात्मा गांधी मार्ग, प्रयागराज-211 001

वेबसाइट : www.radhakrishnaprakashan.com
ई-मेल : info@radhakrishnaprakashan.com

बी.के. ऑफसेट
नवीन शाहदरा, दिल्ली-110 032
द्वारा मुद्रित

मूल्य : ₹199

PURNMIDAM
Novel by Saroj Kaushik

ISBN : 978-81-19092-01-7

वर्णिका, राघव
विभुज, राधिका
को
माँ
की भेंट

इस उपन्यास को पुस्तक के रूप में देखने की सबसे ज्यादा हसरत थी।
उनका परिचय मेरी जेठानी एवं मित्र शिरोमणि महेश्वरी
और मेरी प्रिय ननद सरोज जी सोमानी।
वे दोनों इस संसार से चली गईं और मेरे परिचय को अधूरा छोड़ गईं।

धूप सिर पर चढ़ आई थी। वातावरण में गहरी चुप्पी व्याप गई थी। स्तब्ध, खामोश, उदास चेहरों की आँखें ढेर सारे फूलों से लदी उस देह के पास टिकी थीं जिसका नाम था—ऋचा शर्मा। वीरेश्वर को विश्वास नहीं हो रहा था कि लन्दन में कार दुर्घटना में ऋचा की मौत हो गई थी। वीरेश्वर आँखें मूँदे खड़ा था, जड़वत्। संवाद उसे डसते थे। आज उसके जीवन की डूबती साँसें समुद्री फेन सी, बलुहाटी किनारे पर इधर-उधर तिरती निपट अकेली हो गई थीं। उसकी देह भी, ऋचा की देह की तरह कठिया गई थी। उसका और ऋचा का अतीत, उस अतीत में जीवित निरपवाद सत्य। दोनों का साथ जीया सत्य क्या सच नहीं था। केवल सच के निकट होने का एक भ्रम। ऋचा, ऋचा, ऋचा। उसका मुस्कराता चेहरा, उसका जूड़ा बाँधने का तरीका, उसकी बोलती आँखों की भाषा, होंठों की खास मुस्कराहट, यह सब स्मृति की परिधि में आ गए। तभी उसकी हथेली को थपथपाते हाथों ने उसे यथार्थ के पास ला खड़ा कर दिया। उसकी हथेली, ऋचा की बेटी प्रज्ञा के हाथों में थी। ऋचा की अनुकृति, फिर भी ऋचा से भिन्न।

ऋचा ऋचा थी, अतुल, अनिंद्य। उसका हृदय तो एक छलछलाता निर्मल प्रवाह था—लबालब। ऋचा की आत्मा जैसी सहजता, वैसी पवित्रता, जीवन जीते बनी नहीं रहती। न वैसा आवेग, न वैसी अकुंठ तत्परता, न वैसा स्वागत, न वैसा दूसरों के प्रति इतना सहज स्वीकार। अक्सर जीवन की यात्रा में जीवन के पैर मैले हो जाते हैं, निगेटिविटी, कठोरता, अवेध्यता से भरे-भरे।

ऋचा मजाक में कहा करती थी, 'वीरू—तू मुझे मूंज की रस्सी को गुलाब के फूलों से गूँथकर ही बाँधना।' जिसे वह कभी न बाँध सका, जो मुक्त और निर्बाध थी, आज उसी ऋचा को फूलों वाली रस्सी से बाँधा था। लन्दन से 'पैक' करके लाई गई देह की अंत्येष्टि

क्रिया का काम वीरेश्वर ने अपने हाथों में ले लिया था। यह उसका प्राप्य था, उसका सत्य, उस अन्यात्मा का चिरसखा।

वीरेश्वर विस्मय भरे नेत्रों से ऋचा को अतीत के गर्भ में जाने की तैयारी देख रहा था। लेकिन उसकी आँखों में गुजरा हुआ समय संघटित होता जा रहा था।

बंगाल का शहर त्रिवेणी। वीरू-ऋचा दोनों का बचपन और उसके बाद...

खंड-1

प्रेक्षा *

* अच्छाई-बुराई का विवेक।

सेठ रामदास का घराना त्रिवेणी के बड़े जमींदारों में से एक था। अंग्रेजों के बाद सारी जमींदारी सरकार की जेब में चली गई थी। बहुत कुछ बिक जाने के बावजूद सेठजी को त्रिवेणी और कलकत्ता में कई मकान, एक पुश्तैनी राजबाड़ी तो विरासत में मिल ही गए थे।

सेठजी की इकलौती बेटी गौरा को छोड़ और कोई परिवार में नहीं था। गौरा के डेढ़ साल की होते न होते ही उनकी पत्नी परलोक सिधार गई। उनके लिए रिश्ते आए, जवानी की दुहाई दी गई, बच्ची का खयाल दिलाया गया, लेकिन सेठजी एक 'दैया' रखकर पितृ ऋण से मुक्त हो गए थे। दूसरे विवाह की जरूरत भी क्यों हो, जब 'पैसा फेंक, तमाशा देख' मदारी समाज के वे सदस्य थे। उनके दोस्त मिस्टर अग्रवाल का करनानी मेंशन में पुराना फ्लैट था, जहाँ रात को यही खेल महिलाओं के साथ खेला जाता था। इस खेल के खिलाड़ी सेठजी भी थे। सेठजी को बुर्जुआ मारवाड़ी समाज से तनिक भी भय नहीं था, क्योंकि वे जानते थे कि इन सबकी सभ्यता की धोती यहीं आकर खुलती थी। बीवी के हाथ में नोटों की गड्डी, गहने, गाड़ी, ड्राइवर आदि देकर बेझिझक खेल में शामिल हो जाते थे। चोर-चोर मौसेरे भाई तो भय कैसा।

यदा-कदा वे त्रिवेणी आते तो वेणी माधव शिव मन्दिर के पास मठ के स्वामी स्वरूपानन्दजी के साथ ज्ञान की चर्चा जरूर करते। छुट्टियों में गौरा भी पिता के साथ गाँव आती। हवेली में पंडित नवलकिशोरजी गौरा को हिन्दी, संस्कृत की शिक्षा देते, साथ में बैठता वीरेश्वर। उसके गाँव का सखा। ऋचा भी उसकी सखी थी, लेकिन वह वीरेश्वर के साथ ही बैठना पसन्द करती थी। 'थ्री इज अ क्राउड' का बहाना बनाकर ऋचा को साथ नहीं बैठाती थी।

पंडितजी वस्तुतः सरस्वती के भक्त थे। जहाँ सरस्वती की अपार कृपा हो, वहाँ लक्ष्मी की कृपणता तो स्वाभाविक थी। कोई व्यंग्य करता तो कहते, "विद्या मेरी माँ है। कोई अपनी माँ को बेचता है भला।" ऋचा को क्रोध आता लेकिन बापू की गहरी निष्ठा के आगे रोष प्रकट करने का दुःसाहस जुटा नहीं पाती थी। अपनी बिटिया के भीतर खामोश उफनते क्रोध को पंडितजी समझते और समझाते थे,

"ऋचा बेटी, गरीबी या एक रात भूखे पेट सो जाना क्या मेरे आत्मसम्मान से बड़ा है ? आत्मग्लानि और आत्मदया से बड़ा और कोई पाप नहीं होता। अपने बापू की इस बात को हमेशा याद रखना।" उस नन्हे दिमाग में इतनी भारी-भरकम बात क्या याद रहती। वह तो बस यही समझती थी कि बापू को जिसमें सन्तोष मिले, वही बात ठीक। ऋचा अपने बापू की बेटी भी थी और माँ भी। पंडितजी को अपनी लाडली में वैदिक ऋचाओं का संगीत सुनाई पड़ता था। ऋचा का कंठ था भी बहुत सुरीला। वे ऋचा को गीता के श्लोक रटवाते। संस्कृत का साहित्य समझाते रामायण की चौपाइयाँ संगीतबद्ध सिखाते। 'श्रीरामचन्द्र कृपालु भज मन' पद जब ऋचा गाती तो मन्दिर का वातावरण भक्ति की संगीत लहरी से गूँज उठता।

ऋचा की गाँव के टोले-मोहल्ले के सारे बच्चों से दोस्ती थी। टुकटुकी, वासु, वीरेश्वर, सन्ध्या, मदन, लेकिन उसका प्रिय सखा था—वीरेश्वर और प्रिय सखी थी—टुकटुकी। वीरेश्वर के पिता कुम्हार हैं और वेणी माधव मन्दिर के गोपीवल्लभ की मूर्ति उन्होंने ही गढ़ी थी। राधाजी की मूर्ति गढ़ने की जिम्मेदारी वीरेश्वर उर्फ वीरू पर थी। लेकिन अभी तो वीरू का मन ऋचा के आसपास होता था या गौरा के बँगले की लाइब्रेरी की किताबों में, जहाँ अंग्रेजी किताबों के हिन्दी अनुवाद की बहुतायत थी।

वीरेश्वर ऋचा का नित्य साथी था। क्या सुबह, क्या शाम—जब देखो ऋचा और वीरेश्वर—वीरेश्वर और ऋचा। तब वीरेश्वर की उम्र थी बारह वर्ष और ऋचा की नौ। गाँव में ऋचा, टुकटुकी, वीरेश्वर, वासु खेलते दिखते थे, लेकिन ऋचा-वीरू की जोड़ी कभी नहर किनारे पाँवों से पानी को छपछपाते और कभी खेलते-खेलते दूर जंगल में वृक्ष के नीचे बैठते। वीरू की बंसी की धुन पर ऋचा अक्सर ठुमकती रहती थी। उस दिन ऋचा ने जिद पकड़ ली, "एई वीरू, मैं भी बंसी बजाऊँगी।"

वीरू भाव खाते हुए बोल पड़ा, "बंसी बजाना ठट्ठा नहीं। यह कोई पुंगी नहीं है, समझी।"

ऋचा ने अनुरोध किया, "सिखा दे न वीरू। तुझसे कभी झगड़ा नहीं करूँगी। तुम्हारी कसम। तोर दिब्बी खाच्छी रे।"

वीरू ऋचा को चिढ़ाते हुए बोल पड़ा, "बंसी नहीं, कलसी बजा।"

ऋचा का क्रोध सातवें आसमान पर। बंसी के टुकड़े-टुकड़े करके भाग खड़ी हुई। लेकिन अगले दिन वही बंसी की धुन, वही ठुमकना और बीच-बीच में वीरू के लिए भात-दाल पकाना। झूठ-मूठ की गिरस्ती का नाटक। वीरू लाइब्रेरी से किताबों से नोट्स आदि बनाकर ऋचा को सुनाता, समझाता। ऋचा के भीतर विद्या का संस्कार बीज उसके पिता ने डाला था, लेकिन उसे अंकुरित कर रहा था वीरेश्वर, उसका वीरू।

इस तरह दिन गुजरते चले गए फिर मास और मास गुजर कर वर्षों में बदल गए। इस ठीक-ठाक चलते समय में अचानक ही नवल पंडित की बीमारी ने व्यवधान खड़ा कर दिया। समझ गए 'दुर्बल काया-रोग सताया।' मरने का भय नहीं था—भय था तो युवा होती अपनी बिटिया के अकेले छूट जाने का। ऋचा की माँ, घर की गरीबी से तंग आकर, पर-पुरुष के साथ भाग गई थी। अजीब-सी सुगबुगाहट थी उनके दिमाग में। इसी चिन्ता में अचानक ऋचा का हाथ पकड़े सेठ साहब की कोठी पर पहुँच गए। सेठ साहब पूरे गाँव के बाबू साहब थे।

बाबू रामदास उन दिनों गाँव में ही थे। उस समय मठ जाने की तैयारी कर रहे थे। शाम के समय स्वामीजी के साथ गीता प्रश्नोत्तरी, अंग्रेजी साहित्य दर्शन तो कभी समाजनीति, राजनीति की चर्चा भी हो जाती थी। ये दोनों बचपन के दोस्त थे। तब स्वामीजी का नाम अखिलेश सेन था। जीवन का रहस्य, उसका सच जानने की जिज्ञासा में आसमुद्रम् हिमालय में भटकते हुए अन्ततः संन्यासी हो गए थे। मठ के लिए पाँव बाहर निकाला ही था कि ऋचा का हाथ थामे पंडितजी आ गए। "जय श्रीकृष्ण पंडितजी प्रसाद लाए हैं—दीजिए।"

"जय श्रीराधे बाबूसा। प्रसाद देने ही आया हूँ। आज तुलसी-मिश्री का प्रसाद देने नहीं बल्कि जिस प्रसाद को मैंने यज्ञस्वरूप पाया था आज उसी मानवी प्रसाद को आपको देने आया हूँ।" कहकर पंडितजी ने ऋचा को सेठजी के आगे खड़ा कर दिया।

बाबूसा अवाक्।

हाँफते-खाँसते पंडितजी ने कहा, "काल किसी भी क्षण मुझे अपनी भुजापाश में ले लेगा—मुझे भय नहीं, लेकिन इस आत्मजा की चिन्ता मुझे चैन लेने नहीं दे रही है। एक सच्चे धर्मनिष्ठ ब्राह्मण के घर की ऋचा का धन के बिना, विवाह की सम्भावना भी नहीं। आप इसे दूसरी बिटिया समझकर ग्रहण कीजिए।" अन्तिम वाक्य कहते-कहते पंडितजी की आँखें भर आईं।

"धीरज धरें पंडितजी। आप को तो पता है यहाँ और कलकत्ता दोनों जगह अकेला रहता हूँ। गौरा अपने तेज स्वभाव के कारण इसे दो अपशब्द कह डालेगी तो एक ब्राह्मण कन्या का अपमान का पाप मुझे भी तो लगेगा। धन का इन्तजाम कर देता हूँ, तब तक किसी आश्रम में रहने का बन्दोबस्त करवा दूँ।"

"नहीं बाबूसा। आश्रम में मेरी सोने सी प्रतिमा जाने कहाँ विसर्जित हो जाएगी। रुपया मैं ग्रहण करता नहीं। आप इसे गोपीवल्लभ के चरणों में रहने का अधिकार दिलवा दीजिए।"

"मन्दिर के अधीन? जानते हैं मन्दिर के अधीन होना देवदासी समान होता है। गुरु और गोपीवल्लभ की सेवा छोड़ आपकी बेटी किसी अन्य पुरुष से सम्पर्क रख नहीं सकेगी। आप से भी नहीं।"

पंडितजी ने कहा, ''सेवा न सही, शान्ति तो मिलेगी। मेरे लिए वही बहुत है।'' ऋचा स्तब्ध खड़ी पिता के सूखी डाली से टूटने की आवाज को सुन रही थी। सेठजी ने ऋचा से आश्वासन पाना चाहा।

''देखो ऋचा, अपने पिताजी की भावुकता में अपने जीवन को यूँ व्यर्थ न हो जाने दो। बेटी, संकल्प लेना सरल है, निबाहना कठिन। सोचकर जवाब देना, समय है।''

नवल पंडित की कातर दृष्टि के आगे ऋचा को अपना वर्तमान, भविष्य सब महत्त्वहीन लगे। पितृऋण एक त्याग माँग रहा था। ठहरे शब्दों में बालिका ने उत्तर दिया, ''विश्वास कीजिए बाबूसा। बापू ने जिस धर्म को मेरे कन्धों पर डालने का सोचा है, मैं उसे हर स्थिति में धारण करूँगी।''

सेठजी चौंक गए, ''ऋचा, तुम्हारी सोच तुम्हारी उम्र से बड़े होने का प्रमाण है। लेकिन याद रहे यह संकल्प तुम साक्षात् गोपीवल्लभ के सामने कर रही हो। तुम्हारे वचनों के साक्षी वे हैं।''

''उन्हें साक्षी मानकर कह रही हूँ, मुझे मठ भेजने की तैयारी कीजिए, जिससे मोह और माया में विह्वल मेरे बापू की आत्मा को शान्ति मिले।'' कहकर ऋचा धरती पर साष्टांग लेट गई। मानो गोपीवल्लभ वहीं विराजमान हों।

''कल शुभ दिन है। पंडितजी, ऋचा को नये वस्त्र पहनाकर मठ ले आइएगा। वहीं सब कार्यक्रम हो जाएगा।'' सीढ़ियाँ उतरते सेठजी ने कहा।

''लेकिन स्वामी? उनकी अनुमति?'' पंडितजी ने हैरानगी से पूछा।

''गोपीवल्लभ से बड़ा भी कोई स्वामी होता है पंडितजी। जब ऋचा ने उन्हें साक्षी माना है तो स्वामीजी निश्चित दीक्षा देंगे।'' कहकर वे मोटर में बैठ गए। जाते-जाते पंडितजी के हाथ में पाँच सौ का नोट थमा गए।

अगले दिन जंगल के उसी वट-वृक्ष के नीचे वीरेश्वर ने बंसी बजाते हुए दिन बिता दिया। ऋचा नहीं आई। ऋचा की आँखें वीरू के ध्यान में सजल हो उठीं। नहीं, सोचना नहीं है। सोच की खींचतान लकीरों को और गहरा खींचती है, मिटाती नहीं। अपने घर की देहरी लाँघते उसने उच्चारण किया, ''अब सौंप दिया इस जीवन का सब भार तुम्हारे हाथों में।'' और मठ में ऋचा को गोपीवल्लभ को सौंप दिया गया। मंगल और पुण्य परिणय उत्सव का पौरोहित्य कर रहे स्वामी स्वरूपानन्दजी ने इस तापस कन्या को आशीर्वाद दिया।

पंडितजी जब घर पहुँचे तो रात हो चुकी थी—अँधेरे में एक ओर बैठे वीरू को देख ठिठक गए।

वीरू ने पूछा, ''ऋचा कहाँ है?''

''ठाकुर के घर।'' पंडितजी ने उत्तर दिया।

तीर की तरह तन गया वीरेश्वर। हैरान हो पूछ बैठा, ''ठाकुर को सौंप आए ऋचा को?''

पंडितजी की हिलती गर्दन को देखा भर और बाहर अँधेरे में गुम हो गया।

अपने घर पहुँचने से पहले वीरेश्वर अपनी बंसी को तालाब में फेंकना नहीं भूला। उसके उपरान्त सब अर्थहीन हो गया। बंसी, तालाब, वट-वृक्ष और वह खुद।

पन्द्रह दिनों के अन्दर पंडितजी के जीवन की मियाद पूरी हो गई। ऋचा को बताने टुकटुकी आई थी—बालटोली की उसकी मुँहबोली सखी। अकेले रह जाने की पीड़ा ने पलभर को उसके अस्तित्व, उसकी संकल्प शक्ति को कमजोर कर दिया था, लेकिन फिर बापू की कामना और कातर आँखों को याद करके खुद को समेट लिया। मन्दिर में जब वह गा रही थी, ''नाथ तू अनाथ को, अनाथ कौन मोसो'' तब उसकी आवाज भीगी थी।

स्वामीजी, जिनको ऋचा प्यार से, दुलार से बाबा कहती थी उन्होंने जब ऋचा की मन:स्थिति देखी तो समझाने लगे, ''देख बिटिया, वासनाएँ और मोह को त्यागने से ही सच्ची दृढ़ शक्ति प्राप्त होती है। पितृ-परितोष नचिकेता ने यम से पहला वर यही माँगा था। तुम्हारे लिए भी पिता की शान्ति अभीष्ट होनी चाहिए। एक मंत्र देता हूँ जपती रहना। रोज। दु:ख में, सुख में, क्लान्ति में, शान्ति में, अँधेरे में, उजाले में।''

ॐ पूर्णमद: पूर्णमिदम् पूर्णात्पूर्णमुदच्यते।
पूर्णस्य पूर्णमादाय पूर्णमेवावशिष्यते॥
ॐ शान्ति: शान्ति: शान्ति:॥

'भवतु सर्व मंगलम्' का आशीर्वाद देकर वे अपने शयनकक्ष में चले गए। ऋचा अपने कमरे में आ गई। जाने कैसी अभिशप्त घड़ी है जिसने उसके पूर्व जीवन के चंचल, आनन्द और रसपूर्ण बचपन की यात्रा को जड़मूल से हिलाकर रोकने का फैसला कर लिया था। इस शून्यपथ की सूक्ष्मता का उसे तनिक भी भान न था और होता भी तो क्या कर लेती। कुछ नहीं। कुछ भी नहीं। अचानक बैठी-बैठी वह पूर्णमिदम् का जप करने बैठ गई। उसे अब पूर्णत्व को प्राप्त करना ही होगा। श्रद्धापथ से आत्मउन्नमन और ब्रह्मबोध की अनन्त यात्रा की शुरुआत।

स्वामीजी ऋचा की गतिमति को पढ़ लेते थे। एक दिन उन्होंने रामदास से कहा, ''जानते हो राम, ऋचा को देखकर मुझे अश्वपति की कन्या सावित्री का ध्यान आता है। श्री अरविन्द द्वारा रचित 'सावित्री' महाकाव्य में नारद ने जिस क्षण सावित्री को आते देखा तो पूछ बैठे, 'कौन आ रही है यह नवल वधू सी, शिखाजात सी, एक सुगन्धित छटा सी'। ऋचा के भीतर एक अनुपम और आत्मा की चौंध का स्पर्श पाता

हूँ। इसका भविष्य सुन्दर, उन्नत देख पाता हूँ! यह सच है इसका बीजारोपण मठ में हुआ है, लेकिन यह भी सुगन्धित छटा सी चारों ओर खुशबू फैलाएगी।''

''असम्भव, स्वामीजी।''

''विधि का रहस्य। रहस्य के उस पार को मैं देख पाता हूँ रामदास। प्रकाश में चढ़ने हेतु अँधेरे की गुहार ने इसे यहाँ ला छोड़ा है। पूर्णमदः मंत्र देना भी विधि का विधान है रामदास। पूर्णता को प्राप्त करने की पहली किरण। इसे कहते हैं फेट, डेस्टिनी, विधि-भवितव्यता।''

स्वामी की बातें सुनकर अनसुनी कर दी सेठजी ने। अतिमानसिक सृष्टि के स्वामीजी—सब कलाओं में पारंगत थे। उन्होंने अपनी मृदंग की ताल पर ऋचा को नृत्य कला सिखाना, संगीत का ज्ञान देना शुरू कर दिया। शास्त्रीय संगीत से रविबाबू—बाउल गीत सब। कालिदास, गीत गोविन्द आदि भी। द्रुपद, खयाल, चैती, कजरी, ठुमरी, दादरा सब ऋचा सीखती जा रही थी।

नया जीवन, नया परिवेश, नया अनुभव। मृदंग की ताल में, वीणा की झंकार में और नूपुर की रुनझुन में धीरे-धीरे खोने लगी बंसी की धुन।

ऋचा के भीतर एक विश्वास था कि अपने इस नए जीवन को एक सही दिशा, एक ईमानदार समाधान की पहचान जरूर दे पाएगी। चुनाव कठिन था, व्यस्तता भी बीहड़ थी, लेकिन सब में एक आत्मीय सार्थकता की उपस्थिति की गूँज सुन पाती थी। शून्यबोध से परे। रवीन्द्रनाथ का स्मरण उसे प्रेरित करता था। कवि गुरु ने जीवन में पत्नी की, पुत्र की, पुत्री की मृत्यु देखी, लेकिन सब को सहते हुए कितने आगे बढ़े। उस तुलना में उसका दुःख क्या, शून्यबोध क्यों? और है भी? सच, कालगति को हस्तबद्ध करना असम्भव नहीं तो सम्भव भी नहीं। जीवन की रणभूमि में एक ओर देवी शक्तियाँ, अपने दुलार, कृपा-करुणा-धर्म से बाँधे थी तो दूसरी ओर दुर्बल शक्तियों का आक्रोश, अनिश्चितताएँ सब तीव्र तलवारयुक्त वार करने को तत्पर थीं। मन ही मन वह कह उठी, 'तुमारी देवा प्राणे, तुमारी देवा दुःख, तुमारी देवा बूके तुमारी अनुभव'...और वह सो गई। सम्पूर्ण समर्पण।

प्रातःकाल वह आकाश की ओर देख रही थी। शून्य की ओर दृष्टि। शून्य मतलब आकाश, शून्य मतलब वायुमंडल। शून्य की ओर देखना उसे अच्छा लग रहा था। वहाँ से उसे एक गहरी आश्वस्ति, एक पूरा विश्वास मिल रहा था, तभी न श्रद्धा भरे स्वर में रवीन्द्रनाथ के गीत को गा सकी।

जीवन जखन शुकाये जाय, करुणा धाराय ऐशो,
सकल माधुरी लुकाये जाय, गीत सुधा रस ऐशो॥

स्वामीजी की आँखें भर आईं। पलटकर रामदास को कह उठे, ''देखो रामदास, लगता है मेरा बाजार तो ठंडा पड़ जाएगा।''

ऋचा हतप्रभ। क्या सही में उसके बाबा भी बाजार लगाते हैं? तपाक से पूछ बैठी, "वाह बाबा, आपने बताया नहीं आप बाजार लगाते हो? कहाँ लगाते हो बाबा? मैं भी जाऊँगी। ढेर सारी चीजें वहाँ से खरीदूँगी। ले चलोगे न बाबा?" आवाज में बच्चों की-सी सरलता थी।

"अरी पगली, यह दुनिया हाट-बाजार ही तो है। संन्यासियों ने टी.वी. चैनल्स पर प्रवचन का व्यापार ही तो खोल रखा है। और मैं यहाँ बैठा तुझको, रामदास को, गाँववालों को जो धर्म की बातें बताता हूँ, वह तेरे रसीले सुर, गान के आगे कौन सुनेगा भला।"

सम्पूर्णानन्द जी ने मुस्कराते हुए ऋचा से कहा, लेकिन ऋचा बिदक गई, कह उठी, "भली कही आपने बाबा। जानते हैं मेरी आवाज में रस माधुर्य आपकी भक्तिरस से भरी बातों को सुन कर ही आता है। संगीत जाग जाता है और सुरों में तपसाधना लग जाती है। दो दिन मुझे भक्ति रस से दूर रखिए फिर देखिएगा आपकी यह सरस्वती, सावित्री कितना बेसुरा, नीरस गाना गाती है।"

बाबा मुस्करा दिए। "अच्छा, तू बातें ही करती रहेगी या अपने बाबूसा के भोजन का बन्दोबस्त करने के लिए रसोई में बुआ को कहेगी।"

ऋचा के जाते ही बैठक फिर शुरू हो गई। सम्पूर्णानन्द जी कह उठे, "कृष्ण, कृष्ण, हरे कृष्ण। हर तीर्थ स्थल में देखता हूँ कि वहाँ हाथ में गंगाजली उठाकर कहता है, 'पापोऽहं पाप कर्मेऽहं पापात्मा पाप संभवः' और कोई आकर कह देता है किसी ने उसे पापी कहा है तो रोष में छेड़ देता है राड़। भगवान के आगे भी कपट, रामदास। तीर्थ जाकर, प्रभु के चरणों में भी मन को संस्कारित नहीं करता। सत्‌युग के मन्दिर में कलयुग का मन लिए प्रवेश करता है। मनुष्य की कितनी बड़ी मूर्खता है कि वह प्रभु को मूर्ख समझता है।" तभी भोजन तैयार होने की सूचना मिली। "चलो रामदास, माँ अन्नपूर्णा के आदेश पर उठ खड़े नहीं हुए तो आज उपवास दिवस।"

ऋचा बिस्तर पर लेटे-लेटे सोच रही थी उसका सच मठ नहीं है तो फिर क्या है उसके जीवन का सच? बाबा की वाणी झूठ नहीं हो सकती। जो भी सच है 'आत्मान् सतत रक्षते'। अपनी रक्षा हर सच के सामने करते रहना होगा। कंटक कितने भी क्षुद्र क्यों न हो बिद्ध करने की उनकी क्षमता कम नहीं होती। मान का—अभिमान—सुख-दुःख का कंटक। तभी रविबाबू ने लिखा था,

आमार माथा नतकोरे दाओ हे, तोमार चरण धुलार ले,
सकल अहंकार हे आमार डुबाओ चोखेरे जले॥

रवीन्द्रनाथ के गान गाते-गाते कब आँख लग गई, पता ही नहीं चला, आँख खुली तो मठ में शोर हो रहा था। पता चला बाबा का महाप्रयाण हो चुका था। अब कौन

सा सच प्रकट होने को है। उसे लगा बाबा के बिना अब एक बेचैन जीवन की व्यथा कथा की शुरुआत होने वाली है। सच, मठ की पगडंडी पर बड़ी सहजता से बाबा के साथ जीवन चल रहा था---अचानक सब कुछ ठिठककर रह गया।

ऋचा के घर से लौटने के बाद वीरू का भी सब कुछ ठिठक गया था। स्वीकार नहीं कर पा रहा था कि वह ऋचा से अब कभी नहीं मिल पाएगा—लेकिन स्वीकार न करने पर भी काला को काला ही बोला जाएगा और कडुवा को मीठा बोलना तो असत्य को प्रतिष्ठा देना होगा। ऋचा को उसकी सत्यता का प्रमाण देते हुए, वीरेश्वर ने अलस भोर ही गाँव छोड़ दिया। सुबह आग की तरह बात फैल गई, "रामू कुमहारेर छेले पालिये गेछे"। टुकटुकी को खबर मिले और ऋचा तक न पहुँचे यह सम्भव नहीं। ऋचा ने सुना। न प्रतिकार न प्रतिशोध। न दुःख न पश्चाताप, हाँ, वीरू गाँव छोड़ कर नहीं जाता तो ऋचा को आश्चर्य होता।

वीरेश्वर दो जोड़ी कपड़े, पैसे, किताबें लेकर कलकत्ता जाने वाली ट्रेन में बैठ गया। गौरा का कलकत्ता का पता जेब में सँभालकर रख रखा था। बीच-बीच में टटोल भी लेता था। गौरा के घर जाने में उसे संकोच था। ऋचा की वजह से आए वीरू की सहर्ष मदद जरूर करेगी किन्तु एक व्यंग्यात्मक भाव से। यह तो ऋचा का अपमान होगा जो उसे कभी मान्य नहीं होता। गौरा से वह सम्मान से मिलेगा---अपने लिए दो वक्त की रोटी का इन्तजाम करके। वीरेश्वर ने ध्यान हटाने के लिए झोले से अपनी किताब निकाली और पढ़ने लगा। तभी उसके बगल में बैठी सुडौल कद-काठी की महिला पूछ बैठी, "कलकत्ता क्या पहली बार जा रहे हो?"

"हाँ।"

उसकी आँखें उस औरत की ओर उठीं।

भद्र महिला ने वीरू को कुछ खाने के लिए दिया और कहती रही—कलकत्ता में कहाँ जाना चाहिए-क्या देखना चाहिए। चाय की चुस्की के साथ एक और प्रश्न "कलकत्ता में तुम्हारा कोई रिश्तेदार है?" जान न पहचान मैं तेरा मेहमान।

"हाँ है—लेकिन आप यह सब कुछ क्यों पूछ रही हो।"

वीरू के स्वाभिमान को ठेस लगी। वैसे भी गाँव का प्राणी ऊपर से दलित-उसका स्वाभिमान बाहर न दिखे लेकिन भीतर भभकता तो रहता ही है।

"ऐसे ही। एक जिज्ञासा भर। ऊपर से हाथ में इतनी उम्दा किताब। खैर—कलकत्ता महानगरी में कहीं खो जाओ तो बेझिझक मुझसे सम्पर्क करना। यह लो मेरा कार्ड, तुम्हारे भीतर एक स्पार्क नजर आया वही तुमसे बातें करने की वजह

बनी। यूँ भी मैं दूसरों की पांडुलिपियों को 'एडिट' करती हूँ। वाह! स्टेशन आने को है और नाम-पता का ठौर नहीं। तुम्हारा नाम?''

''वीरेश्वर।''

''मैं इति भार्गव।''

साथ-साथ हावड़ा स्टेशन पर ट्रेन आकर रुक गई। कुली डब्बे में घुस आए। वीरेश्वर ने थैला उठाया और उतर गया। यह है हावड़ा स्टेशन। कौन कहाँ से आ रहा है—कहाँ जा रहा है बताना मुश्किल। ठेलमठेल। राह चलता आदमी किसी दूसरे आदमी को न राम-राम न नमस्कार करते हुए दिखाई देता है। असभ्य, विजातीय शहर।

वीरेश्वर प्यास से बेहाल हो रहा था। पास की इमारत के नीचे एक दुकान नजर आई। लम्बे डग भरते वहाँ पहुँच कर कहा, ''सुनिए!'' थकान के कारण आगे कुछ नहीं बोल सका। फिर साँस भरकर, हिम्मत जुटाकर पूछ बैठा, ''क्या एक गिलास पानी पीने को मिलेगा?''

पानी की जगह एक झिड़की मिली। ''यहाँ कपड़ा बिक्री होता है, पानी नहीं। आगे जाओ, चाय की दुकान में सब मिलेगा—जाओ, जाओ, सुबह-सुबह जाने कहाँ से आ जाते हैं 'बोनी' बिगाड़ने।''

वीरू आगे बढ़ते हुए सोच रहा था यहाँ शहर में पानी भी बिक्री होता है। गाँव में तो मुफ्त पानी पिलाने में पुण्य समझते हैं और यहाँ पानी माँगने पर झिड़की मिलती है। चाय की दुकान पर भी समोसा लेने पर ही एक गिलास पानी मिला। समोसा खाते हुए वीरू सोच रहा था, गाँव का सूरज और शहर के सूरज के उगने में अन्तर होता है क्या? लेकिन प्रकृति तो भेदभाव नहीं करती। भेदभाव की भावना तो मनुष्यों के मन में होती है। उसे कपड़े वाला दुकानदार मूर्ख लगा—दोपहर को सुबह-सुबह बोल रहा था। पेट भर गया तो रोजी-रोटी की जुगाड़ की चिन्ता लग गई। इधर-उधर कई तरह की दुकानों में हर तरह के काम की याचना की, लेकिन हर जगह धक्के देकर निकाल दिया गया। असहाय, अपमानित, हताश होकर वीरेश्वर आगे जाकर फुटपाथ पर बैठ गया। दूर से गंगा नदी की आती हुई हवाएँ उसे छूने लगीं। थक चुका था-नींद से भी भरा-भरा था। वहाँ पहुँचकर दो रुपये की झालमूड़ी खाकर बैंच पर कुत्ते की तरह बदन सिकोड़कर सो गया। अलस भोर उसकी नींद खुली। दिन का चेहरा एकदम बदला था। दिन के उजाले में चारों ओर फैली गन्दगी शहर की पहचान करा रही थी। न किसी से राम-राम, न दया न दान। अपने में सिकुड़ा हुआ आदमी। उसने देखा जूठे दोने, कागज के गिलास, टूटे हुए सिकोरे, पान की पीक, पेशाब से हुई गीली जमीन, पखाने की बदबूदार गंध। इसी गन्दगी के बीच चाय वाले चूल्हा जला रहे थे—कई जला भी चुके थे। उसने एक कुल्हड़ चाय ली

और चुस्की के साथ जाते हुए स्टीमर के भोपों की आवाज, नौकाओं पर बेचाली भरते हुए नाविकों की आवाज, पत्ते चाटते कुत्ते, कूड़े से खाना छाँटते भिखारी के बच्चे, सब इस शहर की मजबूरी दिखा रहे थे। वह मजबूर होना नहीं चाहता था। अन्तर से ऋचा की आवाज सुनाई दी। 'वीरू, पथ की बाधाओं के आगे घुटने मत टेकना, अभी तो पंथ शुरू ही हुआ है। उठो, बढ़ो। अभी न हारो सच्ची आत्मा—अभी न थको पवित्र आत्मा।' वीरू के कदम इति के घर की ओर चल पड़े। भाग्य के विधान का क्या भरोसा।

इति का घर। दो-मंजिला-पुराना-नदी किनारे-रेल पटरी से सटा हुआ। बाग बाजार नाम—लेकिन बगीचे का कहीं नाम नहीं। घंटी बजाई तो एक औरत ने दरवाजा खोला—वीरू कुछ कहता उससे पहले ऊपर से आवाज आई, "कै एशेछे शेफाली?"

"जानी ना दीदी, तोमाके खूँजछे।" तब तक इति दरवाजे पर। वीरू को देखकर कुछ पूछने की जरूरत नहीं लगी।

"भीतर आओ। बाहर से जाने का इरादा तो नहीं है न?"

"नहीं—जब से शहर आया हूँ—फुटपाथ पर सोकर, नाली का कीड़ा बनकर—गन्दगी को ओढ़ा और गन्दगी में बैठकर पेट पूजा की।"

"लग रहा है।" इति मुस्कराई।

"बाथरूम में नहाकर आओ, नाश्ते पर बातें करेंगे। नाम वीरेश्वर यानी वीरू हो न?"

औपचारिकताओं के बाद वीरू नहाकर नीचे आ गया। इति कह गई थी कपड़े शेफाली धो देगी। सो उन्हें बाथरूम में ही छोड़ आया। टेबल पर इति चाय पर इन्तजार कर रही थी—सामने रखे थे समोसा, सन्देश। भूख लगी थी सो चटपट खाने बैठ गया। खाते-खाते ही इति ने वीरू की सब खबर ले ली। गौरा के घर न जाने का कारण भी बता डाला। इति को वीरू का स्वाभिमान पसन्द आया-बोल पड़ी, "कीप इट अप," खैर, अभी तो नौकरी के काम से जा रही हूँ—देखें किसी के माध्यम से तुम्हें काम मिल जाए। लंच खा लेना-रात का खाना साथ खा लेंगे। आदेश देते हुए इति बाहर निकल गई। इति गई और वीरू सो गया ऑफिस से आकर इति ने जब वीरू को उठाया तब शाम ढल चुकी थी। रात के खाने पर इति ने मुस्कराते हुए कहा, "भाग्यवान, तुम्हें एक साप्ताहिक अखबार में नौकरी मिल गई है। कल सुबह ज्वाईन कर लेना। नाम-पता और मेरा विजिटिंग कार्ड भी ले जाना।"

वीरेश्वर कृतज्ञता से भर गया-भूखे को भोजन मिलने जैसी खुशी। एक तृप्ति। वीरेश्वर का काम था 'पेज थ्री' की अफवाहों, गरम-गरम पार्टीज की बढ़ा-चढ़ा कर रिपोर्टिंग करना। मजबूरी में गधे को भी बाप बनाना पड़ता है—सो यह नौकरी

उसके पेट भरने का साधन थी। उसने कहीं पढ़ा था, 'ऐवरीथिंग इज रीट्टन ऑन अ परसन्स फेस, बिकॉज लाइफ इज द स्ट्रगल टू सेव वनज फेस'। काम मिलने पर उसको, उसके चेहरे को शर्मसार तो नहीं होना होगा। काम के प्रति उसकी लगन देख उसकी उन्नति हो गई। प्रूफ रीडिंग का काम। शुरू में तो वह इति से सलाह लेता, काम दिखाता—एडिटिंग की सलाह भी लेता फिर वह अपने आप काम करने लगा। एक धारावाहिक उपन्यास पर वीरू की लगन देख उसका साथी अतीश बोल पड़ा—"कूल मैन। यह मैडम दयावती यानी मैडम विभा का उपन्यास है जो इस अखबार को स्पौंसर करती है और जिसने यह उपन्यास लिखकर दिया है, उसमें ज्यादा प्रूफ रीडिंग की जरूरत नहीं।"

इतनी नामी, पढ़ी-लिखी, बिजनेस बूमैन को घोस्ट राइटर की जरूरत क्यों? क्या उनका व्यक्तित्व एक छलावा है।

"लेकिन अतीश, विभाजी की कई किताबें आ चुकी हैं, पुरस्कृत भी हुई एक किताब, ऊपर से स्त्री विमर्श, सात्र पर बोलने वाली जानी-पहचानी महिला है।" वीरू ने तरफदारी की।

"थाक, थाक बाजे कथा। फालतू बातें। बातें करती हैं स्त्री आरक्षण की, नैतिक दृष्टिकोण की और कर्म करती हैं पूर्णतः अनैतिक। अरे वीरू, सोसाइटी की ये महिलाएँ जो न करें सो कम। नाम की भूख इनमें कभी शान्त नहीं होती।"

अतीश की बातों पर वीरू अचम्भे से बोला, "तुम इतने विश्वास से यह सब कैसे कह सकते हो?"

"वीरू सब जानते हैं, बोलने की हिम्मत नहीं। सब तरह का व्यापार ये चलाती हैं। रिश्तों का व्यापार, देह का व्यापार, लोगों को खरीदने का व्यापार।"

वीरू ने आश्चर्य से कहा, "क्या कह रहे हो? इस सारे व्यापार की कहानी तुम्हें कैसे पता चली?"

"लज्जार कथा बन्धु। सुनोगे तो सिर शर्म से झुक जाएगा। मेरे पड़ोस की लड़की विभाजी के दफ्तर में काम करती थी, उसी ने रोते-रोते बताया कैसे काम का बहाना बनाकर उसे होटल में विदेशी ग्राहक के कमरे में भेज दिया। लड़की की उम्र सिर्फ पन्द्रह साल। बदले में मैडम को मिला बड़ा ऑर्डर, समझे।"

अतीश का चेहरा घृणा से सिकुड़ गया, और वीरू ने भी विरोध प्रकट करते हुए धारावाहिक को वहीं बन्द कर दिया। सम्पादक तक बात पहुँची तो वीरू को बुलाकर अश्लील शब्दों के पत्र-पुष्प चढ़ाए और वीरू को हुक्म दिया धारावाहिक पुनः शुरू करे या इस्तीफा दे दे।

शाम को घर आया तो दिमाग पर अपमान और उपेक्षा का बोझ था। इस्तीफा दे चुका है—इति ने सुना तो उबल पड़ी, "मूर्ख हो तुम। यह जानते हुए भी कि वह

महिला उस अखबार की सर्वेसर्वा है, फिर भी धारावाहिक बन्द कर दिया। यह शहर है वीरू, यहाँ मूल्यबोध का कोई महत्त्व नहीं। जो हुआ सो हुआ, कल सौगत दा से बात करती हूँ, वे जरूर तुम्हारे लिए कुछ न कुछ कर ही देंगे। विप्लवी आदमी हैं। अक्सर कहते हैं कि काला को काला कहना गलत नहीं है, लेकिन तीता-खट्टा को मीठा कहना गलत है। अब तुम दोनों जब मिलो, तब सच की धार पर कटो और दूसरों को काटो।''

वीरू जब सौगत दा के घर पहुँचा उस दिन मौसम जानमारू था। सावन घघने घोर घन घटा—चारों ओर बदली छाई हुई थी। वीरू सौगत दा के सामने जा पहुँचा। खुश-बहुत खुश सौगत दा के यहाँ ही काम मिल गया। दोनों आदर्शवादी एक साथ काम करने लगे। लेकिन एक शहर की पद्धति से परिचित था और दूसरा गाँव के संस्कारों को छोड़ने को तैयार ही नहीं था। काम की धुन में पता ही नहीं चला कि जन्माष्टमी नजदीक आ रही है। पिता से किया राधा की मूर्ति बनाने का वादा पूर्ण करने का समय आ गया था। इति को पता चला तो हैरान होकर पूछा, ''तुम्हें मूर्ति बनाना भी आता है?''

वीरू हँस पड़ा। ''वाह कुम्हार का बेटा मूर्ति बनाना नहीं जानेगा तो क्या नोट छापना जानेगा।''

इति ने वीरू के व्यक्तित्व को खखोलने का प्रयत्न किया, लेकिन न आर मिला न पार। वीरू काम के साथ-साथ सौगत दा के घर भी काम पर जाता था। सौगत दा कुछ देर काम करवाकर किस्से-कहानियाँ सुनाते। पुरानी गाथाएँ। उसे ये जातक कथाएँ सी लगतीं। एक दिन बताने लगे, ''ईस्ट इंडिया कम्पनी स्थापित हुई थी—अफीम की खेती शुरू करने के लिए। चाइना भेजने के लिए। चीनी लोग शराब नहीं पीते थे, लेकिन अफीम के बहुत शौकीन थे। चीनी की अफीम देने के बदले मिला कलकत्ता बन्दरगाह। अनैतिक काम। इस काम की खबर सौगत दा ने सभी अखबारवालों को दी। किसानों की बीमारी की चिन्ता, उनकी मौत का ब्योरा दिया, लेकिन अंग्रेजों तथा राजा-महाराजा के स्वार्थ के हाथों में थे सभी अखबार—और यह दुष्कर्म चलाने में वह लोग भी थे। अब क्या हो रहा है। सब चैनल बिकाऊ हो गए हैं। पूरा मीडिया बिक चुका है। बस, सिर्फ आरोप-प्रत्यारोपों की निरर्थक बहस। ऑल ओवर द वर्ल्ड सेम प्रॉब्लम।''

सौगत दा आगे कुछ कहना चाहते थे, तभी एक लड़की दनदनाती हुई कमरे में दाखिल हुई, ''जानो काकू— '' तभी उसकी नजर वीरेश्वर पर पड़ गई। वहीं की वहीं खड़ी रह गई—हैरत से पूछ बैठी, ''वीरू-तुम-यहाँ कलकत्ता में, सौगत काकू के पास। स्ट्रेंज-वैरी स्ट्रेंज। तुम कलकत्ता में और मुझे खबर तक नहीं। डैडी को भी नहीं।''

गौरा के आगे कुछ कहने से पहले सौगत दा ने बात सँभालते हुए कहा, "गौरा, बुझी तुम एई छेले के भालो कोरे चीनो। परिचय है--बेश कथा। जानो-क्या मेधावी लड़का है। शहर के लड़कों को तो चने चबा देवे, लेकिन अपने उसूलों से समझौता करने को तैयार नहीं। दलित की माटी-शहर के कीचड़ में मिलने को तैयार नहीं। तुम अपने डैडी से कहकर एक प्रकाशन हाउस खरीद लो और इसे दे दो। मेहनती है—बेश चालाबे। आमी जामिन, गारंटी देता हूँ।"

सौगत दा के चेहरे से अभिमान चू रहा था। वीरू के प्रति स्नेह से ओत-प्रोत। वीरू की मेहनत और स्वभाव ने सौगत दा का दिल ही नहीं जीता, वह उस घर का एक प्राणी बन गया था, वरना गारंटी छोड़ कोई किसी के लिए सिफारिश करने में किनारे काट लेता है।

"काकू, चिन्ता नहीं---नो वर्‌री। आपकी गारंटी, इसकी मेहनत, बस समझो प्रकाशन हाउस इसके हाथ में।"

सौगत दा ने कहा, "शूकरवृत्ति है इसकी।"

"वह क्या है?"

"जो नाक की सीध में चले वह शूकरवृत्ति।"

गाँव में जन्माष्टमी। राधाजू की मूर्ति को पूर्ण साज-सज्जा के साथ प्राण-प्रतिष्ठा का कार्यक्रम चल रहा था। ऋचा राधा की मूर्ति के आगे गीत गोविन्द के गीत एक के बाद एक गा रही थी—"वह विरह विदग्धा दीना", फिर "है विरह की पीर भारी"—इस भाव-विभोर गीत सुनकर भक्तों की आँखें भर आईं।

राधा की खीज भी गा उठी, "लख अधरों पर दंत क्षतों के, छिद जाता है जी मेरा, फिर भी क्यों कोई कहता है—राधे है हरि तेरा।" इतनी पीड़ा से भरे उलाहने को सुन कृष्ण का हृदय फट पड़ा। वे राधे के कान में कह रहे थे, "प्रिय चारुशीले, तजो मान फारा।" अद्‌भुत। जयदेव ने रसिक शब्दों का प्रयोग करके भी पवित्रता की गरिमा के स्वरूप को खंडित नहीं होने दिया।

अपने कमरे में ऋचा सोच रही थी—वह गीत गोविन्द के गीत गा रही थी या स्वयं के भावों का अनुवाद कर रही थी। उसकी आत्मसम्पन्नता और आत्मसम्मान उसे आज्ञा नहीं देता कि वह मुखर हो। उसके कौंधते हुए ध्यान को टुकटुकी की खँखार ने तोड़ दिया।

"अरे तू, कब आई ?" पकड़े गए चोर की घबराहट थी।

"मैं कब आई, उसकी चिन्ता छोड़। आगे जो चिन्ता का विषय बनने वाला है उसका चिन्तन कर।"

"क्या मतलब ?" आश्चर्य से ऋचा ने पूछा।

"मतलब ? राधाजी की मूर्ति को देखा था ?" टुकटुकी ने पूछा।

"ईश, प्रणाम तो किया था—ऐसी साज-सज्जा में उन्हें देख नहीं पाई। यूँ भी गीतों को गाने में डूब गई—नजर उठी ही नहीं। बात क्या है, सीधे-सीधे कह न ?" ऋचा ने आज्ञा भरे स्वर में पूछा।

"राधाजी का चेहरा एकदम तुझसे मिलता है, जैसे तुम सशरीर वहाँ बैठी हो।" टुकटुकी के स्वर में तेजी थी।

"ऐ टुकटुकी, तू आज हिन्दी बहुत सही बोल रही है। वीरू से सीख करके आई है। मेरा चेहरा—राधाजी जैसा ? सच कह रही है, लेकिन तू झूठ क्यों बोलेगी।"

ऋचा ने एक कागज पर कुछ लिखा और टुकटुकी के हाथ में थमाते हुए वीरू को देने को कहा। साथ में किसी को पता न चले यह आदेश भी दे दिया। जाते-जाते टुकटुकी बताती गई कि गौरा नहीं आई है। वीरू के लिए किताब छापने का कारखाना खरीदा है—उसको ठीक-ठाक करवाने में वहीं रुक गई। ऋचा ने सोचा वाह! वीरू अब प्रकाशन जगत में आ गया। अन्य दिन होता तो खुशी से झूम उठती, लेकिन अभी तो क्रोध से उबल रही थी।

वीरेश्वर को जब ऋचा का पुर्जा मिला तो बड़ी शान्त, सुस्थिर अवस्था में नदी किनारे इन्तजार करने लगा। उधर से ऋचा क्रोध में भट्ठी सी धधकती घाट की तरफ चली आ रही थी। पास आने पर ऋचा से पूछा—"मुझे बुलाने का कारण—ऋचा?"

"यह तुमने क्या किया वीरू?" ऋचा के स्वर में उलाहना था।

"मैंने क्या किया?" वीरू आश्चर्य में पड़ गया।

"तुमने क्या किया? राधाजी की मूर्ति का चेहरा मेरे चेहरे जैसा गढ़ने का दुःसाहस किया है? आज टुकटुकी ने पहचाना है, कल गाँव में चर्चा होगी।" ऋचा एक रौ में बोलती गई। उसे कहीं चोट लगी थी—विश्वास टूटने की चोट।

"मैंने उस तरफ देखा भी नहीं। वैसे ऋचा एक बात जान लो, मेरे-तुम्हारे बीच का सम्बन्ध सिर्फ विश्वास की धरती पर खड़ा है—हमें विश्वासों के सहारे की जरूरत नहीं। मूर्ति गढ़ते समय मेरे भीतर दूसरा ही अन्तरमन था। वही तुम्हारा बाल-सखा--वीरू। उपेक्षा मत दिखाओ ऋचा, अपने विश्वास की धरती हिलने मत दो। तुमने सोच कैसे लिया कि मैं इतना नीच काम कर सकता हूँ। वाह! मैं दलित, कुम्हार का बेटा और तुम ब्राह्मण कन्या, इसलिए समस्त संस्कार तुम्हें प्राप्त हैं। नहीं ऋचा ऐसा होता तो गाँव छोड़ कर नहीं जाता। शहर में तुमसे दूर था, लेकिन तुम हर समय मेरे अस्तित्व में, आत्मा में बसी रहीं। किसी और की कल्पना नहीं कर पाया तो मैं क्या करूँ?" वीरेश्वर की भंगिमा गम्भीर थी, लेकिन शब्द भीगे हुए थे।

ऋचा पिघल गई। विश्वास की धरती पर खड़ी हो गई। असल में विश्वास से हटी नहीं थी, थोड़ी हिल गई थी। ऋचा ने अचानक देखा वीरू के हाथ में बंसी नहीं है। सीधे-सीधे पूछ बैठी, "वीरू, बंसी कहाँ है?"

वीरू ने अपराध भाव से धीरे से कहा, "तालाब में फेंक दी। सुनने वाला कोई नहीं था न।"

"अब मैं सुनूँगी वीरू।"

वीरू की मुस्कराहट में दर्द की झलक थी--पूछ बैठा, "तुमने झूठ बोलना कब से सीख लिया है, ऋचा? तुम गोपीवल्लभ की सेविका और मैं एक कुम्हार का बेटा। यहाँ आने पर मठ की गरिमा को ठेस नहीं लगेगी?"

पलभर के लिए ऋचा स्वयं से हार गई, कुछ उत्तर देने को नहीं मिला। लेकिन

ऋचा और हार? यह सम्भव नहीं। सशक्त स्वर में बोली, "मैंने रोज नदी किनारे आने का निर्णय ले लिया है। बंसी की धुन सुनूँगी, किताबों की चर्चा से ज्ञान अर्जित करूँगी। जब से यह नया महंत आया है, पुराने परिचय महत्त्वहीन हो गए हैं। आनन्दरस, भक्तिरस, संगीतरस सब बाबा के साथ चले गए। रह गई विवशता। मैं कल आऊँगी।" कहकर ऋचा मठ की ओर चल दी।

नदी किनारे बंसी की धुन सुनाते-सुनाते वीरू पूछ बैठा, "ऋचा, मन्दिर की माँग तुम पर बलात् थोपी गई थी, तुमने इस माँग को स्वीकृति देकर कायरता का प्रमाण नहीं दिया?"

"नहीं वीरू, हर माँग की परीक्षा, उसकी समग्रता में होती है। चाहे वह सापेक्ष हो या निरपेक्ष, या श्रेय, प्रेय की परीक्षा हो। मैंने अपने दायित्व को सम्पूर्णतः मन से जिया है। इसे वरदान मानो या अभिशाप।"

"अच्छा, यहाँ जो मिलने आती हो, मन्दिर जगत के विधान, नियम-कानून के विरुद्ध नहीं।" वीरू ने पूछा।

"अपनी आत्मा से ऊँचे किसी भी नियम-कायदे को नहीं मानती। बापू कहा करते थे, 'आत्मग्लानि से बड़ा दुःख और आत्मदया से बड़ा पाप कुछ भी नहीं। मुझमें इन दोनों का बोध नहीं है। अच्छा, आज क्या सुना रहे हो?"

"महादार्शनिक फ्रायड का कथन। फ्रायड ने कहा था कि मनुष्य जिस क्षण जीवन के मूल्यों या उसके अर्थ को लेकर प्रश्न करता है, वह उसी क्षण मानसिक रूप से रुग्ण हो जाता है। प्रश्न का समाधान स्वयं अपने भीतर से प्राप्त करना चाहिए, किसी से करके नहीं। तभी मानस उन्नत होता है।"

ऋचा मंत्रमुग्ध सी सब बातें सुनती हुई अचानक जाग गई, "तभी मैं स्वस्थ हूँ। न जीवन, न मूल्यों को लेकर प्रश्न करती हूँ। बस, इस निसर्ग प्रकृति के साथ रहती हूँ, जहाँ न कोई हलचल, न भेदभाव, न राजनीति की उधेड़बुन, न धर्मनीति के भेदभाव।" उसने आत्मविश्वास भरे शब्दों में कहा।

कथा वार्ता को बीच में छोड़ते हुए दोनों मित्र फकीरों की तरह जंगल की सैर करते हुए प्रश्नचिह्न से निकलकर पूर्ण विराम की ओर चल दिए। अब रोज मिलना, किताबों पर चर्चा करना, बंसी की धुन पर थिरकना सब होता, चलता रहा। लेकिन आज ऋचा ने वीरू को नदी किनारे नहीं गाँव की मस्जिद की तरफ बुलाया था। पहले से इन्तजार करने वाला वीरू आज वहाँ नहीं था। बैठी-बैठी ऋचा भूरे रंग से बनी मस्जिद को देख रही थी। भूरे पत्थर की मस्जिद के उत्तरी भाग में नरसिंह, रामकृष्ण की मूर्ति स्थापित थी। और बीच में मौलवी के बैठकर अजान करने की जगह। वोट बैंक की राजनीति से बहुत दूर। वीरू अभी भी नहीं आया था।

आज सन्ध्या की माँ आई थी। उन्हें देख ऋचा चौंक गई। वह प्रणाम करती

उससे पहले ही उन्होंने शब्दों के गोले छोड़ने शुरू कर दिए। ''एई में, तोर एई राशलीला आर कौतो दिन चोलबे। मठ को अनादर के नीचे ढकेल दिया। छिः, मन्दिर की सेविका एक पराये छेले के साथ घूमती, बैठती है। लज्जा नाई।''

ऋचा हँस पड़ी। ''मौसी, न वीरू कृष्ण है, न मैं राधा, न गाँव वृन्दावन। तब रासलीला कहाँ और कैसी ? फिर वीरू पराया कब से हो गया, सन्ध्या भी तो हम सबके साथ उठती-बैठती है। वीरू से मिलना मठ के नए महंत के पास बैठने से ज्यादा पवित्र है।''

उसकी सोच वहीं रुक गई—उसने तमतमाते चेहरे से वीरू को उसी दिशा में आते देखा। समझ गई। बातें वीरू के कानों तक पहुँच गई हैं। ज्यादा कुछ न कहते हुए उसने कहा, ''वीरू।''

''क्या है ?'' चिड़े हुए व्यक्ति की आवाज थी वह।

''तुम गाँव छोड़ शहर लौट जाओ।''

''मेरे लौटने की बात तो तब उठती न ऋचा, जब मैं यहाँ से गया हूँ। शरीर शहर गया था, आत्मा तो यहीं है। हाँ, तुम चले जाने को कह सकती हो।''

''वही समझ लो।'' इसके बाद की चुप्पी के बीच न दूरी थी न नजदीकी थी। एक शब्दातीत व्यथा थी। वीरू के हाथ में एक कागज थमा दिया।

वीरू ने पढ़ा, ''बन्धु, हम शब्द नहीं जो मिट जाए, सफर नहीं जो कट जाए। यह एक एहसास है जिसके लिए जिया जाए तो जिन्दगी कम पड़ जाए।'' अगले पल वीरू तीर की तरह निकल गया। सुबह भजन में न रस था, न आलाप में लय। आरती के समय उसे लगा दीपक की ज्योति कोई चुरा ले गया हो और अन्धकार में प्रकाश की देहरी के बाहर खड़े होने को अभिशप्त कर गया हो।

दशहरे की तैयारी शुरू हो गई थी। खूटी पूजा बहुत पहले हो चुकी। षष्ठी के दिन पंडाल में दुर्गा माँ को प्रतिष्ठित कर दिया गया था। पखावज, मृदंग, मजीरा के साथ चण्डीपाठ के साथ दुर्गापाठ होने लगा था। जंगीपाड़ा की रामलीला भी शुरू हो गई थी। राम जन्म से राजतिलक तक गाँववासी एकटक देखते रहते थे। हर साल, हर रोज। उतने दिन भोले-भाले गाँववासी कभी अयोध्या में, कभी जनकपुरी में, कभी वन में, कभी लंका में होते थे। आज सीता हरण का दृश्य था। टुकटुकी जा चुकी थी। राम हिरण के पीछे जा चुके थे और लक्ष्मण को सीता ने आक्षेपों से घायल कर राम के पीछे वन भेज दिया था। अब कुटिया में सीता अकेली थी। उधर ऋचा अपने कमरे में अकेली थी। बस, रामलीला देखने जाने को तैयार ही हो रही थी कि अचानक महंत कमरे में चले आए।

''कहीं जाने की तैयारी है ?'' मुँह से शराब की गंध और हाथ जाँघ को खुजला रहे थे।

''रामलीला की ओर जा रही हूँ। टुकटुकी प्रतीक्षा कर रही है।''

''टुकटुकी हो या वह कुम्हार का बेटा। अब तुम यह रासलीला यहाँ करोगी ?

ब्राह्मण की बेटी का दलित के बेटे से मिलना मठ की सेविका के लिए नहीं है। नियम के विरुद्ध है।"

"मन्दिर के सब नियम-कायदे बदल गए तो मेरा मन्दिर के अधीन होना भी अर्थहीन है।"

"मन्दिर के अधीन रहो या न रहो, मुझे इसमें रुचि नहीं, लेकिन आज तुम मेरे अधीन हो," कहकर महंत ने ऋचा को जोर से जकड़ लिया।

रामलीला में सीता हरण का दृश्य चल रहा था और मठ में शीलहरण का दृश्य। टुकटुकी ने जब ऋचा को आते नहीं देखा तो मठ की ओर दौड़ पड़ी। ऋचा को देखा तो चीख पड़ी, "की शर्बनाश।" ऋचा को गले लगाकर फूट-फूटकर रो पड़ी।

ऋचा संज्ञाशून्य। गाँव में घर-घर चर्चा हो रही थी—दोषी ठहराई गई ऋचा। मन्दिर के कानून तोड़ पराये लड़के से मिलकर हँसी-ठट्ठा करेगी तो महन्त ने कुछ किया तो कौन सा अपराध किया?

सुबह टुकटुकी जल्दी उठकर मठ की ओर दौड़ पड़ी। ऋचा मठ में नहीं थी। टुकटुकी नदी किनारे दौड़ पड़ी। साथ में उसका साथी वासु भी था। वह भी बालटोली का सदस्य था। ऋचा नदी किनारे बैठी हुई थी। आज नदी की धाराएँ ऋचा के जीवन को उसी ओर प्रेरित कर रही थीं, जहाँ से भाग्य ने दुःख को न्योता था। दिशाओं से पानी को छूती जल तरंग बजाती हुई हवाएँ ऋचा की संगीतमय आत्मा का साथ नहीं दे रही थीं।

ऋचा को देख टुकटुकी ने कहा, "यहाँ क्या कर रही हो?"

वासु ने भी पूछा, "ऋचा, हम लोगों को बताकर आतीं। डरा दिया तुमने।"

टुकटुकी ने दबंग स्वर में कहा, "देख ऋचा, मैंने और वासु ने रात भर बहुत सोचा। हमें कोई असर नहीं होता यह गाँव तुझे लेकर क्या कहता है। वासु भी चाहता है कि तुम हम दोनों के साथ कलकत्ता चलो। बालटोली की भी यही राय है। हमारे घरवालों को कोई परवाह नहीं। बस उठ यहाँ से।"

ऋचा हैरान! टुकटुकी जैसी दोस्ती कहाँ देखने को मिलती है, फिर भी कह उठी, "मैंने कहीं जाने की बात तुझसे कही है टुकटुकी। कोई निर्णय नहीं लिया है मैंने। और सुन, भूल कर भी वीरू को फोन मत करना—न, झूठ मत बोलना, वीरू जरूर जाते हुए अपना फोन नम्बर तुझे दे गया होगा।"

टुकटुकी खीज गई, "कलकत्ता में घास खाएगी।"

"क्यों? भिक्षा से पेट नहीं भरेगा।" लाचारी थी आवाज में।

टुकटुकी को झटका लगा, "लज्जा नाम की कोई चीज है कि नहीं। स्वामी बाबा तेरे लिए सपने देखते-देखते मर गए, जाने किसकी कन्या कहते थे।" टुकटुकी नाम सोच रही थी।

ऋचा ने उसकी परेशानी दूर करते हुए कहा, "अश्वपति की।"

वासु उछल पड़ा, "देखा टुकटुकी, ऋचा ठीक है, तू भी खाली-पीली चिन्ता से मरे जा रही है।"

वासु की बातों को अनसुना करते हुए ऋचा ने सँभलते हुए कहा, "देख टुकटुकी, तू अलस भोर मठ में आ जाना। या तो मैं तेरे साथ चल पड़ूँगी या मृत्यु की गोद में चली जाऊँगी।"

टुकटुकी भड़क उठी, "चुपकर, बेशी कथा करीश ना। बाजे कथा। तुमार भाग्ये मृत्यु नहीं कलकत्ता आछे। बाड़ा-बाड़ी करबेना—और कलकत्ता चलते होबे।"

रात बारिश हो रही थी। ऋचा की मन:स्थिति पर प्रकृति भी आँसू बहा रही थी। उसने देखा एक चींटी बारिश के पानी में खिड़की के कोने में अटक गई थी। आगे बढ़ने के प्रयत्न में बार-बार फिसलती और फिर आगे बढ़ने की कोशिश करती। उसने हार नहीं मानी, मृत्यु को समर्पित नहीं किया। ऋचा को चींटी में अपना अस्तित्व नजर आया। निर्णय हो गया।

ब्रह्ममुहूर्त के समय टुकटुकी, वासु मठ में थे। तीनों ट्रेन पर सवार हो चुके थे। तीनों को गाँव की चर्चा की परवाह नहीं थी। न अपने परिवार की। अर्थ रखता था तो ऋचा के अस्तित्व को शक्ति से भरना। ऋचा का अन्दाजा सही निकला, टुकटुकी ने वीरेश्वर को कलकत्ता आने की खबर कर दी थी। दुर्घटना का बताना जरूरी था। वीरेश्वर को जब पता चला तो चेहरा सफेद हो गया। काटो तो खून न हो, ऐसी अवस्था।

इति ने जब वीरू को देखा तो समझ गई कि आनेवाले फोन से किसी दुर्घटना की सूचना मिली है। उत्सुकता में पूछ बैठी, "क्या हुआ वीरू?"

क्या उत्तर दे वीरू। ऐसे सवालों के उत्तर नहीं होते। ऐसे हादसे को शब्द नहीं मिलते, शर्म से झुका सिर मिलता है। क्यों होता है ऋचा के साथ ऐसा, उसका जीवन अँधेरे में धकेल दिया जाता है। आदिम अन्धकार में। ऋचा आ रही है तो इति को सब बताना जरूरी हो जाता है।

उसने झिझकते हुए पूछा, "तुम्हें कोई एतराज न हो तो उन तीनों को तुम्हारे घर ले आऊँ। ऐसे क्षण में गौरा या बाबूसा के सामने जाना नहीं चाहेगी।"

इति ने तुरन्त उत्तर दिया, "पूछते भी हो और स्वयं ही निर्णय भी लेते हो। पूछ कर मेरा अपमान न करते तो अच्छा होता...पूछे बिना लाते तो सम्मान का मान होता। खैर, एक बात कहूँ, ऋचा के दर्द को सम्मान देना, दया नहीं। आदर से दु:ख की व्यथा और बढ़ जाती है। समझे।"

जाड़ों की भिनसार। कोहरा भरा। ऋचा की अवस्था की कल्पना में वह असमर्थता, भय की देहरी पर खड़ा—रेल के आने का इन्तजार कर रहा था। ट्रेन के आते ही डब्बे-डब्बे झाँकता फिर रहा था, तभी वासु की आवाज सुनाई दी—वी...रू। पलक झपकते

ही टुकटुकी गले मिलती हुई फूट-फूटकर रोने लगी। ऋचा ने देखा तो मन-ही-मन कहा, तुम से मिलकर रोना था, बहुत रोना था हमें। चलो, उसके हिस्से का रोना रोकर टुकटुकी ने उसे उस पल से कुछ कहने सुनने की ग्लानि से बचा लिया। सब खामोश थे। टैक्सी-सड़क की आवाज जरूर आ रही थी। तनाव टूटने की स्थिति में पहुँच गया था, विस्फोटक क्षण कौन सा होगा—कोई नहीं जानता। लेकिन यह चुप्पी सार्थक थी।

इति ने दरवाजा खोलते ही ऋचा को गले लगा लिया। तभी टुकटुकी ने पूछा, "तूमी इति दी ना? अच्छा इति दी आगे चा खाबो।"

इति हँस पड़ी—"बंगाल में पीने को खाबो बोलने की भाषा पर। हाँ, तुम तीनों अन्दर आओ—सब मिलेगा। इति, टुकटुकी चाय-नाश्ता बनाने चले गए और वासु ऊपर सामान रखने। रह गए वीरू-ऋचा अकेले।

ऋचा ने धीरे से कहा, "वीरू, एक बात माननी होगी। मुझे मेरे हाल पर छोड़ देना, ऐसी स्थिति में नहीं हूँ, जहाँ खुद को छलते हुए बातें करने का नाटक करती रहूँ, खास करके तुम से।"

वीरू ने गर्दन हिला दी, उसके साथ ही दोनों की आँखों में विश्वास का संकल्प भर गया। चाय, नाश्ता आने पर ऋचा ने थोड़ा-थोड़ा सब खाया—मन के विरुद्ध—औपचारिकता के तहत। इति-वीरू के दफ्तर जाने के बाद ऋचा ऊपर अपने कमरे में लेटने चली गई। जीवन को लेकर उठते प्रश्नों को कोई समाधान नहीं मिल रहा था। प्रश्नों के नेपथ्य में रह गया उत्तर का इतिहास। उसने टुकटुकी की बात सुनी थी जब वह इति को कह रही थी, "जानो इति दी, ऋचार भीतर लुकिए रयेछे—एकटा प्रचंड खमता। एई रकम बेसी देर थाकबे ना।" याद आने पर मुस्करा दी ऋचा। उदासीनता से युद्ध करके उसे उभरना होगा। युद्ध, यात्रा और यंत्रणा से निपटना होगा। कमरे से बाहर आकर देखा गंगा बह रही थी। तरंग के बाद तरंग। हर-हर-हर। वह तटस्थ भाव से देखती जा रही थी। दृश्य साक्षी, निष्पन्द, निःसंग, निस्तरंग देखती जा रही थी। केवल देख रही थी। नदी के दोनों किनारे जैसे उसे कह रहे हों, सटाओ मत, हटाओ मत। दोनों अवस्थाओं को अपने साथ पटा लो। गंगा की तरह उसे क्रिया-प्रतिक्रिया के किनारों को समेट कर जीवन की यात्रा करते रहना है। ऋचा के मुँह से निकल गया, "हाँ, मैं युद्ध और यात्रा दोनों के लिए तैयार हूँ।" शरीर में स्पन्दन आ गया।

टुकटुकी जब चाय लेकर आई तो उसे देख कह उठी—"सर्वनाश, अद्‌भुत। माँ दुर्गा तूने सब असुरों का वध कर दिया। वाह, नमस्तस्यै-नमस्तस्यै-नमो नमः।"

ऋचा ने बीच में टोकते हुए कहा, "एई—दुर्गापाठ बन्द कर और नीचे का समाचार दे।"

"ठीक है, आज का समाचार—नीचे वीरू एकदम गूँगा-भूत की तरह बैठा है। अब ताजा समाचार वीरू को सुना देती हूँ।"

"रुक, मैं भी चलती हूँ।" दोनों नीचे आ गईं।

वीरू की गम्भीरता को तोड़ते हुए ऋचा ने कहा, "क्या हो रहा है वीरू? तुम्हारे मौन में पीड़ा बोल रही है, क्यों?"

ऋचा की आवाज से वीरू क्या, सभी चौंक गए। वातावरण की गम्भीरता को कम करते हुए ऋचा बोल पड़ी, "मरो मत वीरू महाशय, मैं अहल्या नहीं हुई हूँ। बाधा, बन्धनविहीन जीवन जीने के लिए पूर्णतः तैयार हूँ।" सुबह की ऋचा और अभी की ऋचा के अस्तित्व में इतना परिवर्तन? इतने बड़े हादसे के बाद इतनी सहजता से आन्तरिक द्वन्द्व का समाधान तो कोई निष्पाप मानस ही पा सकता है। ऋचा की आत्मा ने आत्महनन और आत्मदया से ऊपर उठकर अपनी निजता में आने का स्वस्थ निर्णय लिया था। इति कह उठी, "दिस इज अवर ऋचा। अनबिलिएबल सोल।"

रविवार का दिन। वीरू सबको चिड़ियाघर ले गया। इति को चैन मिला, एक स्पेस मिला। चिड़ियाघर को देख ऋचा को हँसी आ गई।

"एई ऋचा, अकारण हँसी का कारण?" वीरू ने आश्चर्य से पूछा।

"इनको देखकर तुम्हारे पूर्वजों की याद आ गई, प्रणाम करने जा रही थी कि हँसी आ गई।" टुकटुकी भी हँसी में शामिल हो गई। वीरू हँसी में शामिल न हो सका—वह तो सोच रहा था, इतना गहरा जख्म इतनी जल्दी तो नहीं भरता। ऋचा समझ गई, कहना चाह रही थी जख्म की पीड़ा से आँसुओं का गीत गुँजाना नहीं चाहती। तुम्हें भी कहाँ पसन्द आएगा, जब लोगों की आँखें बोलेंगी, 'बेचारी ऋचा।' इसलिए पीड़ा बोध में ठहरती नहीं।

लौटकर सबने रात का खाना खाया और अपने-अपने कमरे में सोने चले गए। सुबह धूप का इतिहास कमरे में झाँक रहा था, हल्की-हल्की हवा के साथ। तभी वीरू की आवाज आई, "आओ ऋचा, चाय पीएँ।"

"अरे वीरू, इतना सम्मान क्यों? मैं तो नीचे आ ही रही थी। कुछ बात है?" ऋचा ने पूछा।

"गौरा आने वाली है, उसे सब बातें मालूम हो गई हैं।" दबी आवाज में वीरू ने कहा।

ऋचा को अचरज नहीं हुआ, यह तो होना ही था। "भय क्यों वीरू?" नीचे उतरते ऋचा ने कहा। सीढ़ी के पास गौरा दी को देखकर कह उठी, "अरे गौरा दी, आप? सौ साल जिओगी। अभी आपकी ही सूचना वीरू दे रहा था।"

गौरा ने अनसुना करते हुए कहा, "ऋचा, तुमसे अकेले में बात करनी है।"

ऋचा समझ गई। "क्षमा करें गौरा दी, ऐसा कुछ भी शेष नहीं रहा, जो यहाँ के लोगों से छुपा हुआ हो। आप कुछ पूछना शुरू करें, उससे पहले मेरी बात सुन लो। मैंने अपनी मर्जी से न मठ छोड़ा न किया हुआ संकल्प छोड़ा है। मैंने मठ छोड़ा, क्योंकि अब वह अधर्म का स्थान हो गया है। मेरे अन्तरमन में आज भी बाबा की

सिखाई गीता वाणी, एकाग्रता और आदर्श मेरे पाथेय बने हुए हैं। सच्चाई यही है। सच को सहना बड़ा कठिन होता है गौरा दी। कमरे की दीवारों की तरह अपने अस्तित्व की दीवार भी अपने अन्तरमन के चारों ओर होती है। किसी-न-किसी दीवार की दिशा की तरफ पीठ तो करनी ही पड़ती है। मैंने मठ के अधर्म की तरफ पीठ कर ली है।'' ऋचा की वाणी में तेज भरा संकल्प था।

''मैं तुम्हारा क्यों और क्या सुनने नहीं आई। वीरू कह रहा था तुम दिन भर अकेली बैठी रहती हो, सो यह पूछने आई थी कि तुम एक महिला-संस्था को संगीत शिक्षा देना चाहोगी। तुम्हारा समय बीतेगा और महीना भी कमा लोगी। मैंने बात कर ली है—तुम्हारी हाँ समझूँ?''

ऋचा ने गर्दन हिला दी।

''तो ठीक है, कल मेरी गाड़ी आएगी, तुम्हें वहाँ ले जाएगी, मैं वहाँ रहूँगी।'' कहकर गौरा तीर की तरह गाड़ी में बैठ गई।

ऋचा को महिला-संस्था में संगीत सिखाते दो महीने गुजर गए। असम्भव, असाध्य शब्द को झूठा प्रमाणित कर चुकी थी कि तभी ऋचा की तबीयत बिगड़ गई। अब तक उसने असमतल, अनजाने बाधा-विघ्नों से भरे रास्तों से राह निकाल ली थी, लेकिन तबीयत ने अचानक उसके पाँवों को रोक दिया। कुछ दिनों से रोज सुबह उल्टी हो रही थी, साथ-साथ माहवारी भी बन्द था। टुकटुकी ने धीरे से ऋचा को कुछ कहा। सुनकर ऋचा संज्ञाशून्य अवस्था में चली गई। वापिस लौटी तो वीरू उसके पास खड़ा था, उसकी हथेली थामे।

''वीरू, टूटी दीवार पर पाप की बेल चढ़ आई है।'' ऋचा ने आहिस्ता से कहा।

'पाप' शब्द ने हथौड़े की तरह वीरू के दिमाग पर वार कर दिया—प्रतिक्रिया में वीरू ने ऋचा के गाल पर एक थप्पड़ जड़ दिया। ''पाप। यह शब्द तुम्हारे होंठों पर आया कैसे? अगर तुम पापी तो पूरा जग पाप की जड़ है ऋचा। धर्म-अधर्म, पाप-पुण्य मैं नहीं मानता, लेकिन तुम्हें इस शब्द से मुक्त कराने के लिए मुझे तुम्हारे साथ हम-बिस्तर होना पड़े या विवाह करना पड़े तो मैं तैयार हूँ। पल-पल हम दोनों इस शब्द के भार के नीचे मरते चले जाएँ, इससे बेहतर है कि एक बार ही मर जाएँ।'' वीरू आक्रोश में कह गया, लेकिन दूसरे क्षण वह जड़भरत की स्थिति में आ गया। ऋचा स्तब्ध। वीरू के आक्रोश पर। आवाज में क्रोध और आँखों की पीड़ा को देख ही नहीं रही थी, समझ भी रही थी।

ऋचा की आत्मा बोल पड़ी, ''हे मेरे आत्मबन्धु, कृतज्ञता, श्रद्धा, स्नेह भरी आँखों का अर्पण लो, अभिनन्दन स्वीकारो।''

खबर कहाँ छुपती। इति को पता चला तो कहा, ''वीरू, यह ऋचा का व्यक्तिगत मामला है, मेरा कुछ कहना ठीक नहीं होगा।''

वीरू ने क्या इति से कुछ अपेक्षा की थी, एक समझ की। गलत, बहुत गलत। किस बिना पर वह इति से अपेक्षा कर बैठता? गौरा सोचने लगी उसकी इज्जत का फलूदा न निकले, इसके लिए दो ही उपाय थे—अबॉरशन या विवाह। वीरेश्वर चुप्प। इस समस्या का हल किसी के पास नहीं था, उसके पास भी नहीं। था तो सिर्फ ऋचा के पास। ऋचा का जो भी निर्णय था उसे सहज स्वीकार रहा है और अब भी स्वीकार होगा। वो उसके साथ है बस यही उसे सांत्वना-आत्मतृप्ति का एहसास देता है। ऋचा निर्णय ले निर्भय, नि:संकोच।

अचानक उसने गौरा से कहा—"गौरा, निर्णय जो भी हो, लेकिन अब यहाँ से चले जाने के मेरे निर्णय को बल देना। एक घर की व्यवस्था करवा दो।" गौरा की आश्वस्ति पर वीरू ने चैन की साँस ली। वह बहुत खुश था और इसी खुशी के साथ वह ऋचा के पास चला गया।

ऋचा ने उसके चेहरे की ओर देखते हुए पूछा, "क्या बात है वीरू, बड़े प्रसन्न दिखाई पड़ रहे हो। भानमती का पिटारा मिल गया क्या?"

"वाह! खुश होना गुनाह है? सुनो, खुश हूँ, क्योंकि गौरा ने एक घर का बन्दोबस्त करने का आश्वासन दिया है। एक छत होगी, जिसमें हम जीए हुए अतीत के साथ नहीं बल्कि जीने के लिए बचे हुए भविष्य के साथ रहेंगे। समझी।"

ऋचा ने टोकते हुए कहा, "घर मिल जाए तब सपना देखना। अपनी यह खुशी टुकटुकी को मत कहना, कूद-कूदकर खुशी जताएगी, खास करके इति के सामने। उसे इति का सिगरेट पीना, शराब पीना बिलकुल नहीं सुहाता। आज के मुख्य समाचार दो लेख लिखे हैं, पसन्द आएँ तो छपवा देना। छपास का स्वाद चख लूँ।"

खाना, घूमना, समाजसेवा और लेखन में ऋचा के कई माह गुजर गए। वीरू ने खामोशी से ऋचा का बच्चे के जन्म का प्रस्ताव स्वीकार तो लिया था, लेकिन भीतर से इस निर्णय से आश्वस्त नहीं था। सदी कोई कैसी भी हो, दूसरों के प्रति मान्यताएँ तो वही पुरानी हैं, सोच में बदलाव कहीं भी नहीं है। उसी कशमकश में अचानक ऋचा के सामने प्रस्ताव रख दिया, "ऋचा, बच्चे के जन्म से पहले हम विवाह कर लें तो बच्चे को समाज स्वीकार लेगा।"

ऋचा हतप्रभ। यह कैसा प्रस्ताव। उसने पूछा, "क्या बात है वीरू, अपनी बाल सखी से विश्वास उठ गया क्या? डरो मत, मैं समाज का सामना करने में समर्थ हूँ और बच्चे को भी समर्थ बना दूँगी। फिर तुम तो हो न? तुम्हारा साथ है तो भय कैसा और किसका? जानती हूँ बात विश्वास की नहीं है, तुम्हें भय है लोक मुख का । हम दोनों एक ही विश्वास की धरती पर खड़े हैं तो दूसरी ओर ताकना क्यों?" उसे लगा वीरू पूरी तरह आश्वस्त नहीं हुआ है, उसे कहना पड़ा, "वीरू, हम दोनों के आत्मीय सम्बन्ध में प्रेम जैसा शब्द बहुत ही निम्न और निरर्थक भावना से भरा हुआ है—

अर्थहीन। हमारी संवेदनाएँ इन एहसासों से परे हैं बन्धु। तुम्हारी इस मानसिक स्थिति का उपचार शादी या अन्य कोई विकल्प नहीं है सखे, जिस एहसास के दलदल में फँस कर तुम सोच रहे हो उस एहसास का नाम है—लौकिक प्यार एवं सामाजिक भय। हमारी आत्मीयता औरत-मर्द की नहीं है। तुम पलायन कर रहे हो वीरू, लेकिन बाबा के संस्कारों ने मुझे हर स्थिति में सत्य के सामने खड़े होने की शक्ति दी है। वीरू शादी ही यदि प्यार का, इस समस्या का इश्तहार है तो मैं ऐसे किसी विज्ञापन का ऐड नहीं हूँ और न होना चाहती हूँ। वीरू, एक तुम ही हो जिसे मैं बेझिझक, निडर होकर कह सकती हूँ कि मेरी अपनी लड़ाई समाज, मठ से नहीं है, मेरी अस्तित्व की लड़ाई उस आवेग से है, जो भीतरी बल के माध्यम से एक सार्थकता, एक विजन, जीवन जीने और आगे ले जाने के तत्त्वों की पहचान कराए। अर्थहीनता की अनुभूति से परे। मेरे विकास के साधन में सहायक हो। वीरू, जो आज हो रहा है, हुआ है वह प्रत्येक शताब्दी, प्रत्येक उम्र, काल में होता आ रहा है। समस्या वही, रूप, रंग, परिस्थिति का फर्क। जानती हूँ इस बात का मुद्दा एक बार जोर से उछलेगा, फिर समुद्र के उफान की तरह चला जाएगा। बाबा ने एक बार कहा था—जीवन में सिर्फ स्वयं ही अपने आपको समेट कर एकत्र करना होता है—एकत्र और सुरक्षित। मैं एकत्र भी हूँ और तुम्हारे साथ सुरक्षित भी, समझे।'' वीरू के चेहरे पर भी संकल्प का गहरा भाव था। संशय, भय, धिक्कार, सब भाप बनकर उड़ गए थे।

ऋचा ने आश्वस्त स्वर में वीरू से कहा, ''वीरू, मेरी तबीयत ठीक नहीं लग रही है। तुम्हारे मन में अभी भी कोई शंका रह गई हो तो सुबह बात करेंगे।'' लेकिन सुबह कहाँ हुई ? रात को वीरू को ऋचा के दर्द उठने की बात कह डाली। अस्पताल में वीरू के चेहरे की हवाइयाँ उड़ रही थीं। प्रसव पीड़ा में ऋचा को पसीने में नहाते देख उसके होश ही गुम हो गए। प्रसूतिगृह के आगे वीरू, टुकटुकी, वासु इधर-उधर चहलकदमी कर रहे थे। वीरू जो भगवान को नहीं मानता था, इस घड़ी वह भी प्रार्थना कर रहा था। नास्तिक कोई नहीं होता, गहरी आपदा में सभी प्रार्थना करते हैं, मन-ही-मन या बोलकर। थोड़ी देर बाद लेडी डाक्टर ने आकर खबर दी लड़की हुई है। माँ-बेटी स्वस्थ हैं। ऋचा के कमरे में आते ही वीरेश्वर कमरे की ओर दौड़ पड़ा। मानो, ऋचा को देखे युग बीता हो, ऐसा उतावलापन। ऋचा का हाथ पकड़े बैठा रहा—खामोश। टुकटुकी और वासु बच्ची को देख खुश हो रहे थे। ऋचा ने वीरू की हथेली पर अपनी हथेली रखते हुए कहा, ''वीरू, मुझसे तो मिल लिए अपनी बिटिया से नहीं मिलोगे।''

सहज वातावरण। वीरू ने उस नन्ही सी जान को देखा। नवजीवन का स्पंदन, नई जिन्दगी, नव-प्राण।

खंड-2

तितिक्षा *

* द्वन्द्वों को सहने की शक्ति।

ऋचा के जीवन का एक अध्याय खत्म, कल से फिर एक नया जीवन शुरू। ऋचा के जीवन में चुनौती संघर्ष पहले भी था, लेकिन इस बार संघर्ष ने नया रूप ले लिया था। प्रज्ञा का जन्म तो हो चुका था, लेकिन उसके जन्म से पहले हर पल का तनाव ऋचा को याद था। याद आया कि जब से गर्भवती होने की खबर बाहर आई थी, एक तरह की व्याकुलता सब में व्याप्त हो गई थी। अबॉरशन ही समस्या का हल था। ऋचा में कोई प्रतिवाद नहीं था—खामोश—एक चुप्पी के साथ सब देख रही थी। एक तटस्थ दर्शक की तरह। लेकिन जब रात में उसे अपने भीतर एक रोता हुआ बच्चा दिखता जो उसे कहता रहता था—माँ-मैं तुम्हारा ही तो अंश हूँ, सिर्फ तुम्हारा। अन्त में उसने गर्भ न गिराने का निर्णय ले लिया था। उस रात वह बच्चा मुस्कराने के साथ-साथ धन्य-धन्य भाव से भरा हुआ था। उसने अपना निर्णय वीरू और टुकटुकी को बता दिया। वीरू ने कोई स्पष्टीकरण नहीं माँगा—बस एक खामोश स्वीकार दे दिया, लेकिन टुकटुकी ने सुना तो हाथ जोड़ बोल पड़ी, ''जय माँ काली—अब मैं आराम से सो पाऊँगी। निर्णय की घड़ी बीत जाने के बाद ऋचा ने खुद को लेखन में झोंक दिया था। व्यस्तता उसे हमेशा तनावमुक्त रखती थी। ऋचा को याद आया उसने वीरू की खामोश स्वीकृति को प्रणाम करते हुए उच्चारण किया था—मेरे जीवन में आने वाले तुम देवदूत हो। सच वीरू चाँद की अपनी तो कोई रोशनी नहीं वह तो सूर्य की रोशनी से ही उज्ज्वल है। सच कहा था वीरू ने नारी और अग्नि कभी अपवित्र नहीं होती। वह वीरू को सपाट या बेलौस नजरों से नहीं देखती रहती थी—भरी-भरी नजरों से देखती थी। ऋचा मुस्करा दी जब उसे याद आया जब उसने पहली बार नन्हे शिशु को प्रसूतिगृह में देखा था। उसे छाती से चिपकाते हुए कहा था, ''मेरी शक्ति से अलंकृत प्रज्ञा है तू। मेरी प्रज्ञा।'' और उस बालिका का नामकरण हो गया। जब उसे कमरे में लाया गया तो उसे याद है कैसे वीरेश्वर, टुकटुकी, वासु सब दौड़े चले आए थे। सब के चेहरे के रंग उड़े हुए थे। वह स्पर्श, जो वीरू ने कमरे में आने के बाद ऋचा के सिर पर अपना हाथ रखा था। प्यार, उदारता का भरपूर हाथ। उस स्पर्श से उसके प्राण

जीवन्त हो उठे थे—थकान गायब हो गई थी। ऋचा ने वीरेश्वर को याद दिलाया था, "अपनी बिटिया को नहीं देखेंगे।" वीरेश्वर की बच्ची की तरफ जाने की आतुरता को वह अभी भी नहीं भूली थी। उसने कहा था, "वीरू, बच्ची के गाल पर छोटा सा काला दाग देखा।" उफ वीरेश्वर कैसे भभक उठा था—"काला दाग! जब चाँद में काला दाग अशोभनीय नहीं है तो हमारी गुड़िया में क्यों हो। यह तो शोभा की खान है ऋचा। जानती हो मुझसे पूछ रही है बाबुम, पिता बनने का सुख कैसा लग रहा है।" ऋचा उस घड़ी वीरेश्वर को अपलक देखती रही थी। उसकी एक आँख में आँसू थे तो दूसरी में हँसी। वीरू को लेकर उसके भीतर एक गहरा आश्वासन एक पूरा विश्वास था—अटूट विश्वास। सब कुछ एक सहज, भोले स्वीकार के तहत गुजरा था।

वीरू जब दूसरे दिन आया था तो उसके एक हाथ में फल का थैला था तो दूसरे हाथ में बच्ची के लिए खिलौने थे। ऋचा कुर्सी पर बैठी थी—उसे देखकर बस कहा था, "तुम स्वस्थ हो देखकर मैं आश्वस्त हुआ। ऋचा, गौरा कल यहाँ आना चाहती है। क्यों—मैं नहीं जानता। सुनो ऋचा—तुमने इसका नाम रखा प्रज्ञा लेकिन यह बाबुम की लाडली पैगी कहलाएगी।" तब से प्रज्ञा वीरेश्वर के लिए पैगी ही रही।

वीरू के चेहरे पर उस दिन थकान देखकर वह समझ गई थी, आज उसने कुछ नहीं खाया था। फल काटकर वीरेश्वर का कान पकड़ा था और बोल पड़ी थी, "उठो बाबुम मेरे—माँ ने फल काटे हैं—अच्छे बच्चे की तरह चुपचाप खा लो। पता तो है माँ की बात टालने की हिम्मत न तुम जुटा पाए और मुझमें भी नहीं है।"

ऋचा ने देखा था वीरेश्वर की आँखों में आती हुई चमक। उसने अचानक कहा था, "आज तो नदी किनारे की ऋचा याद आ गई।" उत्तर में उसने कहा था, "भली कही। बहुत दिन हुए तुमसे ज्ञान चर्चा किए। चलो आज कोई प्रसंग सुनाओ।"

"कवि कालीदास का नाम सुना है?" वीरू ने पूछा था।

"महामूर्ख हो तुम। पंडित नवलकिशोर की बेटी कालीदास का नाम नहीं सुनेगी।"

"अभिज्ञान शाकुंतलम् पढ़ा है।"

"वीरू—अभिज्ञान शाकुंतलम् बापू ने मुझे संस्कृत में पढ़ाया था। इस निरर्थक प्रश्न का कारण?"

"जब पहली बार दुष्यन्त ने शकुंतला को देखा था तो उसने कहा था..."

ऋचा ने वीरू की बात को बीच में टोक दिया था।

अगले दिन गौरा दी आई थी। उसे याद है गौरा दी के हाथों में ढेर सारे फूलों से बँधा गुलदस्ता था जिसे देख उसने प्रश्न किया था, "क्या बात है गौरा दी—आज सुगन्ध क्यों बिखेरी जा रही है।"

"तुम्हारे निर्णय से समाज में तो सुगन्ध फैली नहीं—सोचा यहाँ कमरे में सुगन्ध फैला दूँ। वैसे ऋचा—तुम वीरू के साथ गृहस्थी क्यों नहीं बसाना चाहती हो।"

गौरा दी का अचानक पूछे गए प्रश्न का जवाब वह तब नहीं दे पाई आज पूछती तो जरूर कहती कभी घर गृहस्थी के सपने उस भ्रम में जीने का सम्पूर्ण अधिकार था—लेकिन अब कड़वे सच के इतने नजदीक हैं कि सपनों का माधुर्य बहुत दूर चला गया है। लेकिन उस दिन गौरा ने प्रश्न पूछा था उससे उस समय वह सकते में आ गई थी।

"यदि तुम वीरू के साथ विवाह नहीं करना चाहती तो उसे दूसरे के साथ विवाह करने क्यों नहीं देतीं?"

यह कैसा आरोप था। "क्या कहा गौरा दी—मैं वीरू को विवाह के लिए मना करती हूँ। ऐसा अशोभनीय खयाल मेरे भीतर कभी नहीं आया। आप चाहें तो वीरू से विवाह कर सकती हैं—मेरी तरफ से कोई आपत्ति नहीं। आप कहें तो मैं वीरू से बात करूँ।"

"हाँ, तुम बात करना। तुम्हारी बात वह टालेगा नहीं।"

"मेरी बात स्वीकारेगा, इसका दायित्व मैं नहीं लेती। विवाह का निर्णय—जीवन का अहम फैसला होता है जो उसे स्वयं ही करना होगा। मैं आग्रह कर सकती हूँ, बाध्य नहीं।"

"तुम इस तरह बात करना ऋचा कि वीरू मान जाए।" कहती हुई गौरा दी चली गई।

उसे लगा गौरा दी यही बात कहने आई थी। ऋचा अभी सोचने लगी क्या उस दिन उसने पूरी निष्ठा से वीरू के सामने गौरा दी का प्रस्ताव रखा था। प्रस्ताव उसने वीरू के आने के साथ ही रख दिया था। वीरू आया तो वह खामोश थी। सोच रही थी बात कैसे शुरू करे।

वीरू पूछ बैठा, "खामोश क्यों हो? कहाँ हो?"

"पता नहीं वीरू अभी मैं खुद अपने पास नहीं हूँ। मेरे शब्द मुझसे बहुत दूर हैं।"

"कारण?" वीरू ने पूछा था।

"कारण जान पाना इतना सरल कहाँ होता है। अक्सर कारण समस्या से दूर ही होते हैं।"

ऋचा की बात पर वीरू झल्ला गया था, "गोल-गोल बातें तुमसे नहीं होंगी—मुद्दे पर आ जाओ।"

"गौरा दी आई थी।"

"तो?"

"तुमसे विवाह करना चाहती है।" सच उस दिन वीरू के सामने उसने प्रस्ताव तो रखा था यदि उसने अस्वीकार कर दिया तो उसका क्या कसूर। हाँ, उसे आज भी याद है कि जाते-जाते वीरू कह गया था, "ऋचा, नया संसार नया भ्रम पालने के लिए जिस हृदय की जरूरत है वह उसके पास नहीं है। तुम ऐसी बातों पर ध्यान मत दो और न कोई विरोध करो। प्रज्ञा तुम्हारी ही नहीं मेरी भी बेटी है। मेरी जिम्मेदारी है।"

ऋचा के मन में आज भी यही था कि उसने कोशिश पूरी की थी—यह जानते हुए भी कि उसका और वीरू का सम्बन्ध कोई क्षण या लम्हा तो नहीं जिसका अन्त अगले पल हो जाना है। लेकिन वीरू इस बात को वहीं का वहीं खत्म करना चाहता था।

अगले दिन 'गौरा पब्लिकेशन' पहुँचते ही सीधा गौरा के कमरे में चला गया था। "तुम अकेली हो?" निरर्थक सवाल। देख तो रहा था गौरा कमरे में अकेली ही थी।

"हाँ अकेली हूँ," उसने इस तरह कहा मानो कमरे में अकेले होने की बात न कहकर जीवन के अपने अकेलेपन की बात कर रही हो।

"तुम ऋचा के पास गई थीं?"

"हाँ गई थी। ऋचा ने बताया होगा—तुमने क्या निर्णय लिया?" गौरा की आवाज में उत्सुकता थी, "वीरू क्यों अपना जीवन एक परछाईं के पीछे भागते हुए समाप्त करना चाहते हो।"

वीरेश्वर को इस बात पर अचरज हुआ था। कह पड़ा, "गौरा, जीवन में न कभी कोई स्पष्ट शुरुआत होती है और न स्पष्ट अन्त। जीवन का विस्तार इतना फैला हुआ होता है कि जीवन की शुरुआत और अन्त को एक साथ देखना सम्भव नहीं। एक समय में सिर्फ एक कोण से ही देखा जा सकता है—पूरी जिन्दगी नहीं। मैं जिस कोण से जीवन देख रहा हूँ वह मेरे सामने स्पष्ट और मेरा चुना हुआ है।"

ऋचा आज भी समझ नहीं पाई कि यह जीवन जो वे जी रहे हैं क्या सचमुच उन दोनों ने चुना था—या परिस्थितिवश मिल गया था। इस चुनाव पर उसे याद आया, जब वीरू ने गौरा को जात, उम्र का भी कारण दिया था। गौरा ने वीरू के इस कारण के जवाब में कहा था, "जात सिर्फ एक कल्पना है वीरू। समाज ने अपने प्रयोजन की वजह से जाति भेद किया था—वह उस समय का सच था और उम्र? वह तो आदिमानव ने उम्र नाम की आपेक्षिक कल्पना की थी, जो आज जीवन का प्रमाण पत्र बन गया है।" वीरू की मजबूरी को समझते हुए गौरा ने कहा था, "वीरू फ्लैट ठीक करवा दिया है। कल सुबह अस्पताल से ऋचा को बच्ची के साथ सीधे वहीं ले आना। और हाँ, अब अपने तीनों का साथ क्राउड नहीं कहलाएगा—

ठीक।'' गौरा की आवाज भीगी थी। गौरा ने बाबूसा को कह दिया अब वीरू की आर्थिक सहायता करते रहें। वह नया फ्लैट इसमें प्रज्ञा के साथ उसका पहला कदम रखना उसे ज्यों-का-त्यों याद है।

''आओ ऋचा।'' गौरा ने ऋचा का हाथ पकड़ते हुए कहा। टुकटुकी को टोकते हुए उसने कहा था— ''एई टुकटुकी, पहले सूर्य की पहली किरण को गृह-प्रवेश करने दे।'' प्रज्ञा का ऋचा के साथ प्रवेश हो गया।

उस दिन उसने बाबूसा और गौरा दी के प्रति एक मूक नमन का भाव लेकर प्रवेश किया। तब से वीरेश्वर ऋचा, प्रज्ञा की देखभाल में कोई कसर नहीं छोड़ता था। आज वह खीज गई थी—''वीरू, मैं अपंग नहीं माँ हूँ। इतना ध्यान देना बन्द करो। मुझे महसूस करने दो कि मैं कमजोर औरत नहीं हूँ।''

वीरेश्वर चौंक गया। कमजोर और ऋचा ? असम्भव! कठिन-से-कठिन बाधाओं के आगे समर्पण न करने वाली का नाम ही तो है—ऋचा शर्मा! ऋचा का जीवन अपने तरीके से चल रहा था। बीते हुए दिनों को याद कर उसे हँसी आ गई थी। आज वह प्रज्ञा और लेखन में व्यस्त थी और वीरू 'गौरा पब्लिकेशन' में। वीरेश्वर अब एक सफल प्रकाशक के रूप में गिना जाने लगा था। उसने एक पत्रिका भी निकालनी प्रारम्भ कर दी थी। 'वास्तव' पत्रिका। सम्पादक मंडल में एक काबिल लड़का राशिद भी शामिल हो गया था। आषाढ़ की नीली घटा के अन्धकार के समान राशिद का जीवन था। सुख-दुःख की राहें बड़े बेढंगे तरीके से उसके जीवन में घुल-मिल गई थीं। उस गौरवपूर्ण युवक के व्यक्तित्व में एक चुम्बकीय शक्ति थी जिसने गौरा को उसकी तरफ आकर्षित कर लिया था।

दोपहर को गौरा के घर में गजलों का मजमा जमा हुआ था। राशिद के सामने गौरा बैठी थी—मुग्ध, डूबी-डूबी। राशिद की आवाज गौरा के अन्तर को छू रही थी, जब वह गा रहा था—'देर हुई आने में तुम क़ो, शुक्र है फिर भी आए तो। आस ने दिल का साथ न छोड़ा, वैसे हम घबराए तो।' राशिद अपनी धुन में गजल सुना रहा था, लेकिन गौरा को लगा वह यह गजल उसे सुनाने के लिए गा रहा है। राशिद के प्रति उसके प्यार को प्रतिउत्तर मिल गया था। गोष्ठी के बाद राशिद को घर छोड़ने के बहाने वह उसे गाड़ी में ले गई, खुद ड्राइव करके। राशिद के घर से पहले रेलवे क्रॉसिंग का फाटक आता है, गौरा की गाड़ी वहीं खड़ी थी, अँधेरे में। अचानक राशिद का हाथ थामते हुए कहा, ''राशिद, आई लव यू। आई वांट यू टू मैरी मी। बस जल्दी से विवाह कर लो मुझसे।'' अचानक आए इस प्रस्ताव से राशिद बौखला गया। गौरा ने राशिद के मन को समझते हुए कहा, ''मिथ्या प्रवंचना क्यों ? खुद में साहस नहीं तो दूसरे के दुःसाहस की उपेक्षा तो मत करो।'' कहकर गौरा ने राशिद को अपनी बाँहों में भर लिया। जकड़न इतनी जोर से थी कि राशिद खुद को छुड़ा

नहीं पाया, आखिर उसे कहना पड़ा, ''छोड़ो गौरा...तुम निडर हो, लेकिन मैं समाज-धर्म-वर्ग को लेकर भयभीत हूँ और इस दिशा में सोच भी नहीं सकता। चाह कर भी नहीं।'' मिमियाते हुए राशिद ने कहा।

गौरा भड़क उठी, ''धर्म? यह धर्म ही है, जो सामने होता है तो अवरोध पैदा करता है और पीछे हो तो वार करता है। इसलिए हम दोनों किसी धर्म के साथ सन्धि नहीं करेंगे। हमारा जीवन हमारा धर्म होगा। जानते हो जाने कहाँ एक बार कहीं पढ़ा था कि तुलसीदास ने लंकादहन तक इस भ्रम में लोगों को रखा कि सीता को वेदना रावण दे रहा था, लेकिन बाद में सीता को गर्भावस्था में वन भेजना क्या कम दुखदायी था। राम हमारे देवता हैं—सीता को मैया मानते हैं। अवतारी हैं, इसलिए इनके पीछे कारण होता होगा, लेकिन राशिद कलयुग का मानव कहाँ गम्भीरता से इस बात को समझता है। मुल्ला काजी? ससुर निरुपाय पुत्रवधू के साथ शारीरिक सम्बन्ध करता है, पुत्रवधू इसके विरोध में न्याय माँगती है तो क्या किया मुल्ला काजी ने? और जिसने मुल्ला काजी के खिलाफ आवाज उठाई उसे देश-निकाला दे दिया गया। लगा दिया फतवा। जिस धर्म में कुछ सुनने की सहनशक्ति नहीं ऐसा धर्म किस काम का। सब लोग गीता और कुरान की शिक्षा से हटकर अपना फायदा देख रहे हैं तो हमें भी अपना फ़ायदा देखने का हक है राशिद।'' गौरा के शब्दों में ठहराव और वजन था।

राशिद ने फिर कहा, ''गौरा, तुम उड़ती चिड़िया हो, बन्धन स्वीकार होगा?''

''दोस्त, अ बर्ड कैन नॉट फ्लाई ऑन विथ वन विंग।'' यह कहकर गौरा ने राशिद को अपने नजदीक खींच लिया। राशिद भी बेझिझक गौरा की बाँहों में बँध गया और दो तप्त होंठों का संसार एक हो गया। प्रेम न जाने धर्म की सीमा—इसका उदाहरण देते हुए।

सेठजी तक बात पहुँची तो उन्हें निन्दकों की चिन्ता सताने लगी। गौरा ने जैसे कमर कस ली हो। उन्हें दलील देते हुए कहने लगी, ''डैडी, भय क्यों, फॉर वाट। संसार में अभाव अनेक हैं, लेकिन निन्दकों की कमी नहीं। एक ढूँढ़ो तो हजार मिलेंगे। ऋचा को लेकर क्या लोगों की जुबान पर बातें नहीं आई थीं? खैर, विवाह का इन्तजाम है। ले-देकर कागजात तैयार करने को कह दिया है। कल शाम मैरिज रजिस्ट्रेशन जा रहे हैं।''

सेठजी ने हार कर मंजूरी दे दी। गौरा ने भी वहीं उसी घर में रहने का आश्वासन दे डाला। वीरू ने समझाया, दो धर्म के संस्कार मुश्किलें पैदा कर सकते हैं तो गौरा ने वहाँ भी जवाब दे डाला, ''आज के युग में धर्म के प्रचारक ही देहि-देहि की रट लगाकर देह व्यापार का धंधा चलाते हैं। चैनलों में एक ही चर्चा। घंटा दाईं ओर बजना चाहिए या बाईं ओर। आरती दो बार उतारनी चाहिए या चार बार। धर्म स्वतंत्र

करता है या अधीन वीरू? तुम चिन्ता न करो राशिद के साथ जीवन ठीक-ठाक ही गुजर जाएगा।''

गौरा का सच्चा परिचय पाना बहुत कठिन है यह वीरू जानता है। वह यह भी समझता है कि धर्म, वर्ग सब एक कहन्त बन गए हैं। गौरा ने ठान लिया तो विवाह तो होना ही था। विवाह के बाद गौरा और राशिद हनीमून पर चले गए।

डोवर पार्क के इस घर के पीछे की तरफ ऋचा ने अपने मनपसन्द फूलों का बगीचा तैयार किया था। प्रज्ञा कभी फूल उठाकर मुँह में डालने की कोशिश करती तो टुकटुकी की चिल्लाहट सुनाई पड़ती—''एई दुष्ट में—फेले दाओ—खाबे ना। की रे बाबा—इतनी छोटी लड़की के पेट में बुद्धि राक्षस की है—तोड़-फोड़। आर पारी ना बाबा। देशे चाले जाबो—कांदबे तखन।'' ऋचा मुस्करा देती। जानती थी न टुकटुकी प्रज्ञा को छोड़ कर रह सकती है न प्रज्ञा टुकटुकी के बिना। वासु को भी काम पर लगा दिया था—दूर एक फैक्टरी के मैनेजर के घर—सो अब टुकटुकी का सारा ध्यान प्रज्ञा में ही रहता था।

ऋचा का नियम था कि भोर होते ही वह अपनी पूजा-पाठ सब कर लेती थी—एक दिन पूजा में जरा सी देर हो गई—वीरू पूछ बैठा, ''तुम्हारी तबीयत तो ठीक है ऋचा? अभी तक पूजा नहीं की?''

ऋचा मजाक के मूड में थी—तत्पर उत्तर दिया, ''देवता तो बाहर थे, पूजा कैसे करती भला?''

ऋचा का आशु डायलॉग सुनकर हँस पड़ा। बहुत दिनों बाद इतनी मुक्त हँसी हँसा होगा। ''इस ऐतिहासिक आइडिया की उत्पत्ति तुम्हारे दिमाग के किस कोने से हुई है—पुजारिन ऋचा?'' वीरू ने मुस्कराकर पूछा। ''ए लो—तुम्हारे एक कौतूहल की निवृत्ति में एक और कौतूहल ने जन्म लिया'' और दोनों हँस पड़े। ''अच्छा सुनो, कल महिला क्लब में लाइब्रेरी की ओपनिंग है, इति भी साथ जाएगी।'' ऋचा को अचानक याद आ गया।

सुबह का सूर्य। सम्पूर्ण गोल सूर्य। अद्‌भुत। ऋचा इस दृश्य को निहार रही थी तभी पीछे से इति ने आवाज दी, ''क्या देख रही है ऋचा? सूर्य के दर्शन पहली बार कर रही है?''

आकाश की ओर निहारते हुए ही ऋचा ने उत्तर दिया, ''एक एहसास पहली बार महसूस कर रही हूँ। लगता है सूर्य हमारे पास है और छुअन से परे है। सच इति, यह मनुष्य की पहुँच से बाहर है, इसलिए इतना सुन्दर एवं पूर्ण है, वरना इनसान तो कब का इसे खंडित कर देता। टुकड़ों में बँटा सूर्य।''

इति ने घड़ी की ओर देखते हुए कहा, ''आज कविता करने का मूड है, महिला क्लब जाना कैंसल करें। प्रतिभा जी का फोन आया था, दिल्ली से दो जानी-मानी लेखिकाएँ भी आ रही हैं।''

सुनकर ऋचा को आश्चर्य हुआ, छोटे से समारोह में उनके आने का क्या प्रयोजन। इति समझ गई, "ऋचा, तेरा लेखन अब सब तरफ चर्चा पर है, खास करके तेरा उपन्यास 'युद्ध के कगार पर'। शहर में आई हुई हैं, इसलिए यह जानने को सिर्फ अक्षर ज्ञान के आधार पर लेख-उपन्यास कोई कैसे लिख सकता है—वह भी इतना उत्तम साहित्य। या शायद यह देखने आ रही हों कि अतीत की भयंकर घटना के बाद—प्रज्ञा को जन्म देने का निर्णय लेने वाली लौह नारी का स्वरूप कैसा है?"

ऋचा का उत्साह बुझ गया। आहिस्ता से बोल पड़ी, "सच इति, डूबना जितना सरल होता है, उतना उबरना कठिन होता है।"

इति ने बीच में टोकते हुए कहा, "ऋचा, तू उन लोगों में से नहीं है जो अस्मिता के नाम पर घोर अहमन्यता में जकड़े रहते हैं। तुझमें विशिष्ट रचनात्मक प्रतिभा है और साथ-साथ समाज की, व्यक्ति की हलचलों को वस्तुपरकता के साथ खुली आँखों से देखने और कहने का सामर्थ्य भी है। बस, ठूँठ की तरह रहना छोड़ दे।"

ऋचा ने चर्चा समाप्त करते हुए कहा, "वाह! तुम दोनों भाई-बहन का बस चले तो ऋचा पुराण लिख दोगे। अब चलें।"

इति और ऋचा जब महिला क्लब पहुँचे तब तक कई सदस्याएँ आ चुकी थीं। दोनों को आगे की कुर्सियों पर बैठा दिया था। तभी पीछे से चर्चा सुनाई दी—"बा-ई, कइयाँ है तू?"

"मैं तो ठीक हूँ—तू बोत दिणाँ बाद दिखी? कट्ठै गयी थी के?"

"ना—बाई। जाणो कट्ठै है। गोडा चाले तो मैं चालू। तू क्या नई चूड़ियाँ बनवाई है।"

"हाँ—तेरो जीजोजी बनवा कर दी है। बियाँ भी पोती बड्डी सारी होगी है—तैयारी तो करणी ही पडसी।"

दूसरी औरत ने कहा। "देख—तू अपणी पोती की बात की तो याद पड़ी, सकुन्तला बाई री पोतो अबी बीलायत सू पढ़कर लौट्यो है—घर पेटे की बात है बाई—तेरो बजट कितणो है?" ऋचा सुन-सुनकर हैरान हो रही थी। यहाँ साहित्य चर्चा होने वाली है या शादी डॉट कॉम की चर्चा। तभी प्रमिला जी के साथ दिल्ली से आई प्राचीजी औ रमाजी भी आ गईं। प्राची ऊँचे कद-काठी की गौर वर्ण, रमाजी श्याम रंग और थोड़ी भारी शरीर की। फोटो खींचने से लेकर क्लब की गतिविधियाँ तक बता दी गईं। फिर चला चाय-नाश्ते का दौर। क्लब की संचालक ऋचा से बात कर रही थी। कमरे में गजब का शोर। सब बोल रहे थे—सुन कोई नहीं रहा था। विभाजी इति के पास खड़ी ऋचा के बारे में जानने को उत्सुक थी।"

"इति जी, ऋचा जी के कई लेख वास्तव में 'ऋचा उवाच' कॉलम में पढ़ चुकी हूँ—पढ़ कर लगता नहीं कि गाँव से आई, बिना डिग्री होल्डर की कलम इतने सशक्त लेख राजनीतिक हलचल पर, सोशल रिफॉर्म पर, फ्रीडम ऑफ थॉट—एक्सप्रैशन एंड लिविंग जैसे सब्जैक्ट पर लिख सकती है। शी इज ग्रेट। आपका इनसे परिचय कैसे हुआ? क्या ये बिकाऊ लेखन छापती है?" विभाजी का यह छिछोरा प्रश्न इति को उत्तेजित कर गया।

"आप क्या कहना चाहती हैं?" विभा ने बेशर्म होकर पूछ ही डाला।

"मेरे पूछने का अर्थ--परिक्रमा-तपोभंग-स्मृति चरण और अब युद्ध के कगार जैसी चर्चित रचनाएँ।"

विभा की बात बीच में काटते हुए इति ने कहा, "लगन, पॉजिटिव एटीट्यूड ने ऋचा को सफलता की इस धरती पर खड़ा कर दिया है। उसकी ऊर्जा फोक्स्ड है—तभी तो इतनी जल्दी इतना चर्चित साहित्य लिख पाई है। क्षमा करना विभाजी—चाह कर भी ऋचा को पूरा नहीं जाना जा सकता है--इसके लिए ऋचा होना जरूरी है या खुदा। शी बिलीव्ज इन गॉड, बट नॉट ऑन दैट ऑर थ्रो डॉक्स रिलिजन--विच कुड डूम ऐनी ऑफ हिज क्रीचरस टू इंटर्नल टारमेंट। और मैं ऋचा की रचना को परहन देती हूँ—आय स्टाइल हर राइटिंग—विभाजी। वह भी इसलिए कि ऋचा एक रौ में लिखती है—अपना लिखा दोबारा नहीं पढ़ती—सो ग्रामर, पंकच्यूएशन आदि को देख लेती हूँ। शी इज लाइफ एनरिचअर।"

तभी गौरा कमरे में आ गई। विभा ने जाते-जाते निमंत्रण दे डाला, "आज रात--प्राचीजी, रमाजी, वात्लूजी एवं नाग बाबा सभी मेरे घर आ रहे हैं। 'वास्तव' परिवार भी रात को डिनर में शामिल हो जाइए।"

"ठीक है—वीरू को कह दूँगी-आएँगे तो सब साथ ही।" गाड़ी में ऋचा ने इति को आड़े हाथों लेते हुए कहा--"इति—इतनी बकबक क्यों कर रही थी। कौन थी वह भद्र महिला?"

"भद्र महिला? दूसरों के जीवन में ताक-झाँक करना इनका शगल है। विभा नाम है इनका—और इनकी वजह से वीरू ने अपना पहला काम छोड़ा था। खुद के आसमान में छेद है और दूसरों की जमीन में गड्ढे ढूँढ़ती हैं।" इति ने नाक सिकोड़ते हुए कहा।

ऋचा ने उसे चुप कराते हुए कहा, "तू काहे को पंचायत करती रहती है। सच, लड़ने में माहिर हो गई है तू।"

"मैं कहाँ लड़ती हूँ—तू ही तो लड़ रही है मुझसे।" दोनों हँस पड़ीं।

संध्या समय बरामदे में गमलों से जूही के फूलों की सुगंध आ रही थी। तितर-बितर बादलों से छिटपुट तारे नजर आ रहे थे। टुकटुकी प्रज्ञा को घुमाने ले गई थी। तभी वीरू आ गया। ऋचा ने चाय को पूछा तो वीरू ने उत्तर दिया, "चाय तो ऑफिस में बहुत बार पी चुका हूँ... आज सुबह के तुम्हारे कार्यक्रम की चुस्की पिलाओ।"

ऋचा सोच रही थी ऐसा कुछ भी तो नहीं था जो बताया जा सके फिर भी कहा, "लगता है वीरू गहना-कपड़ा और गॉसिप ही इनका शगल है—लाइब्रेरी सोशल वर्क सब पेज थ्री के लिए है। तुम्हारे विभाजी के साथ इति की बहुत देर नोक-झोंक चलती रही-लगा अब लड़ पड़ेगी-तब लड़ पड़ेगी।"

ऋचा की बात सुनकर वीरू ने कहा, "इति को ऐसी औरतों को सँभालना आता है। वैसे तुमसे किसी ने कुछ पूछा तो नहीं था?"

ऋचा ने उत्तर दिया, "एक महिला ने पास खिसकते हुए पूछा था, 'क्या यह सच है कि आप कुँवारी माँ हैं?' प्रश्न सुनकर एक बार तो मैं चौंक गई थी वीरू—फिर उत्तर दे ही बैठी—'हाँ, यह सच है और माँ होने के लिए एक गर्भ की जरूरत होती है पति की नहीं। वैसे आपकी बिरादरी में चर्चा होती रहती है कि वह पत्नी किसी और की है और बच्चा किसी और का धारण किए बैठी है।' उस औरत का चेहरा सफेद हो गया था। जल्दी से वहाँ से भाग खड़ी हुई। प्राचीजी और रमाजी मेरा चेहरा देखती रह गईं।"

वीरू ने झल्लाते हुए कहा, "तुम्हारी निन्दा करने का अधिकार उन्हें किसने दिया?"

"निन्दकों को अधिकार की क्या जरूरत। वे तो कुकुरमुत्ते की तरह उग आते हैं। यूँ भी प्रज्ञा का जन्म हमारी आत्मा में पनपते धर्म से हुआ है? है न?"

"कौन सा धर्म ऋचा? तुम्हारा या उनका धर्म?" वीरू की आवाज में चोट का दर्द था।

ऋचा इस मर्म को पहचानती है। बात बदलते हुए कहा, "क्रोध त्यागो और रवि बाबू की कविता सुनो 'मेरा मोह जल उठेगा मुक्ति बनकर, मेरा प्रेम फलेगा भक्ति बनकर।' मेरी कलम सब सवालों का जवाब देगी—समझे। इति आती ही होगी—विभाजी के घर रात का खाना है—भूले तो नहीं?"

वीरू मन ही मन कहता रहा, 'मैं कुछ भी नहीं भूला बान्धवी—कुछ भी नहीं भूला। तुम पृथ्वी हो ऋचा। उसकी तरह ही पीड़ा को चुपचाप सहन करती रहती हो।' अचानक उसने जोर से कहा, "तुम अनुपम हो ऋचा।"

भीतर से प्रतिध्वनि आई, "तुम्हारे भीतर ही मेरी उपमा है।" वातावरण में ठहाके की गूँज उठी।

अन्धकार सड़क पर बिछ चुका था—सड़क की बत्तियाँ जगमगा रही थीं। विभा के लॉन में पार्टी का नजारा पूरे जोर-शोर पर था। विलास का आलम। वीरू, ऋचा और इति जब विभा के घर पहुँचे तो शराब का दौर पूरे जोर पर था। जाम हाथों में, लालातुर मन, जाम पर जाम पीकर बहकती जीभ और गैर-महिलाओं की कमर के इर्द-गिर्द फिसलते हाथ। ऋचा के पाँव ठिठके—इति ने बताया यहाँ शहर में लेखकीय पार्टी हो, या राजनीतिक पार्टी या घरेलू पार्टी—सब अन्दर से ऐसी एक जैसी होती है।

ऋचा ने इस भीड़ को देखा और भीतर ही भीतर उच्चारण कर बैठी, 'वाह—पथ सोचे मैं देवता रथ सोचे मैं।' उसने धीरे से इति से पूछा, "तेरा ऐसी पार्टी में मन लग जाता है—घिन नहीं आती?"

"आय इन्जोय सच पार्टीज। प्रशंसा करते लोग पास बिठाने को आतुर लोग और..."

इति आगे कुछ कहने जा रही थी कि ऋचा ने बीच में टोक दिया, "बस कर इति। अपनी मर्यादा में रहकर बात कर।"

तभी विभा की नजर इन तीनों पर पड़ गई। तेज कदमों से चलकर ऋचा की अगवानी को आगे गई। "जहे किस्मत—आप आए हमारे घर कभी हम उनको कभी अपने घर को देखते हैं।" ऋचाजी आप आराम से मिलजुल लें।

ऋचा ने विभा की बात अनसुनी करते हुए एक किनारे बैठी प्राचीजी, रमाजी, गुणवतीजी, कुमुदजी को बैठे देखा। दोनों नामी-गिरामी रचनाकार। नामी-गिरामी लोगों से सटना गुणवती जी, कुमुदजी और विभा के स्वभाव में शामिल था। ऋचा भी वहीं बैठ गई थी। इति लोगों से मिलने चली गई और वीरू लेखकों के बीच चला गया। ऋचा उस पार्टी का थोड़ा-थोड़ा हर पहलू देख रही थी। कुछ हिस्से सुन भी रही थी—भद्दी भाषा—भद्दे मजाक। भीड़ का हिस्सा वह कभी भी नहीं थी। यह देखना—यह सुनना ठीक उस तरह ही था जैसे गाँव के तालाब में गिरकर बहते तिनके को देर तक ताकती रहती थी। उसके भीतर की खामोशी को प्राची की आवाज ने तोड़ा, "आपने लिखना कैसे शुरू किया?" ऋचा ने पलटकर देखा—प्राची पास बैठी हुई थी।

"पता नहीं—गाँव में कुछ प्रसंग देखती जो मानस पर हावी हो जाते थे, किसी का उल्टा-सीधा जीवन, किसी का दुर्भाग्य भरा संसार बस यही सब मन में भाव जगाते रहते थे जो एक सम्प्रेषण की चाह रखते थे। कलकत्ता आने पर सोचने को बाध्य हो गई कि न लिखने पर विचारों को मुक्ति नहीं मिलने की। चुपचाप एक कहानी लिख डाली और हिम्मत इतनी कि छद्म नाम से दैनिक अखबार में छपने भेज दी जो स्वीकृत हो गई। वही रचना वीरू के हाथों में थी। अखबार के पीछे से आवाज आई—'एई ऋचा—चाय का कप यहीं ले आओ, एक गम्भीर बात करनी

है।' सच मानिए प्राचीजी मैं ऊपर से नीचे तक पसीने से नहा गई। आज तक वीरू से कुछ नहीं छुपाया यदि पकड़ी गई तो वीरू ने उसी अवस्था में कहा, 'जानती हो ऋचा एक नई लेखिका की कहानी छपी है। अद्भुत रचना है। तुम तो सबसे पहले अखबार जाँच लेती हो, जरूर पढ़ी होगी--कैसी लगी?' क्या बोलती।''

रमाजी ने पूछा, ''फिर क्या हुआ?''

''होना क्या था रमा दी—मैं चुप—वीरू मुस्कराते हुए मेरी बगल में बैठ गया।'' ''ऋचा दूसरों की प्रशंसा करने में तुम कभी कृपण तो नहीं थी--या मेरी प्रशंसा सुनकर जलन हो रही है।'' ऋचा की बात सुन दोनों महिलाएँ हँस पड़ीं।

''तुमने क्या कहा?'' प्राची ने पूछा। बह आप से तुम पर आ गई। ऋचा उसे अपनी सी लगी। मैंने कहा, ''दत्त—जलन तो अविश्वास की पुत्री है--मुझे क्यों हो जलन। सत्य यह है वीरू कि यह कहानी मैंने लिखी है।''

''पगली—वीरू से ऋचा का कुछ भी छुपा है जो उसके शब्द—उसके भाव, उसका लेखन छुपा रह सकता है। मैं जान चुका था—सिर्फ तुम्हारे मुँह से सुनना चाहता था। सखी--आज से दूसरी औरतों की तरह चूल्हा-चौका में नहीं जाओगी और कलम की तलवार पकड़ लग जाओ लेखन में। अद्भुत प्रतिभा है तुममें।'' बस उस दिन से जो कलम पकड़ी वह अभी तक पकड़ी हुई है। उस दिन ऋचा का जन्म एक लेखक के रूप में हो गया।

''लेखक या लेखिका के रूप में?''

जाने कब कुमुद आ गई थी। ''कुमुदजी, मेरे गले एक बात उतरती नहीं—डाक्टर चाहे मर्द हो या महिला डाक्टर कहकर ही बुलाते हैं—टीचर का भी यही हाल है, फिर लेखक-लेखिका में लिंग-भेद क्यों?''

''ठीक कहा तुमने?'' पीछे से एक दाढ़ी वाले बड़ी उम्र के भद्र पुरुष ने कहा। औघड़ से लगने वाले। वीरेश्वर उनको लेकर आया था—फक्कड़ बाबा का परिचय ऋचा से कराया—प्राची-रमा तो पहले से जानती थीं। ऋचा ने नाम सुना तो तुरन्त उठकर प्रणाम किया। प्राची, रमा, कुमुद देखती रह गईं। ऐसी सरलता कहाँ देखने को मिलती है।

''ऋचा, तुम्हारी दलित वर्ग पर लिखी कई कहानियाँ पढ़ने को मिलीं। उनके मर्म को समझने में तुम कामयाब हुई हो, साथ-साथ समाधान भी निकाला है। क्या कहें, आजकल या तो राम-कृष्ण राधे-राधे की बातें होती रहती हैं या फिर मार्क्स-लेनिन पर चर्चा करते रहते हैं, जबकि समस्या है गरीबों के पेट की।'' बाबा ने कहा।

''मैं आपसे सहमत हूँ बाबा, लेकिन एक शब्द पर असहमति है मेरी। दलित को हम दलित कहकर कब तक खुद को बड़ा बनाते रहेंगे। यह इज्म—यह वर्ग—यह दलित साहित्य-लोक साहित्य-प्रगतिवाद साहित्य यह सब क्यों? साहित्यकार

इन शब्दों से ऊपर लोगों को उठने ही नहीं देता। शब्द-शब्द और शब्दविलास। गुटबाजी करता है साहित्यकार और अपंग बनता है पाठक।'' ऋचा की आवाज में तेजी थी।

''बाप रे, क्या आक्रोश है भीतर, इस बाहर से शान्त दिखने वाली कन्या में। वीरेश्वर, इस लड़की की बुद्धि की अग्निशिखा निरन्तर उज्ज्वल रहे इसका ध्यान रखना। मैं ठहरा फक्कड़ आदमी, कभी इधर, कभी उधर, लेकिन एक बात कहे जाता हूँ, यह आद्यशक्ति एक दिन बहुत नाम कमाएगी। अच्छा वीरेश्वर 'वास्तव' में जल्द ही एक रचना भेज दूँगा।''

''आप जा रहे हैं क्या?'' ऋचा ने पूछा।

''हाँ, री, फक्कड़ों का पियक्कड़ों में क्या काम।'' कहकर बाबा निकल गए। न दुआ, न सलाम। जैसे इस महफिल में भूल से आ गए हों।

प्राची चुपचाप सब सुन रही थी, अचानक बोल पड़ी, ''ऋचा में जो रचनात्मक आवेग है, अभिव्यक्ति की ऐसी निस्सर्ग ऊर्जा का आधार है। ऐसा आधार जिसके लिए व्यक्ति सारी उम्र पत्थरों पर सिर पीटता रह जाए और वह उपलब्ध नहीं होता। इसमें यह उद्गम पूरा है, स्वयंभू-स्वतःसम्पूर्ण।''

प्राची की बात पर ऋचा खिलखिला दी, ''वाह! आपने तो मुझे सर्चलाइट के नीचे रख दिया।''

''नहीं ऋचा, तुम्हें तो मैं एक सुखद आश्चर्य से देख रही हूँ। सच ऋचा यह देखना जीवन की रिचनैस को देखना—Spontancity को देखना है—तादात्म्य होना नहीं है। सच, तादात्म्य हो जाने से चीजें दिखाई नहीं देतीं, एक हिस्सा बन जाने को अभिशप्त हो जाती हैं।''

ऋचा ने बड़े अपनेपन से कहा, ''प्राची, आत्मा से हुआ तादात्म्य कोई अपेक्षा नहीं रखता।''

''ठीक कहा ऋचा, मुझे अपने साथ खड़े व्यक्ति का होना महसूस होता है। अपने व्यक्तित्व और गुणवत्ता की पूर्ण उठान में खड़ा प्रीतिकर और सम्मान योग्य लगता है—बस वह अपने दायरे में साबुत और मेरे दायरे की स्पर्शता में अक्षुण्ण बना रहे। लेकिन ऐसा कहाँ होता है। हर किसी की माँगें सुरसा की तरह मुँह खोल खड़ी हो जाती हैं।''

रमाजी ने बात का समर्थन करते हुए कहा—''अक्सर सम्बन्ध टूटते हैं, दूसरे की माँग या अपेक्षाओं की वजह से।'' कुमुद इन बातों से ऊब गई थी सो बात का विषय दूसरी तरफ मोड़ते हुए पूछ बैठी— ''स्मृतिचरण क्या चौंकाने के उद्देश्य से लिखी गई थी?''

ऋचा गम्भीर हो गई, ''आत्माभिमान को खुराक देने के लिए आत्मप्रसाद मुझे नहीं चाहिए। चौंकाना होता तो अपने दोष-दबाव को मैं स्मृतिचरण में नहीं लिखती।''

प्राची अचानक बोल पड़ी, "नो बडी शुड अटैम्प्ट टू रीड द ऑटोबायोग्राफी ऑफ अनदर परसन अनलैस ही इज रियली इंटरैस्टिड इन द मैमोरी ऑफ ईवोल्युशन ऑफ द ऑथरज ईगो। ऋचा ने इसमें अस्मिता शब्द को अन्तरात्मा के रूप में ही लिखा है। आध्यात्मिक अभीप्सा का विकास। कुमुदजी स्मृतिचरण से पहले 'अघटन आज भी घटता है' उसे पढ़ें।

"स्मृतिचरण के प्रति आपकी राय?"

"मैं तीन बातों को कहने के लिए प्रतिबद्ध हूँ, पहला रचनाकार सत्यनिष्ठ है, दूसरा धर्मतत्त्व के सम्बन्ध में उसकी भीतरी पकड़ के साथ ज्ञान भी प्राप्त है और तीसरा वह स्वभाव से योगी नहीं कलाकार भी है। यदि उन सब अनुभवों को वह अपने स्मृतिचरण में न लिख पाता तो न वह खुद को माफ कर पाता न पाठकों को जवाब दे पाता, न मुक्ति पाता।"

"वाह कुमुद—टोह लेने का तरीका अच्छा है।" पीछे से एक आवाज आई। ऋचा ने घूम कर देखा। एक रोबीला चेहरा, गौर वर्ण। उसके प्रिय लेखक वात्लूजी। हड़बड़ा कर उठी और उनके चरण छू लिए।

"अरे ऋचा, यह आप क्या कर रही हैं? मैं तो मुग्धभाव से देख रहा था कि आपने किस तरह इस मंडली को निरुत्तर कर दिया। धन्य हैं आप।"

"आप मुझसे बहुत बड़े हैं वात्लूजी, आपसे अनुरोध है कि आप मुझे ऋचा नाम से पुकारें। अपनेपन का एहसास मिलता है।"

"चलो, यह भी ठीक है। तुमसे अपनापन हो यह मेरे लिए सुखकर होगा।"

"एक बात पूछूँ वात्लूजी? समुद्र आपकी कमजोरी रही है। समुद्र पर आपने अनेक कविताएँ भी लिखी हैं—लेकिन क्या यह सच नहीं कि लहर एक बार उठती है, तो बड़ी ऊँची उठती है—लेकिन उसकी नियति तो रेत का किनारा ही होती है?"

"तो?"

मनुष्य के जन्म के साथ मृत्यु उसकी नियति बनकर जन्मती है तो क्या आदमी जीना छोड़ देता है।"

"नहीं—ऐसा कहाँ होता है—क्यों प्राची तुम्हारा क्या विचार है?"

"आपके विचार के आगे मैं क्या बोलूँ वात्लूजी—लेकिन सभी जगह यह युक्ति समान बोझ उठा नहीं सकती। कवि की कीर्ति एक लहर से ज्यादा नौका की तरह होती है। भँवरों को पार करते हुए कालस्त्रोत की सभी परीक्षाओं और संकटों से यदि वह नौका पार हो जाती है तो अन्त में लंगर डालने के लिए अच्छा सा घाट जरूर मिल जाता है। आपको वह घाट प्राप्त हो चुका है।" प्राची ने भावनात्मक स्वर में कहा।

कुमुद इस गुटबाजी में खुद को अलग-थलग महसूस कर रही थी सो बेवजह का प्रश्न कर बैठी, "ऋचाजी, इतना साहित्य का ज्ञान कहाँ से पाया?"

"वीरेश्वर से।"—ऋचा का सहज उत्तर था।

इति खामोश बैठी रही। वह अभी-अभी महफिल में आई थी। उसे लगा, एक उत्तर ढेर सारे प्रश्नों को खड़ा कर देगा। लेकिन इति को खामोश देखकर वात्नूजी ने मजाक किया, "भई इति, इसी को कहते हैं गुरु गुड़ ही रहा, चेला शक्कर हो गया।"

"वीरेश्वर ऋचा की तरह योग्य और अमूल्य व्यक्तित्व वाला पुरुष है, लेकिन इसकी पहचान इति ने ही की थी। क्यों ऋचा क्या खयाल है तुम्हारा?"

"वीरू की काबिलियत पर प्रश्नचिह्न लगाने का सवाल ही नहीं उठता। झूठ के सहारे न वह ऊँचा उठा है, न किसी को नीचा दिखाने की कोशिश की है। मैंने वीरू को बचपन से जाना है, समझा है, परखा है और सहा भी है। इन सबमें वह खरा उतरा है। सच कहूँ—उसके ज्ञान की छाया हूँ मैं। और एक बात। आज जिस धरती पर मैं खड़ी हूँ, उसका श्रेय वीरू को तो जाता ही है, लेकिन मेरी बालसखी टुकटुकी और उसके मित्र वासु को भी जाता है।"

तभी गौरा भी आ गई। उसने कहा, "वात्नूजी, ऋचा और वीरू को अलग करके देखने में एक आत्मा के दो खंडित टुकड़े नजर आएँगे। इति, तू चुप क्यों है?"

"क्या कहूँ गौरा, यहाँ तो सब एक ही स्वर में बोलते जा रहे हैं। हाँ, इतना जरूर कहूँगी कि ऋचा एक अपराजित आत्मा है खैर...वात्नूजी आपसे एक प्रश्न पूछना है—साहित्य की चरम सीमा तक पहुँचकर आपको नहीं लगता कि अब आपको आत्मकथा लिखनी चाहिए।"

"इति, आज का साहित्यिक वातावरण इस तरह गुटबाजी की वजह से कलुषित हो गया है कि लेखक अपना दिल-दिमाग पूरी सच्चाई से खोल ही नहीं पाता। व्यवसायी प्रकाशन जगत ने लेखक की स्वतंत्रता छीन ली है।"

तभी वीरेश्वर आ गया। आते ही उसने ऋचा से कहा, "चलो ऋचा, पैगी को छोड़े बहुत देर हो चुकी है। खाना खाकर घर चलें।" उसने राशिद की ओर देखा जो उसके साथ आया था और एकटक इति को घूरे जा रहा था।

इति ने वीरू को देखा और समझ गई उसे यह बात पसन्द नहीं आई। वीरू का ध्यान बँटाने के लिए कह गई, "कहाँ थे वीरू तुम? यहाँ गर्मागर्म बहस हो रही थी, केन्द्र में ऋचा और तुम थे।"

"यह कोई नई बात नहीं।" वीरेश्वर ने कहा और ऋचा के साथ चल पड़ा।

इति मन से खिन्न थी। उपेक्षित महसूस कर रही थी। तभी हाथ में गिलास लिए राशिद आ गया, "इति, तुम्हें देख एक शेर याद आ गया—मेरी उम्र से न मिट

सके मेरे दिल में इतने सवाल थे, तेरे पास जितने जवाब थे, मेरी इक निगाह में आ गए। वाह खूब। खुदा जाने मेरा क्या वजन है उन निगाहों में—सुना है आदमी को वो नजर से तौल लेते हैं। वाह। क्या खूब।'' दो निगाहें एक साथ मिलती हुई खाने की ओर बढ़ चलीं।

इधर वीरू और ऋचा इति के साथ विभा के घर डिनर पार्टी में गए उधर टुकटुकी प्रज्ञा को खाना खिलाकर सुलाने के लिए लोरी गा रही थी। प्रज्ञा कब सो गई टुकटुकी को उसका तनिक भी भान नहीं हो पाया, क्योंकि उसका मन तो आज वासु की सोच में डूबा था। सात-आठ महीनों से वासु की कोई खबर नहीं। कहाँ होगा वासु, पंछी की तरह उड़ तो नहीं गया। वीरू ने उसे ड्राइविंग सिखा दी थी—और खिदरपुर में नौकरी पर भी लगा दिया था। दूरी की वजह से वहीं बस्ती में एक बासा ले रखा था—छोटी सी खोली। टुकटुकी खुश थी कि गँवार को एक हुनर तो आया। वासु और टुकटुकी में आपसी चाहत थी। लेकिन टुकटुकी इस चाहत को शारीरिक सम्बन्ध तक नहीं ले जाना चाहती थी। ऋचा की सखी जो ठहरी, कुछ प्रभाव तो आना ही था। लेकिन वासु चिढ़कर कहता, ''तुमी तो आमार भावी गिन्नी, तौबे आमार एकटा चुम्मू चाइले आपत्ती कैनो?''

टुकटुकी हर बार कह देती, ''बिरक्त करो ना।'' वासु की याद में गुनगुना उठी, 'नयन तोमारे, पाय ना देखित, रयछो नयने नयने।' वीरू ने वासु की खोज-खबर में कोई कसर नहीं छोड़ी, अन्त में सब कुछ समय पर छोड़ दिया।

ऋचा कहती, ''टुकटुकी, वासु आएगा। हौसला रख।'' टुकटुकी में हौसले की कमी नहीं थी तभी न वह अपने बलबूते पर ऋचा को कलकत्ता ले आई थी। एक अनजान शहर में। वासु उसका अन्तरंग मित्र था सो उसे छोड़ नहीं पाई। चारों शान्ति से रह रहे थे। छोटे-बड़े का कोई अहंकार नहीं था। वासु बातें कम करता था, लेकिन वीरू-ऋचा ने उसके अस्तित्व को पूरी तरह से स्वीकार लिया था। तभी अचानक घर के पिछवाड़े में एक आहट सुनाई दी।

चौंककर टुकटुकी ने पूछा, ''ओई खाने के आछे? कौन है उधर?'' पूछती हुई उसने बाहर की बत्ती जलाते हुए जोर से कहा, ''कौन है? बोलते क्यों नहीं?''

तभी एक सहमी आवाज आई, ''मैं हूँ वासु!''

टुकटुकी ने देखा घुटने समेटे, भय भरा चेहरा लिए वासु बैठा था। उसका वासु। आज कितने मन से वासु को याद कर रही थी। भगवान क्या मन की बात इतनी जल्दी सुन लेता है?

टुकटुकी वासु की हालत देखकर पूछ बैठी, "वासु, की होयछे तुमाके? कथाय छिलिश ओतो दिल?"

वासु चुप। क्या बताए? "टुकटुकी बुकेर भीतोरे जा बहे जाच्छे, शेइटा आमी काके देखा बो?" सच, अन्दर की यंत्रणा किसी को दिखा पाना सहज तो नहीं होता। टुकटुकी अवाक्। जिस वासु की वह प्रतीक्षा कर रही वह यह तो नहीं। यह तो एकदम अचीन्हा, अजाना व्यक्ति है। टुकटुकी ने कड़क आवाज में कहा, "थाक—तुमार मिथ्ये कथा। तुमाके देखे सुने आर किछु बुझबार दरकार नहीं।"

वासु को अपनी सफाई देनी थी। इतने दिनों में वह हिन्दी में ज्यादा अच्छा बोलने लगा था—उसने बताना शुरू किया, "जानती हो टुकटुकी, खिदरपुर की उस बस्ती में अड्डा खूब जमता था। सिनेमा, ताश से शुरू होकर औरत के जाँघ के बीच खत्म होती थी अड्डे की हुल्लड़बाजी।" वासु हो-हो करके हँस पड़ा, टुकटुकी आश्चर्यचकित। "दिन की थकावट रात की हुल्लड़बाजी से दूर हो जाती थी। साथ में खाटी चुल्लू भी पीते थे। जो औरत चुल्लू लाकर देती उसे छूने-फील करने की सबकी इच्छा रहती लेकिन साली बिहारी औरत मौका ही नहीं देती थी।"

टुकटुकी ने सुना और पूछ बैठी, "तो तूने अंग्रेजी शब्द भी उस औरत से सीखा होगा—हिन्दी में बोलना तो सीख ही चुका है। और क्या सीखा?"

"अरे सीखा भी, देखा भी? एसिड सी तीखी औरत के हाथ में पुलिस-थाना सब था। सब उसके दरवाजे के भिखारी। जाने उसने मुझमें क्या देखा कि बीड़ी का सुट्टा लेकर धुआँ मेरी ओर फेंकती हुई होंठों से चुम्मा लेने का इशारा भी क़रती रहती थी। सबके सामने। फिर मुझे बंगला शराब पिलाने लगी, उसके बाद अपने यहाँ दाल, भात, टेंगरा मछली का झोल खाने का निमंत्रण देकर मेरे भीतर की देह की भूख को बढ़ाती थी। खाना खिलाते पल्ला गिरा कर कद्दू जैसी छाती को दिखाने में शर्म नहीं खाती थी। एक दिन दोनों के देह से कपड़े उतर गए—मेरा हाथ उसकी छाती पर था—उसका हाथ मेरी जाँघों के बीच। फिर मैं उस औरत पर चढ़ गया—कुछ देर ऊपर-नीचे होने के बाद दोनों निपट लिये। यह देहलीला चलती रही। तुम्हारी तरह न रोका, न टोका, न बेशर्म कहा।"

टुकटुकी अवाक्। जिसके मुँह में जुबान नहीं थी वह इतनी सहजता से कामातुर बातें कैसे कह पाया? वह भी उसके सामने—जानते हुए कि उसे ऐसी बातें बिलकुल पसन्द नहीं। टुकटुकी ने खुद को बस में करते हुए पूछा, "तुम यहाँ क्यों आए हो? जो तुम चाहते हो वह मुझसे नहीं मिलने का। उसी औरत के पास ही रहते।"

वासु की आवाज बदल गई, बदली आवाज में बोल पड़ा, "वह औरत? हरामजादी-स्साली। मुझे अपनी देह में फँसा कर एक दिन घुमाने के बहाने बेल

पहाड़ी ले आई। चारों ओर जंगल। पेड़ ही पेड़। दूर से आवाजें सुनाई पड़ रही थीं—चीख-पुकार, हँसी-ठट्ठा। इतनी सुनसान, भयावह जगह में कौन सी घूमने की जगह है। तभी एक बन्दूकधारी जाने कहाँ से आ गया। मैं डरकर बैठ गया। लेकिन उस औरत ने कमर पर हाथ रखे, बीड़ी मुँह में दबाये—बेशर्मी से कहने लगी, 'यह लो तुम्हारा माल और मेरा कमीशन दो।' बन्दूकधारी ने पैसों की गड्डी उसके हाथ में थमा दी। रह गया मैं और वह बन्दूकधारी। तभी दो साथी और आ गए। एक ने कहा, 'अभी से इसकी ट्रेनिंग शुरू करो, दस दिन बाद एक्शन है।' दूसरे ने मेरे हाथ में पिस्तौल पकड़ा दी और चिल्लाकर बोला, 'पकड़ इसे, और दाग दे मादरचोद। दाग, जिधर तेरा मन करे—दाग।' मैं डरकर थर-थर काँपने लगा। दूसरे आदमी ने फटकारते हुए कहा, 'एई सुअर का बच्चा, यहाँ से भागने का कोई रास्ता नहीं है—सीधे-सीधे बात मान ले—हील-हुज्जत की तो यह डंडा, पूरा का पूरा तेरे चूतड़ों में घुसेड़ कर पेट से बाहर निकाल दूँगा।' तब से पिस्तौल हाथ में पकड़ ली। दस दिन बाद पुलिसवालों की हत्या भी कर दी। फिर गोली-हत्या-डकैती।'' अचानक वासु अपनी भाषा में आ गया, ''एई टुकटुकी, भूल करे छी—आमारे माफी दे। खमा कर। नीचे काछे निए ले।''

टुकटुकी की आँखें भर आईं—किन्तु आवाज में दृढ़ता थी—''वासु, तुमार कथ शुने आर नीजेर जीवन दीके ताकाते भालो लागे ना? तोमार प्रति धिक्कारे आवाज पाई। तुमान ना थाकते आमार भीतरे एकटा आशा छिलो। ऋचार शाथे शाथे आमीउ तोर शंगे बीए र कथा भापते आरम्भ करे दीए छिलाम किन्तु तमी एक मूर्हते आमार जीवने सुख, आशा, विश्वास सब फूलेर मालार मोतोन भेंगे दीए छो। ना, आमी हिन्दी में तोके बुझिए दिच्छी। मैं यहाँ सुखी हूँ वासु। वीरू, ऋचा, प्रज्ञा मेरे जीवन के आधार हैं। माफी? लज्जा टा एकदम हारिए फेलो छो। बिहारी-तीखी औरत के साथ रहकर माफी? कैसी माफी? तूने कैसे सोच लिया वासु कि दूसरे की जूठन को मैं ग्रहण करूँगी और तेरे बच्चे की माँ बनूँगी। नाऽऽ—एइटा होबे ना। आमी खमा करलेई परेर झूठा आमार होबे ना। जाओ—आर फिरे आश्बे ना। आमार-तुमार साथे आर सम्पर्क थाकबे ना।''

तभी बाहर का दरवाजा खुलने की आवाज आई। ऋचा-वीरू पार्टी से लौट आए थे। टुकटुकी दौड़ कर ऋचा के गले लगकर रो पड़ी, ''ऋचा—और नहीं, और सहन नहीं कर पा रही हूँ।''

ऋचा घबरा गई—''क्या हुआ टुकटुकी? तेरी तबीयत तो ठीक है न?''

ऋचा की बात पूरी होने से पहले ही वीरू दौड़ कर प्रज्ञा के कमरे में पहुँच गया। न, प्रज्ञा तो ठीक है। मस्त सो रही है, फिर टुकटुकी बिखरी क्यों? तभी उसकी नजर वासु पर पड़ गई। वीरू को देखते ही वासु सीधा होकर बैठ गया।

तभी ऋचा भी आ गई। वासु के चेहरे को देखते ही बोल पड़ी, "क्या चेहरा हो गया है तेरा? लगता है बहुत दिनों से भात पेट में नहीं गया। जाने कहाँ-कहाँ भटकता फिरा—चिन्ता में डाल रखा था तूने। टुकटुकी—पहले इसे खाने को दे... नहीं ठहर—मैं परोस देती हूँ—तू प्रज्ञा के पास जा।"

वासु सिर झुकाकर खाने लगा, सपा-सप-सपा-सप। जल्दी खाकर गटागट पानी पी गया, तभी वीरू ने भीतर आकर वासु से कहा, "खाना खाकर मेरे कमरे में आना वासु, कुछ बातें करनी हैं।"

कमरे में घुसते ही वासु से पूछ बैठा, "कहाँ चला गया था वासु? हम सब कितनी चिन्ता में थे इसका अनुमान है तुझे। एक खबर ही भेज देता।"

वासु का पेट क्या भरा-भीतर का विस्फोट बाहर निकल पड़ा। "कहाँ था, कहाँ पड़ा था—कभी जानने की कोशिश की? तुम अब गाँव के वीरू नहीं रहे?"

वीरू का मन हुआ वह भी कहे कि खाली मैं ही नहीं बदला वासु—हम सब बदल गए—हालात बदल गए। अकेला वह और इतने प्राणियों के पेट पालने के लिए मेहनत तो करनी पड़ती है। तभी टेलीफोन की घंटी बज उठी, "इति, वासु आया है, बाद में बात करूँगा।"

वासु जख्मी हुए इनसान की तरह बोलता रहा—"मैं तुम्हारी तरह नाम कमाना चाहता था, ऊँचा उठना चाहता था—लेकिन मैं तो निरन्तर नीचे गिरता गया। निरर्थक इनसान। लेकिन मैं बना। मैं क्रांतिकारी बना, मैं आतंकवादी बना—मैं माओवादी बना। तेरे जैसे को एक मिनट में उड़ा सकता हूँ।" क्रोध-घृणा-पीड़ा-निराशा सब बिलबिलाते कीड़ों की तरह रेंग कर उसके मुँह से शब्द बनकर निकल रहे थे। "अरे, डर गए क्या वीरू—जवाब दे। देख मैं कितनी अच्छी हिन्दी बोल सकता हूँ, तेरे हर सवाल का जवाब दे सकता हूँ।"

वीरू ने शान्त स्वर में कहा, "तू क्या सोचता है मैंने तेरी खोज-खबर नहीं ली। जब गाँव में मेरे बापू गुजरे तब भी गया था—और जब तेरे बापू थे तब भी तुझे ले जाने आया था—तू नहीं मिला। सोचा तुझे खबर मिल गई होगी—गाँव चला गया होगा। लेकिन नहीं, तेरे बापू का दाह-संस्कार भी मैंने किया। वापिस तेरे यहाँ गया तो एक औरत मिली। सड़क छाप लेकिन रौबदार। तुम्हारा उससे घनिष्ठ सम्बन्ध है यह लोगों ने बताया। उसी से पता चला तुम बेलपहाड़ी—माओवादी दल में शामिल हो गए हो। तुम्हें ढूँढ़ना मुश्किल है, उस औरत ने कहा। समझ गया तू कितने आगे निकल गया। क्या किया वासु तूने—अपना भविष्य बर्बाद किया सो किया, टुकटुकी का भविष्य भी अन्धकार में ढकेल दिया।"

"हाँ, मैं आतंकवादी हूँ—और पुलिस से भाग कर यहाँ आया हूँ। जिन लोगों के लिए मैं लोगों को गोली से उड़ाता था, आज वे लोग मुझे गोली से उड़ाने को

आतुर हैं। ढूँढ़ रहे हैं चारों तरफ। जा पुलिस को फोन कर, पकड़वा दे मुझे। लेकिन याद रख—पुलिस भी इन लोगों से मिली हुई है।''

वीरू ने कुछ कहने के लिए मुँह खोला ही था कि ऋचा ने इशारे से चुप रहने को कहा। बात बदलते वीरू ने कहा, ''वासु, तुम अभी सो जाओ, कल सुबह बात करेंगे।''

आज की रात सब के लिए बीते हुए कल और आने वाले कल की सोच के बोझ से बोझिल थी। सुबह टुकटुकी रोज की अपेक्षा कुछ जल्दी जग गई थी। नहाते समय भी उसने ज्यादा समय नहीं लिया था। टुकटुकी वासु के बिस्तर के पास जाकर आवाज लगाने लगी है, ''एई वासु, इतनी जल्दी उठकर क्या कर रहे हो? कथाय तुमी?'' टुकटुकी की आवाज उसी के पास निरुत्तर लौट आई। वासु का कोई निशान नहीं था। डर कर चिल्ला पड़ी, ''ऋचा, जल्दी आ।'' टुकटुकी सिर पकड़ कर बैठ गई-वासु सूरज उगने से पहले ही घर से निकल गया था।

वीरू ने धीरे से कहा, ''टुकटुकी, मेरी बातों के कारण वह भाग गया है तो तू सजा दे मुझे। लेकिन घबरा मत, पता लगवाता हूँ।''

तब तक टुकटुकी सँभल चुकी थी, ''नहीं वीरू, जाने दो। जो जहाँ है, जैसा पड़ा है, रहे। किसी को भी खोज-खबर के लिए कहीं जाने की जरूरत नहीं। निकला है पाजी मरने को। मालूम है आतंकवादी मारने की राह देख रहे हैं, लेकिन भागा उस बेशर्म औरत के पास। प्रेम का सौदा जो न जाने उसके संग क्या लेना-देना।''

वीरू ने आँखों से आभार प्रकट करते हुए कहा, ''धैर्य रख टुकटुकी, कठिन समय है, बीत जाएगा। आकाश में सूर्य निकलेगा तो धूप तो आएगी ही न, यह भी चली जाएगी।'' सन्नाटा पसरा हुआ था, 'बहरे के संग गूँगा बोले, अन्धा रूप निहारे,' सबकी ऐसी ही स्थिति। कौन किसको आशा बँधावे। तभी फोन की घंटी बज उठी। दूसरी तरफ इति थी।

''ऋचा, एक खबर देनी है। देर रात मैं छत पर गंगा को देख रही थी कि अचानक वासु देखा। घबराया, डरा-डरा सा। फिर किसी नाव की तरफ भागना शुरू कर दिया, पीछे कई लोग उसकी तरफ दौड़ रहे थे। वासु जैसे ही पानी के पास पहुँचा—एक आदमी ने उस पर गोली चला दी। फिर दूसरी, फिर तीसरी। देखते-ही-देखते वासु पानी में डूब गया। आस-पास खड़े लोग मूर्ति बने खड़े रहे। अच्छा रखती हूँ।'' कहकर इति ने फोन काट दिया।

हृदय को विदीर्ण कर देने वाली घटना को जितनी सहजता से इति बता गई—ऋचा को बताना उतना ही कठिन हो रहा था। लेकिन ऋचा के चेहरे ने सब बता दिया। ऋचा टुकटुकी को लेकर कमजोर पड़ रही थी और टुकटुकी ऋचा की तरह लौह नारी। स्थिर आवाज में कहा, ''वीरू, तुम शिनाख्त करने मत जाना। आतंकवादी

का केस है। दस ठो प्रश्न करेगी। भाग्य से कोई नहीं बच सकता। न पंडित, न बुद्धिमान, न संत और न आपनजन।''

ऋचा अवाक्। तभी सेठजी का फोन आया, बोलने लगे, ''बंगाली न्यूज देख रहा था, पुलिस बयानबाजी कर रही है कि बेलपहाड़ी के एक आतंकवादी को मार गिराया। फोटो साफ नहीं है, लेकिन दिखता वासु जैसा ही है।''

''हाँ बाबूसा, वासु ही है। मारा तो बेलपहाड़ी के आतंकियों ने लेकिन वे तो सामने आने से रहे, सो वाह-वाही पुलिस लूट रही है। नहीं बाबूसा, टुकटुकी ने मना कर दिया है, मैं नहीं जा रहा हूँ।''

जाड़ों की भिनसार। मानो कोहरा बाहर नहीं घर में फैला हो। दोपहर आई, लेकिन घर में धूप की गर्मी नहीं आई। पलक झपकते ही रात घिर आई। टुकटुकी ने मन-ही-मन कहा—चलो प्रायश्चित्त हुआ, कहते हैं न, 'गड्ढे में गिरा तो कूप जल और गंगा में गिरा तो गंगाजल।' ऋचा को नींद कहाँ, वह टुकटुकी के सिरहाने बैठ गई, टुकटुकी पर जब आँसू गिरा तो चौंक गई, ''क्या हुआ ऋचा? तबीयत तो ठीक है तेरी?''

टुकटुकी का हाथ पकड़ कर रुँधे गले से बोल पड़ी, ''मुझे माफ कर दे टुकटुकी, मैं तेरी अपराधिनी हूँ, न तुम लोग मुझे लेकर शहर आते, न वासु वाली दुर्घटना घटती।''

''पागलामी मत कर। बाहर चल, प्रज्ञा उठ जाएगी।'' बाहर आकर टुकटुकी बोल पड़ी, ''ऋचा, तूने कोई अपराध नहीं किया, तू अपराध कर ही नहीं सकती—सखी मेरी। वासु तो उसी दिन मर गया जब बिहारी औरत से देह सम्पर्क कर चुका था। आज वासु सशरीर मर गया। वह ऐसे रास्ते पर निकल गया था, जहाँ भीतर तो जाया जा सकता था, बाहर नहीं निकला जा सकता, तब यही रास्ता शेष रह गया था, वासु की तकदीर में।''

टुकटुकी की बात सुन ऋचा ने उसे अपनी छाती से चिपका लिया। टुकटुकी ऐसी निर्मल, निश्छल छाती से लग कर रो पड़ी। दुख के आने पर ऐसी सुखद जगह होनी चाहिए जहाँ दुख को झेलने में आराम मिले। छाती से लगे-लगे ही टुकटुकी बोलने लगी, ''ऋचा, मेरा संसार कहीं है तो यहीं है और प्रज्ञा मेरी आत्मजा है, कँटीले फूल पर सजीले फूल की मुस्कराहट की तरह।'' तभी वीरू प्रज्ञा को लेकर भीतर आ गया, ''वाह, सुबह-सुबह तुम दोनों एक साथ, उधर प्रज्ञा नींद से उठकर रो रही थी।'' प्रज्ञा टुकटुकी मौसी की गोद में जाने के लिए वीरू की गोद में उछल रही थी।

ऋचा ने देखा और कहा, ''वीरू, प्रज्ञा अभी अपने बाबुम के पास नहीं टुकटुकी मौसी की गोद में सोना चाहती है।''

''वीरू, देख रही हूँ तुम बार-बार आकर पूछ जाते हो टुकटुकी तू ठीक है न? लगता है तुम अपने आप को वासु की मौत का जिम्मेदार मानते हो। नहीं वीरू, तुमने वासु के लिए जो अच्छा था, जो भालो छिलो करे फेले छो। शे अभागा, तुमाके चिन्ते पार लो ना। तुम एक उसके ईमानदार दोस्त थे, वह नहीं समझ पाया लेकिन मैं जानती हूँ कि एक अमूल्य दोस्त, वह जीवन की साँस, जीने की खुराक भूख सब होता है।''

''ऋचा, देख-देख टुकटुकी तो बहुत स्पष्ट और शुद्ध हिन्दी बोल रही है—तेरी बंगला भाषा की बकबक क्या हुई रे टुकटुकी?''

''वह भाषा गंगा में डूब गई। प्रज्ञा को भी हिन्दी में चतुर बनाना है—अब स्कूल जाने का समय आता जा रहा है।'' तीनों ने एक साथ ठहाका लगाया। प्रज्ञा ताली बजाने लगी। टुम्पा ने आकर यह दृश्य देखा कि शोकतप्त परिवार पुनः अपने पास लौट आया है। सच, इस घर में रहने वालों की एक खासियत है कि ये लोग ज्यादा देर किसी एक स्थिति में टिके नहीं रहते। तभी रामदास कमरे में आते नजर आए। तीनों ने उनको प्रणाम किया। टुकटुकी के सिर पर हाथ रखते बोल पड़े, ''टुकटुकी, तू चिन्ता मत करना। अच्छा सा लड़का देखकर तेरा विवाह कर दूँगा।''

टुकटुकी बिदक गई, ''वाह, बाबूसा—बाजार में लोग बैंगुन-पटल खरीदते हैं, यह देखकर ताजा है, या बासी, आप चाहते हैं मेरा भी कोई ऐसी ही जाँचाई करे।''

''अरे टुकटुकी, कैसी बात कर रही है; विवाह के लिए कोई खुद को परवल, बैंगन समझता है, ऐसा मैंने नहीं सुना। तुम लोगों को देखने चला आया था, तुम सब ठीक हो देखकर अब चलता हूँ। अवकाश प्राप्त आदमी हूँ न, यूँ ही चला आया।''

''क्या बात कर रहे हैं बाबूसा। यह घर भी आपका ही है और हम कब से पराये हो गए।'' ऋचा ने अधिकार भरे स्वर में कहा।

''ऋचा बेटी, मैं गाँव की कोठी बेचने की सोच रहा हूँ?''

''क्यों बाबूसा?''

''अब कितने दिन जिन्दा रहूँगा। गौरा-राशिद को उस कोठी में कोई रुचि नहीं। महाराज थे तो गाँव जाने का लालच रहता था, लेकिन अब इस महन्त की शैतान लीला को सुनकर गाँव से विरक्ति हो गई है।''

''लेकिन मन्दिर—राधाकृष्ण?''

''बस एक वही हैं जो ज्यों के त्यों हैं, वरना गाँव तो पूरा बदल गया।''

''हाँ, बाबूसा, प्रभु की महानता का रहस्य ही है कि वे कभी नहीं बदलते। एक बात कहूँ बाबूसा, कोठी बेचने से अच्छा है, वहाँ नारी कल्याण केन्द्र या वृद्धाश्रम खुलवा देवें।''

"बात तो पते की है ऋचा, लेकिन गाँव जाकर ईमानदारी से काम करने वाला पात्र भी तो चाहिए। वीरू, तुम्हारी 'वास्तव' पत्रिका में साहित्य और समाज के अंश कभी-कभी ही क्यों प्रकाशित होते हैं? और 'ऋचा उवाच' क्या कहती है?"

"जैसा वीरू ने कहा उससे मैं सहमत हूँ कि जीवन का सुख-दुःख, उसके समस्त योग-वियोग की विच्छिन्नता और उन सब को एक अखंड सूत्र में गूँथना ही साहित्य है। इतिहास की इस अनिवार्य विविध के भीतर होकर ही साहित्य का निर्माण होता है, अन्तर पड़ता है रचना शक्ति की कमोबेश से। जीवन को आश्रित करके लिखा साहित्य सच्चा हो सकता है, वरना सब शब्द विलास।"

"वाह ऋचा, तेरे भीतर की गम्भीरता तो स्वरूपानन्दजी के अन्तर से निकली लगती है, तू बहुत नाम कमाएगी।"

"नाम कमाएगी बाबूसा? नाम कमा चुकी है। भारत से बाहर भी इसके उपन्यास अनुवाद हो रहे हैं। बाबूसा इस पूरी यात्रा में टुकटुकी को भी श्रेय जाता है।" वीरू ने कहा।

"लेकिन बाबूसा, टुकटुकी की बकबक बन्द हो जाती है तो ऋचा का संसार निर्जीव हो जाता है। अब आप ही देखिये, ऐसे चुप बैठी है मानो मुँह में जीभ ही न हो।" ऋचा ने उलाहना दिया।

"देख छो बाबूसा," टुकटुकी ने भड़कते हुए कहा, "मैं बोलती हूँ तो उस पर शिकायत, उफ टुकटुकी कभी तो अपनी बकबक बन्द कर दिया कर। चुप हो जाती हूँ तो उस पर भी शिकायत। मैंने हँसी की फसल बोने का ठेका नहीं लिया है ऋचा, कभी तू भी खुलकर हँसा कर। माँ दुर्गार मतोन मूर्ति बने बशे था को।"

बाबूसा खुलकर हँस पड़े। उन्हें विश्वास हो गया कि तूफान हो या आँधी, इस घर में किसी बाहर की हमदर्दी या बैसाखी की कोई जरूरत नहीं। स्वरूपानन्दजी कहा करते थे, "रामदास मन का जैसा भाव होता है न, मनुष्य उस समय उसी युग में होता है। काल में ईसवी का अस्तित्व गौण। इस घर में अभी त्रेतायुग का दर्शन हो रहा है, सतयुग इनके जीवन के बाहर खड़ा है।"

बाबूसा ने जाते-जाते ऋचा के हाथ में मोटा-सा रुपयों का लिफाफा थमा दिया। बाबूसा का यह अधिकार वे छीनना नहीं चाहते थे। लेकिन रामदास का चैन-सुख छीनने को तैयार बैठी थी इति। हाँ इति, इस समय वह अपने लिए चाय बनाकर छत पर बैठी थी। उसकी छत के सामने मोर-मोरनी का एक जोड़ा रोज आ बैठता था। इति रोज सुबह चाय पीते इस जोड़े को देखती और जब वे उड़ जाते तो कबूतरों को दाने डाल देती थी फिर अखबार पढ़ने बैठ जाती। यही समय था जब इति पूरी तरह से अपने पास होती थी, दिखावटों से दूर। शेष समय दफ्तर-

पार्टी की रौनक में गुजार देती थी। कल की पार्टी उसके दिमाग में अभी भी ताजा थी। कल की पार्टी में विदा होते राशिद ने कहा था, "मैं सुबह तुम्हारे घर आ रहा हूँ।" एक अधिकार के तहत कही गई बात में निमंत्रण माँगने की गुंजाइश कहाँ? कल देर रात तक राशिद के रोमांटिक हाव-भाव, शायराना अंदाज शेरो-शायरी सब याद आने लगे। इति भी इसका प्रत्युत्तर दे रही थी। उसकी आँखों में मदहोशी छाई थी, कुछ शराब का नशा था, कुछ राशिद की बातों का। राशिद की आँखें उसे बींधती जा रही थीं, अभी भी वे आँखें उसे परेशान कर रही थीं। मर्द उसकी जरूरत है—तलाश भी। अच्छा, ऐसा क्या है राशिद में जो सन्दर्भ में आए दूसरे पुरुषों में फर्क था। क्यों उसके अन्तरमन में विश्वास जगा रहा था इस बार उम्मीद नहीं टूटेगी। विवाहित गौरा? राशिद अगर उसकी मिल्कियत है तो उसे सँभाल कर रखे, इति को डाउट था कि इतना आशिक मिजाज इनसान गौरा के साथ रह सकता है? यदि रख पाती तो कल जो गुजरा वह नहीं होता। राशिद आएगा या नहीं इसी दुविधा में थी। वुडनाट ऑर वोनट की स्थिति। अपनी मनोदशा पर इति हतप्रभ थी। वह सोचना करती थी कि पति का घर बसाने वाली औरतें ही कैदी होती हैं, बंदिनी होती हैं, लेकिन अभी उसे एहसास हो रहा था कि राशिद का इन्तजार उसे बंदिनी बना रहा था। वह गाने लगी, 'रंजिश ही सही, दिल दुखाने के लिए आ—आ फिर मुझे छोड़ के जाने के लिए आ', तभी फोन की घंटी ने भीतर के सारे सिलसिले को तोड़ डाला।

"गुड मॉर्निंग इति, राशिद हियर। आपके घर के नीचे गाड़ी में बैठा हूँ—इजाजत हो तो बन्दा ऊपर आ जाए।"

"आओ—एक चाय का कप खत्म किया है दूसरा तुम्हारे साथ हो जाए। जरा सँभल कर चढ़ना। सीढ़ियों में अँधेरा है।" इति ने कहा।

"एक काम करो, सीढ़ी के बीच तुम खड़ी हो जाओ—रौशन हो जाएगी।"

"शुक्रिया, ऐसा मुगालता मैं नहीं पालती। वैसे इस इज्जत अफजाई..." बात पूरी हो न सकी, क्योंकि सामने राशिद खड़ा था हाथों में गुलाब का गुच्छा लिए।

"इन गुलाबों का सलाम कबूल कीजिए बेगम।"

"सलाम कबूल किया हुजूर। बैठो, मैं चाय लाती हूँ आराम से गुफ्तगू होगी।"

इति जब चाय-नाश्ता लेकर कमरे में दाखिल हुई तो राशिद कह उठा, "समझे थे तुमसे दूर निकल जाएँगे कहीं, देखा तो हर मुकाम तेरी रहगुजर में है। सच इति, यू हैव सि-ड्यूज मी बाई द चार्म ऑफ योर आइज।"

"अच्छा जी, सारा श्रेय आँखों को, हम कुछ भी नहीं। अच्छा शेर के जवाब में शेर सुन लो—खुले से दिल से सजदा हो तो उस सजदे का क्या कहना, वहीं काबा सरक आए जबी मैंने जहाँ रख दी।"

इति ने बाल खोल दिए—राशिद उसके बालों में उलझा रहा। उसने बालों को बाँधते हुए कहा, ''चलो, छत पर बैठकर एक कप चाय और हो जाए। मेरी पसन्दीदा जगह है।''

राशिद बेमन से उठा। वह इति को बाँहों में लेने, चूमने को बेकरार हो रहा था। गंगा की हवा के झोंके रह-रहकर इति के बालों को छेड़ रहे थे। सूर्य कभी चमकता, कभी बादलों में ओझल हो जाता। राशिद की यही स्थिति। साफ छुपते भी नहीं, सामने आते भी नहीं। गंगा किनारे की गन्दगी को देख मुँह घुमा लिया। बड़ी गन्दी पसन्दीदा जगह है इति की। दोनों कमरे में आ गए। अचानक इति की कमर में हाथ घुमाते हुए राशिद ने अपनी ओर खींचा। इति ने मुस्करा कर कहा, ''बड़े बदतमीज हो। जरा सा भी सब्र नहीं।''

इति की ओर देखते हुए राशिद ने कहा, ''तुम मेरी जरूरत हो गई हो बेगम। अच्छा, मैं भी तुम्हारी जरूरत हूँ?''

टेबल पर कप रखते हुए इति ने कहा, ''जरूरत नहीं समझती तो इस तरह घर में घूमने देती। ड्राइंगरूम तक ही सीमित रखती।'' कहते-कहते इति ने एक झटके में अपने बाल खोल दिए, राशिद बालों में उलझता हुआ उसकी देह के ओने-कोने से उलझता जा रहा था।

''स्वागत है तुम्हारा भंते। हियर इज एन ऐप्पल, बी टैम्पटेड—लाईक ऐडम। बी ब्रेव दैन ऐडम एंड ईट अप द होल। राशिद तुम्हारी आँखें ऑव-द-लिस्क जैसी स्थिर क्यों हैं?'' मदहोश स्वर में इति ने पूछा। दोनों बाहुपाश में बँध गए। हाथ मचलते रहे, देह थिरकती रही, फिर उफान का झरझरा कर गिर जाना।

राशिद जाने लगा तो इति ने सवाल किया, ''कल आओगे?''

''कोई अपनी जरूरत के बगैर रह सकता है ओ मेरी जरूरत—साँसें लेने तो हाजिरी बजाने आऊँगा।'' राशिद इति की हाजिरी बजा रहा था उसी समय बाबूसा ऋचा के घर हाजिरी बजा कर चले गए थे। वीरू, ऋचा, टुकटुकी तीनों अन्दर-ही-अन्दर समझते थे बाबूसा का इस समय आना वासु की मौत की घटना के असर को कम करने आए थे। बाबूसा ऋचा के प्रति पूरा स्नेह और दायित्व मन से निबाहते थे। इस परिवार के दुःख-सुख के वे भागीदार थे। ऋचा ने कुछ कहने के लिए मुँह खोला ही था कि दनदनाती हुई टुम्पा घर में दाखिल हुई।

''इतनी देर क्यों टुम्पा, बच्चे ठीक तो हैं न?'' ऋचा ने पूछा।

''दीदी सब भालो-ठीक है। खिचड़ी स्कूले बच्चारा के दीते गिए छिलाम।'' खिचड़ी स्कूल? ऋचा ने हैरत से पूछा। ''हैं दीदी, खेते खिचड़ी दे, खाबा, कपड़ा, कागज, पेंसिल, दवाई-बई सब फ्री। किन्तु आमार बच्चार नाम पालटे दीए छे। टोबूर नाम दिए छे टॉम, आर मदनेर नाम होलो माइकिल। चर्चे प्रार्थना करे।''

ऋचा अवाक्। गरीब को सहूलियत देकर धर्म परिवर्तन? तभी टुकटुकी को टुम्पा बोल पड़ी, ''एई, प्रज्ञार काज छेड़े किछु करते मन करे ना। गा—हाथ-मुँह धो, जामा कापड़ छाड़। आर हाँ, एई ने तोर घरेर चाबी।'' आँचल में टुकटुकी के चाबी बाँध दी।'' टुम्पा को बीच में रोकते हुए बोल पड़ी, ''बाजे कथा बोलिश नाई। आमी भालो आछी। जानो ना कौन प्राणीर बाल बन्धु? जा भात कर, आमी ऐशे शब्जी बानईए दीछी।''

ऋचा इन दोनों को छोड़ सीधी बगीचे में चली गई। सब अपने-अपने काम में लग गए। मानो अघटन घटा ही न हो। ऋचा की बगिया में गुलाब, नयनतारा, बोगनवेलिया, गेंदा के पौधे थे। दरवाजे के बाहर सड़क के किनारे कृष्णचूड़ा और राधाचूड़ा—दो द्वारपाल की तरह खड़े थे। कदम, सेमल, पलाश सड़क के उस पार थे। ऋचा की ब्रह्मबेला की साधना के बाद इन्हीं पौधों में सुबह गुजरती थी। वीरू और वह दोनों चहलकदमी करते पौधों की देखभाल करते। हर किसी ने अपने काम का समय चुन रखा था। वीरू के दफ्तर जाते ही ऋचा का अपनी मेज पर लिखना तय था। तब तक लिखती जब शाम की नित्य नियम सी धूप, शंख और आरती की आवाज आने लगती।

ऋचा लिख रही थी तभी डगमग करती प्रज्ञा आ गई—''माँ, मेले इछ ड्राइंग में लंग भर दो? माँ बादल तो तहाँ बिथाऊँ?''

प्रज्ञा की बात सुन ऋचा ने कहा, ''बेटा, बादलों को बैठने का ठौर कहाँ, वे तो कभी इधर, कभी उधर चलते-फिरते हैं।''

प्रज्ञा ताली बजाने लगी, ''माँ मैं बादल हूँ, तबी इदल—तभी उदल। मैं बैठती नहीं। टुकटुकी मौसी दुथी हो जाती है।''

''बेटा, टुकटुकी मौसी तेरी मौसी कम, माँ ज्यादा है री। आज नहाकर ठाकुरबाड़ी में मंत्र जपा था।''

''जा, टुम्प। दीदी अकर-बकर बोल रही थी—टुकटुकी मौसी को भूल गई। अबी जाऊँ?''

''नहीं बेटा—अभी तेरे भगवान सो रहे होंगे। शाम को कर लेना—खाना खाया?''

''थाना थाया, उबी टुकटुकी मौसी सोने के लिए ले जाएगी...माँ को डाँटेगी?'' दोनों माँ-बेटी खिलखिलाकर हँस पड़ीं।

उधर इति-राशिद की प्रेम गाथा उफान पर थी। गौरा को पार्टी वाले दिन से ही शक हो गया था, लेकिन यह जीवन उसने खुद चुना था अत: औरों के सामने अपनी पीड़ा कहने का कोई अर्थ नहीं था। गौरा अक्सर अपने कमरे में रहती थी, तभी पीछे से आवाज आई, मुड़कर देखा तो वीरू था। दो पल निस्तब्धता को झेलने के बाद गौरा ने पूछा, ''इस समय वीरू तुम यहाँ? घर-ऑफिस में सब ठीक है न? ऐनी प्रॉब्लम?''

वीरू ने गम्भीर भाव से कहा, "सब ठीक है गौरा। बाबूसा ने बुला भेजा था।" सोफे पर बैठते हुए उसने बात पूरी की। इतनी जल्दी बात सामने आ जाएगी, इसकी कल्पना नहीं थी। सम्भावनाएँ भी नहीं दिख रही थीं। गौरा के चेहरे को देखते हुए वीरू ने सहजता से कहा, "गौरा, मैं बहुत दिनों से आने-आने का कर रहा था, लेकिन व्यस्तता में उलझा रहा।"

गौरा ने सुनकर ठहरी आवाज में कहा, "फिर इतनी व्यस्तता के बीच असमय आने का कारण?"

वीरू ने कहा, "गौरा, बाबूसा को राशिद, इति के सम्बन्ध का अनुमान हो गया है। उन्होंने कहा है यदि तुम चाहो तो राशिद से तलाक करवा दें।"

गौरा की आवाज में भीगापन था, उसी स्वर में बोल पड़ी, "पिता होने के नाते उनका चिंतित होना स्वाभाविक है। बिना किसी भ्रम के विवाह करने का यही फायदा है कि जहाँ से सूत्र उघड़े, वहीं से पकड़कर फिर शुरू किया जा सकता है। राशिद को इति नहीं गौरा जैसी औरत घर बसाने को चाहिए, यह मैं जानती हूँ।" भीगे स्वर में आत्मविश्वास की झलक दिखी, लेकिन वीरू को यह झूठा आश्वासन लगा।

"तुम्हारे इस खयाल से तुम्हारी शादी टूटती नहीं है तो ठीक है।"

"वीरू, शादी का अस्तित्व कहो, या उसका बचाव, वह बहुत से अनकहे शब्दों के न कहने से बच जाती है। इसको लेकर ज्यादा दिमाग खपाने की जरूरत नहीं।"

सुनकर वीरू मुस्करा दिया, "चलो भई, यदि गौरा देवी आश्वस्त है तो मैं स्वीकार लेता हूँ कि तुम प्रसन्न हो, खुश हो।"

"हर पल इनसान खुश तो नहीं रह सकता न, वीरू? तनाव आता है और चला जाता है—प्रेम की कीमत लेता हुआ, खैर, तुम बाबूसा को आश्वस्त कर देना कि मैं अपने निर्णय को लेकर दुखी नहीं हूँ।"

"जरूर कह दूँगा और आश्वस्त भी कर दूँगा।" कहकर वीरू चला गया।

गौरा ने राशिद का नम्बर मिलाया, "तुम घर आओगे?"

"नहीं, दफ्तर के काम में व्यस्त हूँ।"

रूखे जवाब को सुन गौरा ने कहा, "तुम्हारी पसन्द का लंच बनवाया था। खैर, वीरू आया था।"

"वीरू, इस समय क्यों?"

"बाबूसा ने बुलाया था।" कहकर गौरा ने मोबाइल की लाइन काट दी। अब, पहले की तरह झूठ सुन वह आगबबूला नहीं होती।

वीरू जब राजबाड़ी से बाहर निकला तो दफ्तर जाने का मन नहीं कर रहा था। ऋचा अपने लेखन में व्यस्त होगी। टुकटुकी-पैगी दोपहर की गहरी नींद में डूबी

होंगी। अब पैगी तुतला-तुतला कर बातें करती है, चलने भी लगी है। उम्र से बड़ी है उसकी ग्रोथ। गौरा से बहस नहीं करना चाहता था, किसी ने कहा है, ''एन ऑर्ग्युमेंट नॉट बेस्ट इज अ वार वन।'' सुझाव का भी समय निर्धारित होता है। सर्दी की दोपहर में सब शान्त हो जाता है। ऋचा अपनी टेबल से खिड़की से बाहर पक्षी को उड़ते देख सोच रही थी, लो—घोंसला अभी खाली हो जाएगा। पक्षी के समर्थ डैनों को वह आकाश की ओर धन्य भाव से देख रही थी, कि तभी पीछे से आवाज आई, ''बालिके, आज क्या आसमान की सवारी करने का दिन है। बाहर टुकटुकी बड़बड़ा रही है कि ऋचा कमरे में जाती है तो खाना, चाय-पानी सब भूल जाती है—और एक तुम हो कि दिगन्त के पार खोई हो।''

''हाँ, वीरू दिगन्त की ओर देखते हुए सोच रही थी कि आषाढ़ का वह कौन सा पवित्र प्रथम दिन था जब मेघदूत की पहली पंक्ति की रचना हुई होगी, उसी सोच में मेरा ध्यान तुम्हारी ओर चला गया—मन कह रहा था ऐ मेरे पथिक बन्धु, तुम्हारे साथ चलते हुए कितने दिगदिगन्त के सिंहद्वार खोल पाई हूँ। आसमान के उजाले की तरह हमारा भविष्य, हमारी निजता, सामीप्य, बादलों की तरह सफेद धुला हुआ लगता है।''

''ऋचा, चाहे उजाला हो या अन्धकार एक बात ध्रुव-सत्य है कि अन्धकार में भी अनन्त आकाश काटता हुआ, नक्षत्रों की रोशनी समेट कर मैं तुम्हारे पास दीपदान लिए खड़ा ही मिलूँगा। युगों तक।'' वीरू एक योगद्रष्टा की तरह बोल पड़ा।

''अच्छा, अन्धकार में तो कुछ दिखाई नहीं देता। वैसे कल अन्धकार में तुम बरामदे की रोशनी में खड़े देवदूत से लग रहे थे।''

वीरू मुस्करा दिया, हर बात का जवाब तो नहीं होता न।

''अरे हाँ, तुम्हें बाबूसा ने बुलाया था। सब कुशल मंगल है तो?'' ऋचा ने ऐसे पूछा मानो अचानक कुछ याद आ गया हो।

''कुशल मंगल क्या होगा, जब तुम्हारा भगवान शकुनि की तरह पासे फेंक रहा हो।''

''क्या वीरू, भगवान क्यों इनसानों के साथ पासे खेलेगा? पासे फेंकना इनसानों का काम है। लौकिक अथवा भौतिक दृष्टि से देवी-देवता की शक्तियों का विश्लेषण उचित नहीं है। बाबूसा का स्वास्थ्य ठीक है न?''

''पता नहीं, लेकिन गौरा के साथ जो घट रहा है और उसमें उसकी सोच—दोनों बातें अस्वास्थ्यकर हैं। मैं राशिद की बात कर रहा हूँ ऋचा।''

''वह तो ठीक है, लेकिन राशिद का जीवन जीने का तरीका उसकी सोच हम सब लोगों से फर्क है। अभी वह इति के देहभोग में डूबा है—प्रेम का नाटक चल रहा है—उसी के तहत कभी क्लब, कभी दिघा, कभी होटल घुमा रहा है, यह तुम

भी जानते हो और मैं भी। लेकिन इति पर प्रेम का आवरण चढ़ा हुआ है, इस बार वह गहरी डूब गई है और सच कहूँ तो इति कभी भी राशिद से प्रेम की कीमत माँग सकती है, नहीं वीरू, डरो मत राशिद जैसा खुदगर्ज मर्द ऐसी कीमत को नकार जाएगा। हाँ, इति जरूर टूटेगी। भाग्य का खेल है वीरू।''

''बहुत खूब।'' वीरू तुनक गया, ''कथावाचक महंत, प्रेम, सब तुम्हारे प्रभु के हाथों रचे, बसे भाग्य का खेल है, यही कहना चाह रही हो ऋचा।''

''नहीं वीरू, बस यह नहीं है। धर्म, मनुष्य को आन्तरिक जीवन जीने की राह दिखाता है, बिना विश्वास के दो इनसान एक साथ भी रह नहीं सकते। अचानक वीरू, भगवान से इतनी नाराजगी सही नहीं है रे। सच की रक्षा करना और गलत को डिस्ट्राय करना ही धर्म है बन्धु, तुम...।'' तभी फोन बज उठा। उधर गौरा थी, ''ऋचा, वीरू को मेरी बातों पर विश्वास नहीं हुआ, लेकिन तू विश्वास करना कि तूने कहा था, ऐसी स्थिति को गुजरते समय नहीं लगता, मैं तेरी इसी बात पर स्थिर हूँ, शान्त हूँ ऋचा।''

''गौरा दी, मुझे विश्वास है कि दोनों का सम्बन्ध वासना के धरातल पर खड़ा है और वासना कभी एक स्थान पर टिकती नहीं। राशिद लौटेगा, और जब लौटे तो सहज स्वीकार लेना, अपराध बोध का एहसास दिए बिना।''

ऋचा की बात सुन गौरा में हिम्मत आ गई।''तुम्हारा कहा सच हो ऋचा। वैसे अश्वपति की कन्या का वचन असत्य क्यों होने लगा।''

''छोड़िए बस समस्या को अपने से बड़ा मत होने देना। दूरदर्शन में कल मेरा 'लार्जर दैन लाइफ' रखवा तो दिया गौरा दी, लेकिन मैं सही पात्रा नहीं हूँ।''

''तूने तैयारी कर ली है न?''

''कुछ नहीं। नारी का सच्चा परिचय यदि वही बँधे-नियम, बँधे हुए शब्द, बँधी हुई जिल्लत है तो हायर लाइफ की परिभाषा बनती ही नहीं है। मंच पर कोई काला चश्मा बैठकर स्त्री की बखिया उधेड़ता नजर आता है तो कोई बिहारी की नायिका बनकर स्त्री की यंत्रणाओं के विरुद्ध भाषण देने बैठ जाती है। समझ में नहीं आता गौरा दी कि यदि स्त्री की देह बाजार में बिकाऊ है तो सम्पादक की पत्रिका भी बाजार में बिकाऊ है तो क्या सम्पादक बिकाऊ है?''

''ला प्लस इमोशन इस ला विदआउट रीजन। शब्द विलास होगा यह कार्यक्रम।''

''तो तुम खुश नहीं हो ऋचा?''

''आपकी आवाज में खुशी और उत्तेजना देख खुश हूँ गौरा दी लेकिन अन्त:करण से खुश नहीं हूँ। चाइनीज में एक कहावत है गौरा दी—'तुम दु:ख के पक्षियों को अपने ऊपर उड़ने से रोक नहीं सकते हो, लेकिन अपने सिर पर घोंसला बनाने से जरूर रोक सकते हो।' यह आप पर भी लागू होता है गौरा दी।''

"सच ऋचा, राशिद कब लौटेगा?"

"समय व्याकरण की किताब की तरह नहीं होता। उसकी प्रकृति तो गणित की तरह होती है, थोड़ा इन्तज़ार कीजिए।"

"ऋचा, स्वामी स्वरूपानन्दजी को तेरी वाणी में सरस्वती की वाणी सुनाई देती, आज मैं भी तेरी वाणी में स्वामी बाबा की तरह सरस्वती का वास देख रही हूँ।" ऋचा ने फोन रख दिया। मुस्करा दी। गौरा दी ने कभी मठ या बाबा को याद नहीं किया, किन्तु आज गौरा दी को उनकी याद आई—यही उनके लिए शुभ हो।

ऋचा का विश्वास सच निकला। इति ने अपने प्रेम की कीमत में विवाह की माँग रख दी। राशिद ने साफ शब्दों में मना कर दिया, और उसी क्षण इति ने रिश्ता तोड़ दिया। राशिद सीधे घर आ गया। देखा गौरा कमरे में चद्दर ओढ़ कर लेटी है।

राशिद को कमरे में आया देख पूछ बैठी, "क्या बात है राशिद तुम ठीक हो?"

"मैं एकदम ठीक हूँ, लेकिन तुम क्यों लेटी हो?"

"बस, यूँ ही सिरदर्द हो रहा था, जी मिचला रहा था।"

राशिद गौरा के सिरहाने बैठ कर सिर दबाने लगा।

गौरा हैरान, पूछ बैठी, "क्या बात है राशिद, बड़ा प्यार आ रहा है। इन दिनों तो तुम बड़ी बेरुखी से पेश आते थे—प्रेम की उत्तेजना, मिलने की जरूरतें कम होती जा रही थीं, ऐसे लग रहा था, तुम मुझसे दूर जा रहे हो।"

"जानता हूँ गौरा, मैं भटक गया था, और यह बात तुम से छिपी नहीं थी—बट आय प्रॉमिस, अब कोई बहकाव नहीं होगा।"

गौरा ने राशिद के सीने पर सिर रख कर प्यार भरी आवाज में कहा, "राशिद, आय डोंट माइंड इफ अदर वूमैन वान्ट, ऐज लॉग ऐज आई एम द वन ही वान्टज हिम सैल्फ।" राशिद पर अपराध पनप जाए इसलिए गौरा ने धैर्य भरी आवाज में कहा, "देखो राशिद, तुम न देवात्मा हो, न ऊँची आत्मा। तुम एक संवेदनशील शख्स हो, तुम गलती कर सकते हो। हम दोनों विपरीत व्यक्तित्व वाले इनसान हैं, लेकिन गृहस्थी के सुख, दुख, प्रसन्नता एक-दूसरे पर निर्भर करते हैं, स्वभाव की व्याख्या पर नहीं।"

"सच गौरा—"

"ठहरो, मुझे बात पूरी करने दो, तुम्हें यह बताना आवश्यक हो गया है कि मैं माँ बनने वाली हूँ।"

"गौरा, मैं अपनी भूल स्वीकारता हूँ, कसम परवरदिगार की, अब कभी कहीं भटकूँगा नहीं, मेरी आने वाली औलाद की कसम है यह। तुम चुप क्यों हो गौरा,

कुछ बोलो, चीखो-झगड़ो, चिल्लाओ, लेकिन मुझसे नाराज मत होओ। मैं लौट आया हूँ तुम्हारे पास गौरा, अपने होने वाले बच्चे के पास। वायदा करता हूँ, फिर ऐसी शर्मनाक स्थिति नहीं आएगी।''

गौरा ने कहा, ''देर आए दुरुस्त आए—तुम...''

बात काटते हुए राशिद ने कहा, ''देखो गौरा, तुम्हें जो कहना है कहो, गुनहगार हूँ तुम्हारा, लेकिन प्लीज ऋचा आपा की तरह नसीहत देने मत बैठ जाना, बस वायदा है कि तुम और हमारा बच्चा—मुझे लेकर कभी शर्मसार नहीं होगे।''

''तो मेरा भी वायदा रहा राशिद—वी विल स्टार्ट अ फ्रैश रिलेशनशिप। नो डिस्कशन। अच्छा सुनो, 'वास्तव' कार्यालय में एक चर्चा-परिचर्चा रखी है। सौगत काकू, ऋचा, वीरू, तुम, मैं, श्रद्धा और इति भी। जब मन में क्षोभ नहीं, तो निर्भीक होकर चलो। बी नार्मल। अन्तिम बात, इति के प्रति मेरे मन में कोई गिला, शिकवा, शिकायत नहीं। तुम्हें माफ किया तो माफी की हकदार वह भी है। ठीक कह रही हूँ न?''

इन दोनों के सम्बन्धों में न ज्यादा नजदीकियाँ थीं, न दूरियाँ। सो सब अनकही उलझन की गाँठें खुल गईं। गौरा ने स्वीकारा ऋचा का आश्वासन सच निकला। मन-ही-मन उच्चारण कर बैठी—धन्य हो ऋचा तुम।

धन्यवाद की पात्रा उस समय पूजा में थी। सूरज को नमस्कार करते उसे लगा कि सूरज ने किसी गठरी में आकाश को समेट लिया है। आकाश की इस सुन्दरता को देख कह उठी—''प्रणमामि पुनः पुनः।''

ऋचा के ध्यान को टुकटुकी की आवाज ने तोड़ दिया, ''मुरली, कुंजनि कुंजनि बाजती, सुनेरी सखी श्रवण दे, अब तुम जेहि विध हरि मुख राजति।'' दोनों सखी मगन थीं। एक किरणों से भरे आकाश को निहारती हुई दूसरी बंसी की रसमाधुरी में डूबी। तभी फोन की घंटी बज उठी।

उधर से इति की झल्लाती हुई आवाज, ''उफ् ऋचा, यू आर टोटली ए स्नाबिश वूमैन। कितनी बार कहा ऋचा, मोबाइल आज के समय की जरूरत है ले ले, लेकिन तू है कि अपनी जिद पर अड़ी हुई।''

''निकल गया गुस्सा। छटपटा रही थी तो लैंड लाइन में मिला लेती। किसी ने तुझे मना किया है कि रात-बेरात तू लैंड लाइन पर फोन नहीं कर सकती। और फिर से सुन ले दम्भी हूँ, जिद्दी हूँ, लेकिन मुझे नहीं चाहिए मोबाइल फोन। जिसे देखो, इस यंत्र से उलझा हुआ। निजी क्षण की मधुरता को सभी भूलते चले जा रहे हैं, जो बात पास बैठकर हो सकती है, वह क्या यंत्र के माध्यम से हो सकती है। सम्बन्ध क्या हुआ एक बटन बन गया। अच्छा बोल, क्या आफत आन पड़ी, जो रात से बेचैन थी।'' ऋचा ने इति से प्रेम से पूछा।

"क्या बोलूँ ऋचा, आज मुश्किल था सँभलना, ऐ दोस्त, तू मुसीबत में अजब याद आया।"

"इति, शायरी छोड़ और अभी यहाँ आ जा। नाश्ते की टेबल पर इति-पुराण सुन लेंगे।" फोन रखकर ऋचा चुप हो गई।

विस्फोट हो चुका है। रौशनी खोजने गई थी हाथ में धुन्ध आई। समझ गई राशिद से जो एक उम्मीद बाँधी थी वह जरूर टूट गई होगी। उस टूटन में इति का कुछ दरका भी होगा। ऐसे जख्मों के दाग भरते तो हैं, लेकिन जल्दी से नहीं। इति को सच का सामना तो करना होगा। "वाय थ्रो अवे गोल्ड एंड कीप मड।" इति जब ऋचा के कमरे आई तो खामोश थी। अन्तर में हंगामा था, लेकिन उसके चेहरे से लग रहा था मानो पीलिया की मरीज हो। इति ने ऋचा का हाथ पकड़ते हुए पूछा, "अकेले छूट जाने का दुःख मुझे क्यों मिलता है?"

ऋचा ने इति की हथेली थामे-थामे कहा, "गज, फुट, इंच से सुख-दुःख का मायावी संसार नापा जा सकता है क्या? सम्बन्ध का विशेषण कोई नहीं होता न कोई व्याकरण। यह सच है कि हर इनसान को अपना क्रॉस खुद ही ढोना पड़ता है, लेकिन तुमने एक नेक इनसान की तरह अपने कन्धे चौड़े कर मेरे और वीरू के हिस्से के क्रॉस के भार का साझा किया था। यह सच तुम्हें बोध नहीं कराता कि तुम एक जेनयुइन औरत हो?"

इति ने तपाक से पूछा, "तो यह सच मेरे प्यार के साथ क्यों लागू नहीं होता?"

"इति, बेहद कठिन है प्रेम के इतिहास के नक्शे बनाना। 'ज्यों आँखिन सब देखिये, आँखन देखी जाय' यह आत्महंता वाला बिन्दु 'ब्लाइंड स्पॉट्स' जीवन में मौजूद रहता है।" इति ने आश्चर्य से पूछा, "तो मैं यह सपने देखना छोड़ दूँ?"

"सपने देखना ही है तो बड़े आकार के देख। भाव जगत से हट कर कर्म जगत के देख, जहाँ पर चार चौकीदार हमेशा तैनात रहते हैं। पहला चौकीदार सत्य, वह असत्य से बचाता है, दूसरा स्नेह, वह घृणा से बचाता है, तीसरा न्याय, वह अन्याय से बचाता है और चौथा त्याग, वह स्वार्थी होने से बचाता है। सच इति, कर्मजगत में खुद को खपा दे। न दुःख, न टूटन।"

"ऋचा, इनसान जीवन में क्या खोजता है? अर्थवत्ता या अर्थशून्यता?"

ऋचा ने गम्भीर स्वर में कहा, "वृक्ष क्या यह सोच कर पत्ते गिराता है या निकालता है कि किसी खास को छाँव देना है, दूसरे को नहीं। वह तो सब को छाँव देकर अर्थपूर्ण हो जाता है और धूप में सिमटकर, आँधी, तूफान के थपेड़े खाकर अर्थशून्य होकर भी खड़ा रहता है। वृहद आकाश की उड़ान भरने वाला ईगल घायल होकर पनाह भी इसी वृक्ष की ऊँचाई पर ही लेता है, वह शुतुरमुर्ग की तरह बालू में मुँह नहीं छुपाता। जीवन की सच्चाई किताबों से बाहर प्रकृति के पास से

ही मिलती है इति, मानवीय सम्बन्धों से नहीं। बस, समझने और देखने वाला मानस होना चाहिए।''

ऋचा की बातें इति के दिल-दिमाग में उतर गईं। चेहरे पर रौनक और मन में उत्साह आ गया। उत्साह से भर कर बोल पड़ी, ''यैस-यैस। यू आर नॉट ओनली ग्रेट बट वैरी हाईसोल ऋचा। मैं हूँ। आय ऐम, आय एगजिस्ट-हेयर एंड नाउ। आय ऐम माई ओल्ड सैल्फ अगेन। क्लीनर कॉनशंस इज द बेस्ट पिलो।''

''चल इसी बात पर चाय पिला।'' बातों में चतुर टुकटुकी की तरह। तभी चाय की प्याली हाथ में लेकर टुकटुकी ने कहा, ''जानो इति दी, ऋचा आमादेर निर्भय होते बन्धु, कुसमयेर बन्धु, विपदेर बन्धु, प्रयोजनेर बन्धु। चिर सखा-श्मशान बन्धु।''

''वाह टुकटुकी, देख रही हूँ, तुझमें बहुत साहस आ गया है?'' इति ने स्वाभाविक स्वर में कहा।

''जखन आमी अन्याय ना करी, तखन आमी भीतू नई।'' टुकटुकी ने कहा।

''तो मैं डरपोक कायर हूँ?'' इति ने पूछा।

''ना इतिदी, ऋचार बन्धु-भीतू-कायर होते पारे ना।'' इति ने टुकटुकी की बात को गर्दन हिलाकर स्वीकृति दी। ऋचा ने एक बार कहा था किसी भी संगीत के पीछे कोई खास विचार नहीं होता है, भाव होता है, लेकिन हर विचार के पीछे संगीत जरूर होना चाहिए। आज इस पल यहाँ संगीत लहरी बहने लगी थी। तभी वीरू प्रज्ञा के साथ पार्क में घूम कर आ गया। सब बातों में इतने लीन थे कि किसी को पता नहीं चला कब प्रज्ञा टुकटुकी को ढूँढ़ते वीरू के पास आ गई, बाहर जाने के लिए।

''अरे इति, सुबह-सुबह?''

''हाँ वीरू, लफ्जों को सजाने में माहिर मैं, एक रिश्ते का अन्त करने के लिए लम्बे समय तक एक शब्द को तलाश नहीं कर पाई, सो चली आई अपनी बान्धवी के पास।''

''हाँ इति, तू अब पूर्णतः स्वस्थ है। यात्रा तेरी प्रशस्त हो, सार्थक हो। एक सुझाव है। तू शब्दों का पंडाल बना, वीरू दुर्गा की प्रतिमा बनाएगा, टुकटुकी प्रसाद और मैं अर्चना-पूजा करूँगी।''

''दुर्गापूजा की बात पर याद आया ऋचा, तूने पूजा विशेषांक में एक कहानी भेजी थी—प्रूफ रीडिंग के लिए मेरे पास आ गई। तेरी एक पंक्ति पर नजर देर तक ठहर गई।''

''वाह, वाह! इति की नजर मेरे लेखन पर टिक जाए तो मेरी उपलब्धि है। कहाँ ठहरी तू?''

''तूने लिखा था, 'यह कैसी विडम्बना है कि जिन्दगी के सम्पूर्ण क्षण, जीवन के पहाड़ की चोटी पर पहुँचने में खर्च कर दिए जाएँ और चोटी पर पहुँचने पर पता

चले कि उन क्षणों की किस्मत में पहाड़ की दूसरी ओर लुढ़कना ही लिखा है।' सच ऋचा, हमारे देना पावना, अपेक्षाएँ सब निरर्थक हैं।''

तभी घंटी बज उठी। टुकटुकी के दरवाजा खोलते ही सौगत दा और साथ में एक दुबली-पतली महिला। उम्र ज्यादा नहीं। ऋचा ने देखा तो अचानक पूछ बैठी, ''सौगत दा, आप इस समय? और आपका परिचय?''

सौगत दा ने परिचय कराते हुए कहा, ''यह है श्रद्धा और यह ऋचा। वीरू मैं तुम्हें बताना भूल गया कि श्रद्धा के सम्मान में 'वास्तव कार्यालय' में स्त्री विमर्श पर परिचर्चा रखी है, शाम को।'' श्रद्धा ने एक मुस्कराहट दी।

ऋचा कह उठी, ''श्रद्धाजी, मैं आपसे बहुत दिनों से मिलना चाह रही थी, चलिए आज मिलना हो गया।''

''सच कहूँ ऋचा, मैं भी मिलने को उत्सुक थी, तभी बिन बुलाये मेहमान की तरह चली आई।''

सौगत ने इति से कहा, ''इति, तुम्हें भी आना है, यहाँ से साथ में जाओगी या घर ड्रॉप कर दूँ।''

''घर जाकर क्या करूँगी। ऋचा की साड़ी पहन लूँगी।''

श्रद्धा ने पूछा, ''ऋचा, तुम्हारे पड़ोस में सुषमा रहती है, मिली उससे?''

''नहीं तो,'' ऋचा ने कहा।

''सुषमा अनुवाद अच्छा कर लेती है ऋचा, लेकिन 'नॉन स्टॉप' सिगरेट पीते हुए।''

वीरू ने बेमन से कहा, ''माना इति, वह अनुवाद अच्छा कर लेती है, प्रतिभा है, लगन है, रेडियो, टेलीविजन पर नाम-धाम भी कमा चुकी है, लेकिन अपने आचार-विचार के कारण इसका नाम बहुत खराब हो चुका है। मेरे विचार से सम्पर्क रखना नहीं चाहिए।''

ऋचा ने शान्त स्वर में कहा, ''वीरू, गलत आदमी नहीं परिस्थितियाँ होती हैं।''

श्रद्धा ने रूखे स्वर में कहा, ''तुम नहीं जानती हो ऋचा, यह दूसरी लड़की को भुनाने में माहिर है। अपना घर छोड़ किसी दूसरी लड़की के साथ रहने निकल पड़ी, तब से हर आने वाली लड़की को यह गलत साबित कर रिश्ते का अन्त कर देती है, क्योंकि तब तक दूसरी लड़की से दोस्ती हो चुकी होती है। अकेलेपन का दर्द, धोखा पाने की चोट की सहानुभूति बटोरने में माहिर है। रिश्ते में ऊब इसे होती है और तब रिश्ता टूट जाता है, अपने व्यक्तित्व पर बेचारगी का जामा पहनकर। रिश्ते को यदि जोर से पकड़कर रखोगे तो बन्द मुट्ठी से जैसे बालू फिसल जाती है, वैसे रिश्ता भी खिसक जाता है।''

''नहीं श्रद्धा, यदि सहानुभूति बटोरने से इनसान को ताकत, नाम मिलता तो संसार का हर तीसरा व्यक्ति नाम कमा चुका होता। हाँ, एक रिश्ते में न टिक पाना,

पाने की चाह ज्यादा देने में कृपणता या नाप-तौल कर देने वाले व्यक्ति के साथ कोई भी रह नहीं सकता, खास करके जब रिश्ता सहज न हो। खैर, यह स्त्री विमर्श की चर्चा बस एक वैचारिक बहस बनकर वक्ताओं के अहम् की खुराक बनकर ही तो रह जाएगी।''

''ऋचा, मैं इस लड़ाई में इसलिए हूँ, जिससे स्त्री को आर्थिक स्वतंत्रता, परिष्कृत शिक्षा मिले और पुरुष का स्वामित्व हटे, इस वजह से लगातार बहस, प्रचार से सफलता मिलने की अपेक्षा है।''

ऋचा इस प्रश्न का उत्तर टाल गई। अब शाम को अपने-अपने विचार सबको रखने ही हैं। सौगत दा चले गए। शाम को 'वास्तव कार्यालय' में सब इकट्ठा हो ही रहे हैं। तभी प्रज्ञा दौड़कर आ गई।

ऋचा ने पास बिठाते हुए कहा, ''बेटा, सब मौसी-माँ को जय श्रीकृष्ण करो।''

''जय श्रीकृष्ण मौसी।''

श्रद्धा ने देखा तो कहा, ''अरे, यह तो बड़ी हो गई, स्कूल जाती है?''

''बस, अब एडमिशन की तैयारी है। देखें कहाँ एडमिशन मिलता है। यहाँ भी घूसखोरी है। सिफारिश का चलन। मैं इन दोनों के खिलाफ हूँ।''

तभी इति कपड़े बदलकर आ गई, ''चलो ऋचा।''

चारों पहुँच गए 'वास्तव कार्यालय' के हॉल में। मंच पर बैठ गए वीरू, श्रद्धा, ऋचा, इति और सौगत दा।

इति ने चर्चा प्रारम्भ करते हुए कहा, ''स्त्री विमर्श जैसे जटिल सवाल का कोई सीधा, सरल, अन्तिम उत्तर नहीं। बार-बार इस प्रश्न को उठाते रहते हैं, जिससे लोगों में जागरूकता बनी रहे। रस्सी आवत जावत से सिल पर परत निसान।''

एक लेखक ने बड़ा ऊटपटांग सा प्रश्न किया था, ''आखिर ये औरतें चाहती क्या हैं?''

''सच, कहाँ से क्यों ऐसे प्रश्न उठ खड़े होते हैं, समझ से परे है। ऐसे प्रश्न उठाने वालों की वजह से स्त्री का यह हाल है कि घर तो है द्वार नहीं, लोग तो हैं लेकिन मन मानुष नहीं है। अब मैं ऋचा से आग्रह करूँगी कि वह अपने विचार हमारे सामने रखें।''

ऋचा ने माइक पकड़ते हुए कहना प्रारम्भ किया, ''मैं यहाँ उपस्थित लोगों से क्षमा चाहती हूँ कि मैं चर्चा-परिचर्चा में हिस्सा लेकर बोलने में पूर्णतः मूर्ख हूँ। मेरी कलम ही मेरी आवाज है। अब मंच पर आ ही गई हूँ तो दिल से चाहूँगी कि यह बहस सिर्फ एक सांस्कृतिक आयोजन बनकर न रह जाए। नर-नारी एक-दूसरे के पूरक हैं, इसलिए पुरुष भी नारी के तेजस्व, उसके त्याग को सहर्ष स्वीकारे। प्रेमचन्द का मैं आदर करती हूँ, लेकिन जब उनकी 'कफन' कहानी को पढ़ा तो लगा कि

पुरुष के दमन और दहन के चलते बुधिया के प्रसव पीड़ा को इतनी बड़ी बुनावट क्यों दी ? बड़ा अजीब लगा कि जो पति अपनी पत्नी को माँ बना सकता है वह उसे प्रसव पीड़ा से छुटकारा नहीं दिला सकता। दलित का यही चरित्र, भाग्य है कि बुधिया प्रसव पीड़ा में कराहती रहे और पति और ससुर उसे पीड़ामुक्त कराने की जगह शराब में डूब कर नामर्द होने की पहचान दें। दलित वर्ग की यह पहचान गलत है। सामन्ती वर्ग को नीचा दिखाने के लिए चमार की स्त्री की मौत करवाना किस वर्ग का साहित्य स्वीकारेगा ? मैं भी गाँव से आई हूँ, गरीब बाप की बेटी हूँ, वीरू दलित वर्ग से है, लेकिन मैं ब्राह्मण की बेटी और वीरू कुम्हार का बेटा—दोनों के जीवन में इनसानियत की कमी नहीं, न गाँव में गरीब के घर प्रसव कराने वाली महिलाओं की कमी। लेखक चूँकि पुरुष है इसलिए उसका अहम् ही लिख सकता है 'मरना है तो मर क्यों नहीं जाती', 'हाँ बेटा, वह बैकुंठ जरूर जाएगी। किसी को सताया नहीं, किसी को दबाया नहीं'। यदि प्रेमचन्द खुद को मार्क्सवादी, समाजवादी होने का दावा करते हैं तो साहित्य में स्त्री पीड़ा कैसे दिखा सकते हैं—घीसू की अनन्त पीड़ा दिखा, उसे शराबी बनाकर वे मुक्त हो गए। क्या मार्क्सवादी लोग बैकुंठ पर विश्वास करते हैं ? तभी न राजस्थान की भँवरी देवी और मध्य प्रदेश की सरोज यादव की यातना गाथा पढ़ने को मिलती है। मैं जानती हूँ प्रेमचन्द का मैं कितना भी आदर करूँ मेरे इस कथन को साहित्य जगत में बहुत आलोचना मिलेगी। इसलिए कहती हूँ कि पुरुष भी इस पीड़ा को कम करने में भागीदार बनें, जिससे स्त्री सशक्त हो सके। अब श्रद्धा को अपने विचार प्रकट करने का निमंत्रण देती हूँ, और आशा करती हूँ इस समस्या को वे आन्दोलन की तरह लेकर आगे बढ़ें।''

श्रद्धा ने मंच से कहा, ''ऋचा ने बहुत सी बातें कह दी हैं, मैं उसके आन्दोलन शब्द को पकड़कर ही चर्चा को आगे बढ़ाती हूँ। सर्वप्रथम यह आन्दोलन पहले नारीवाद, फेमिनिज्म आदि के नाम से शुरू हुआ था। नारी को पुरुषों के मुकाबले शारीरिक और बौद्धिक रूप से हीनतर समझा जाता रहा है। 1729 ईस्वी में फ्रांसीसी क्रांति के दौरान महिला रिपब्लिकल क्लबों ने माँग की थी कि आजादी, समानता, अपनेपन का व्यवहार बिना किसी लिंगभेद के लागू होना चाहिए, लेकिन नेपोलियन की संहिता ने इस आन्दोलन को ठंडा कर दिया। नारीवाद आन्दोलन 1848 में बैरी फ्रीडन ने 'नेशनल आर्गनाइजेशन ऑफ वूमैन' की स्थापना की। जाने कितने अभियान चले, चर्चाएँ होती रहीं, लेकिन सच यह है कि हम वहीं के वहीं खड़े हैं। 1969 में 'द सैक्सुअल पॉलिटिक्स' और साथ में 'फीमेल यूनिक' ने बैडरूम से बॉर्डरूम, घर से गली, कूचे, बाजार, स्कूल और कॉलेज तक को केन्द्र में ला खड़ा किया। कहा जाने लगा 'नारी युद्धक्षेत्र' है। नारा बुलन्द हुआ 'पर्सनल इज पॉलिटिकल'। नारी समस्या बन गई और नारी विमर्श समस्यामूलक। यह उस समय की अमेरिकी

छवि थी ऋचा, भारत ज्यों-का-त्यों प्रसव पीड़ा में तड़पता रहा। कुछ एक उदाहरण को छोड़कर। क्रान्ति आती है जब नारी को पूर्ण कानूनी समानता, पूर्ण शैक्षिक और व्यावसायिक अवसर, समान मुआवजा मिले, तीन तलाक से पूर्णतः मुक्ति मिले। यह सच है कि राष्ट्रीय महिला संगठन ने गर्भपात का अनुपात कम किया, बेटी बचाओ का नारा बुलन्द किया, केन्द्र स्थापित किए लेकिन पुरुष का दमनकारी, शोषणकारी मनोभाव क्या घर के घरौंदे में बदलाव ला पाया है? नारी को स्वयं ही पुरुष मुक्ति के प्रति कदम उठाना होगा, दोहरे शोषण के शिकार से बाहर आना होगा। अब मैं इस स्त्री-विमर्श मुद्दे पर, इस नारी आन्दोलन में कई ईमानदार पुरुषों को भी शामिल होते हुए देख पाती हूँ। मैं इसी सुखकर नोट पर अपनी बात समाप्त करती हूँ।

वीरू ने धन्यवाद में कहा, ''सच, यदि पुरुष वर्ग इसमें शामिल हो जाएँ तो गाँव, शहर की औरतों की अवस्था के साथ देश की अवस्था में भी सुधार आ जाएगा। मैं उन स्त्रियों से विनम्र निवेदन करता हूँ कि वाह-वाही की चाह में दिवंगत पुरुष साथी का नकारात्मक चरित्र पेश न करें, इससे पुरुषों का स्त्री की ईमानदारी, ममत्व पर से विश्वास उठने लगेगा। पुरुष से ज्यादा औरत औरत की शत्रु होती है, नहीं तो किसी भी गलत सम्बन्ध के बनने का सवाल ही नहीं उठता। नारी अपने त्रिया चरित्र के इन्द्रजाल से बाहर आए और सच्चे हृदय से शामिल हो जाए, निःस्वार्थ भाव से। जिससे बढ़ते हुए रेप केस, एसिड केस, हत्या-दहेज केस कम से कमतर हो सकें।''

सौगत दा ने चुरुट का कश लेकर सहज भाव से कहा, ''भई अब मनोबल का युग खत्म हुआ, बाहुबल का युग आ गया। नारी मुक्ति आन्दोलन में दो मुख्य नाम और हैं—राममोहन राय और विद्यापति। उनका नारी मुक्ति आन्दोलन सफल रहा, लेकिन आज के आधुनिक मुक्ति आन्दोलन से एकदम फर्क था। मैं मानता हूँ कि संसार के अनेक कार्यक्रम में लिंगभेद का कोई मूल्य नहीं रहा। नर-नारी में इतना बड़ा फर्क करके देखना संस्कृति की उपज है, सृष्टि की नहीं। सच तो यह है कि दोनों को एक ही ढाँचे में डाल कर नहीं देखा जा सकता। विभिन्न प्रकृति एवं विभिन्न जीवनयापन के लिए आन्दोलन की सोच का खुलापन होना जरूरी है। ऋचा जैसी स्त्री हो जिसे रोने के लिए कोई अवलंबन, पकड़ने के लिए सहारे की, सृजन के लिए घोस्टराइटर की जरूरत महसूस न हो तभी स्त्री समृद्ध होगी।''

गोष्ठी के बाद चाय पीते हुए जब श्रद्धा ने रसगुल्ला खाया तो हँसकर बोल पड़ीं, ''वाह! लगता है पूरा बंगाल मेरे मुँह में है।''

सभा की गम्भीरता ठहाके से चली गई। बंगाल का सूर्योदय भी अन्य शहरों से जल्द होता है। डोवर पार्क के इस फ्लैट में अभी-अभी सूर्योदय हुआ है, लेकिन

बाहर सड़क पर चहल-पहल शुरू हो गई थी। सड़क पर गिरे पत्ते, इधर-उधर बिखरे कचड़े पर झाड़ू चलाने की आवाज, कौवों की काँव-काँव। स्कूल जाने वाले बच्चों की फुदकती आवाज, ऑफिस जाने वालों की हबड़-तबड़, काम करने वाली दाइयों का आना-जाना। ग्वाला की आवाज। टुकटुकी को खास करके बुलाता, "टुकटुकी दीदी-दूध का बर्तन लाओ।" टुकटुकी बड़बड़ाती, 'आ गया भूत के मुँह में राम राम।'

बड़बड़ करते कहती, "पानी वाला दूध और हर पौवे से दूध डालते बोलेगा, एक राम, दो राम।" फिर सब्जी वाला, फिर टुम्पा का आना। माँग में इतना सिन्दूर मानो सिन्दूर ही उसके विवाहित जीवन के सुख की पहचान हो। हास्यास्पद संस्कार। धूप निकल आई थी। ऋचा का कमरे में पूजा का कोना इस धूप में माँजे गए बर्तन की तरह चमक उठता था। आरती की घंटी की आवाज सुनते ही प्रज्ञा दौड़कर कमरे में आ जाती थी। प्रसाद लेने का प्रलोभन। आजकल प्रज्ञा को स्कूल भेजने से पहले की शिक्षा शुरू हो गई थी। ए.बी.सी.—ए फॉर एप्पल, बी फॉर बॉय से नर्सरी राइम्ज "वा-बा ब्लैकशिप, ट्वींकल ट्वींकल लिटल स्टार के साथ-साथ वन-टू"—बकल माई शू—के साथ-साथ हिन्दी की कविताएँ, श्लोक भी सिखाने लगी थीं। प्रज्ञा को जब ऋचा की डाँट लगती तो टुकटुकी जहाँ-कहीं भी हो चीत्कार कर उठती, "एई ऋचा, अपना ज्ञान अपने पास रख। हम माँ-बेटी हँसें-चीखें-चिल्लाएँ तुझे क्यों तकलीफ हो रही है। अपने कमरे में जाकर लिख नहीं तो इति दी की डाँट खाएगी।" आज की शिक्षा का अन्त। ऋचा जानती थी—टुकटुकी के आगे उसकी एक न चलने की। प्रज्ञा है कि बातों का अन्त ही नहीं। इस दिन टुकटुकी रसोई में हँसुए से तरकारी काट रही थी, तभी प्रज्ञा फुदकती हुई आई और जोर से बोल पड़ी, "टुकटुकी मौसी, ये लो दस रुपए।"

"दस रुपए क्यों? कहाँ से लाई है?" टुकटुकी के चेहरे पर अचरज था।

"ये मेरे रुपए हैं, आज सोमवार है, जलेबी खानी है।"

सोमवार को जलेबी खानी होती है यह किसने कहा तुझसे?"

माँ ने सिखाया है—"हम छोटे-छोटे बच्चों को जलेबी अच्छी लगती, सोमवार जलेबी, मंगलवार हलुवा, बुधवार संतरा, गुरुवार केला, शुक्रवार गुड़-चना, शनिवार बासी रोटी और इतवार छुट्टी।"

"वाह प्रज्ञा, पूरे सप्ताह के दिन का कार्यक्रम तय।"

बचपन के एक अध्याय का अन्त। अब शिक्षा-स्कूल जाने का कार्यक्रम शुरू। शहर है—यहाँ स्कूलों में एडमिशन के झमेलों का अन्त नहीं। आज से ऋचा प्रज्ञा के एडमिशन के लिए फार्म भरने जाएगी। जाने का सोच रही थी कि बाबूसा का फोन आया। देर रात गौरा के बिटिया हुई है। नर्सिंग होम एक उत्सव भवन बन गया

था। बाबूसा, राशिद खुशी से भरे-भरे। गौरा की बेटी गौरा जैसी ही सुन्दर थी। गुलाबी कॉट में लेटी हुई। बाबूसा ने नोटों की गड्डी खोल दी थी—सो नर्स, वार्ड बाय, किचन सब एक पाँव पर खड़े होकर सर्विस दे रहे थे। राशिद एकटक अपनी बिटिया को देख रहा था।

ऋचा ने कहा, "राशिद, तुम्हारे इस रूप को देखकर आश्चर्य हो रहा है। लगता है तुम्हारी जिन्दगी की दिशा बदल रही है।"

"कैसी दिशा?" राशिद ने पूछा।

"कामकाज की दुनिया छोड़ बेटी के प्रेम की दुनिया में रम गए हो।"

"सच ऋचा आपा, इनसान की जिन्दगी व्यवस्थित होनी चाहिए, व्यवस्था नहीं। आपा, मन्नत ने मेरी दुनिया ही बदल दी। मैं— "

राशिद की बात को बीच में काटते हुए गौरा बोल पड़ी, "देख ऋचा, राशिद ने इसका नामकरन भी कर दिया—मन्नत। कितनी जल्दी निर्णय ले लिया।"

"हाँ गौरा दी, जीवन यदि निर्णय के घेरे में बँधा नहीं हो तो वह जीवन सम्पूर्णतः अर्थहीन होता है। अब चलती हूँ गौरा दी—अपना ध्यान रखिएगा।"

"ऋचा, ड्राइवर बाहर खड़ा है—तुझे घर छोड़ आएगा।" गौरा ने अपनेपन से कहा।

ऋचा बाहर खड़ी थी सोच रही थी—देखते-देखते जाड़े की दोपहरी, दिन के किनारे को पार कर छोटी हो जाएगी। अब स्कूल जाना व्यर्थ होगा—सोचकर घर ही चली गई। घर पहुँची तो देखा प्रज्ञा टुकटुकी के हाथ की चूड़ियों से खेलते-खेलते सो गई थी। वीरू आ चुका था—लेकिन उसकी सोच अपने में समाई हुई थी। आज फिर 'वास्तव' में दलित पर चर्चा होने लगी। वीरू को लगा अच्छा हुआ कि बचपन में उसने अम्बेडकर का साहित्य पढ़ लिया था वरना वह भी अपने साथियों की तरह जाति की व्यथा से पीड़ित होता।

ऋचा ने सुना तो चटक गई, "पता नहीं दलित शब्द वर्ण व्यवस्था को ही क्यों कहा जाता है जबकि इसका अर्थ है वे व्यक्ति जो शोषित, उत्पीड़ित व्यक्ति हैं। आदिकाल से ऐसा व्यक्ति हर घर में, हर वंश में मिल जाएगा। द्रौपदी का चीरहरण और शूरवीरों की चुप्पी। कायरता और औरत की बेबसी नहीं तो और क्या है? मेरी नजर में हर कायर, बेबस व्यक्ति दलित है। शुक्राचार्य राजा के दरबार की दहलीज पर नहीं बैठते थे, वे ब्राह्मण ऋषियों के साथ बैठते थे—पूर्ण आदरभाव के साथ। तब भेदभाव नहीं था तो अब क्यों? इस पर और बहस नहीं करोगे वीरू?"

"उखड़ती क्यों हो?" वीरू ने मुस्कराकर पूछा।

"बात उखड़ने की नहीं है—बात ऊब की है। पत्रिका उठाओ, या परिचर्चा में जाओ तो बस दलित समस्या—स्त्री विमर्श की एक जैसी चर्चा।"

वीरू ने बात बदलते हुए कहा—"कल स्कूल के लिए गाड़ी आ जाएगी—वैसे कॉफी पीओगी?"

"हाँ।" ऋचा पारे की तरह बेचैन थी। स्कूल में फार्म लेने में देर हो चुकी थी। सुबह स्कूल गई। एक लम्बी कतार की भीड़ में खड़ी वह। उसे भीड़ दिखाई नहीं दे रही थी—सिर्फ दूर तक तना हुआ एकान्त ही दिखाई दे रहा था। अन्दर गई तो प्रश्नों की बौछार। बाप का नाम? हर स्कूल में यही प्रश्न और इसी प्रश्न पर टिक गया प्रज्ञा का भविष्य। मन क्षोभ से भरा था। क्यों? इस प्रश्न के अनेक उत्तर समझ में आते हैं लेकिन वे सन्तुष्टि नहीं देते। खास करके ऋचा को तो नहीं। किस सलीब पर चढ़ा दिया गया है उसे। आजकल ऋचा की दिनचर्या सिर्फ स्कूल के दफ्तरों के चक्कर लगाने के सिवाय कुछ नहीं थी। क्या आश्चर्य। जहाँ सरस्वती का दान होता है—स्वयं सरस्वती विराजती है वहाँ सरस्वती की बेटी का यह अपमान। स्कूल से बाहर निकल कर वह वृक्षों की छाया को उदासी भरे नेत्रों से देख रही थी। वृक्ष की छाया उसे अपनी छाया लगी। जितनी लम्बी छाया, उतनी गहरी उदासी। ऋचा जानती थी कि बाबूसा की सहायता से प्रज्ञा को पल भर में एडमिशन मिल जाएगा—लेकिन ऋचा अपना और प्रज्ञा का अस्तित्व सुरक्षित रखना चाहती थी। ऋचा सोच रही थी—यह युद्ध तो उसका अपना था। समाज के साथ, धर्म के साथ। इस नन्ही बच्ची को उसके युद्ध का शिकार क्यों बनाया जा रहा है? ऋचा ने व्यथित हृदय से, अत्यन्त संकोच मन के साथ—संकट की घड़ी में पहली बार अन्त:करण से प्रार्थना की, हे प्रभु इस युद्ध में प्रज्ञा को मत शामिल करना। शाम को घर पहुँचने पर न वीरू ने न टुकटुकी ने कुछ पूछा। ऋचा का चेहरा ही सब बता रहा था। किसी ने कोई सान्त्वना नहीं दी। तेल की धार की तरह फिसल रही थी—खामोशी। अगले दिन सड़क और स्कूल के बीच की दूरी उसे सहारा रेगिस्तान की तरह लम्बी लगने लगी थी। पार करने में उतने ही भारी कदम उठ रहे थे। एक भय, एक आशंका। फिर वही सवाल, फिर वही खाली लौटना। उसने ठहरे कदमों से चहलकदमी शुरू कर दी। छटपटाहट भरी चहलकदमी उसके भीतर की खामोशी को तोड़ रही थी। एक खाली स्थान उसके जीवन में पहली बार उभर कर आया था। प्रश्न उसके अस्तित्व का नहीं था, प्रश्न प्रज्ञा के अस्तित्व की धरती का था। नहीं, प्रज्ञा एक अपराजित आत्मा की संतान है—उसे भी इस स्थिति से मुक्ति मिलेगी। तीन स्कूलों में मनाही के बाद चौथी बार वीरेश्वर भी साथ हो लिया। जाना तो वह पहले भी चाहता था लेकिन जानता था ऋचा अपनी लड़ाई स्वयं लड़ना पसन्द करती है। पल-पल ऋचा का स्वाभिमान पिघल रहा था यह वीरेश्वर देख रहा था—इस वजह से आज ऋचा के साथ हो लिया। ऋचा ने कारण नहीं पूछा। स्कूल में जब पिता का नाम पूछा गया तो इससे पहले ऋचा कुछ कहती—वीरेश्वर

ने अपना नाम उच्चारण कर दिया। ऋचा चुप रही। मूर्ति समान स्थिर। ऋचा की चुप्पी वीरू में अपराध बोध पैदा कर रही थी।

"ऋचा, कुछ तो बोल। मैंने तुम्हारे साथ अन्याय किया है?" वीरू ने व्यथित हृदय, भय और संकोच के साथ पूछा, "ऋचा, तुम्हारे अहम् को चोट पहुँचाने के लिए मैंने अपना नाम नहीं लिखवाया। जाने क्यों अनजाने ही मेरे मुँह से मेरा नाम निकल गया। विश्वास कर ऋचा।"

ऋचा ने रुककर वीरेश्वर की ओर देखते हुए कहा, "तुम पर अविश्वास कर सकूँ ऐसी शक्ति मुझमें नहीं है वीरू। इस उपवासी मन ने इतनी दूर की यात्रा तुम्हारे विश्वास के सहारे ही तो तय की है।"

ऋचा ने वृक्षों की ओर देखा जिनकी जड़ों तक सूर्य की किरणें पहुँच रही थीं। कुछ किरणें उसके प्राणों में प्रवेश कर गईं। भीतर कोई अन्धकार नहीं रहा। भावनाएँ यदि सच्ची और पवित्र हों तो वह रिश्ते को झूठा नहीं बनातीं—वरन् देवता की आज्ञा की सूचना देती हैं। सच, जीवन इतना छोटा तो नहीं कि अपने ही रचे मान-सम्मान या उपलब्धियों की गणना में उसे तृप्त या अतृप्त मान लिया जाए। वीरू का नाम उसकी जिन्दगी के इतिवृत्त के साथ जुड़ा था, जुड़ा है, जुड़ा रहेगा—हमेशा-हमेशा के लिए। इसे नकारा नहीं जा सकता कि बिना कारण कोई समझौता नहीं करता, लेकिन यह भी तो सच है कि इनसान को उन कारणों को अस्वीकार करना भी आना चाहिए जिस वजह से उसे समझौता करना होता है। उसके बाद ही एकान्त और पवित्रता भरा पथ, रथ और साथ प्राप्त होता है जैसे ऋचा को वीरू प्राप्त हुआ है। पूर्णमिदम् की सुगन्ध सा साथ। यह सच पूर्ण है, साथ पवित्र है, शेष असत्य। इतनी आत्मीयता, पवित्रता, सोच में स्वच्छता के कारण ही ऋचा ने वीरू के नाम को स्वीकृति दे दी थी—अपने लिए नहीं, प्रज्ञा के भविष्य के लिए उसके बाबुम की स्वीकृति। अखंड, अछिन्न, अगण्य सम्बन्ध के प्रति क्या स्वीकार क्या अस्वीकार। प्रज्ञा को जन्म देने के निर्णय लेने वाले दिन की तरह आज भी अलसाया दिन था। जाती हुई धूप का सन्नाटा। इस सन्नाटे को दूर करने लगी ऋचा की गुनगुनाहट "आनन्द-धारा बहिछे भूवने" मालकोस राग में सजा हुआ गाना। तभी वीरू कमरे में आया और अचानक ही ऋचा पूछ बैठी—"कामरेड बने कहाँ घूम रहे थे बालक।"

"जीनियस। तुम कौन-सा मास्टरपीस फिर से लिखने में डूबी हो ऋचा?"

"पता नहीं वीरू। यह तुम्हारा मास्टरपीस इतना ऊँचा होता जा रहा है कि इसे कलम पूरी तरह से पकड़ नहीं पा रही है। यही हाल रहा तो देखना कोई नहीं छापेगा—छप गया तो कोई नहीं पढ़ेगा। जाने कौन से लोक की गाथा है जिसका अन्तर्दर्शन कर कलम लिखती जा रही है, मेरी समझ से परे।"

"अच्छा, तो शरत् साहित्य लिखना चाह रही थीं आप?"

"वीरू, तुम्हें पता है कि शरत् साहित्य के साथ मेरी कोई सहानुभूति नहीं, और आज के युग में कौन शरत् साहित्य पढ़ेगा? बेवजह छेड़ने में आनन्द आता है न तुम्हें?"

"तो चलो भजन गाते हैं वैष्णवी। तुम्हारा मूड ठीक हो जाएगा—कलम आराम से आगे बढ़ेगी।" हँसता हुआ वीरू कमरे से बाहर चला गया। ऋचा सोच रही थी कि उसके पास न डिग्री न अनुभव—फिर जाने कौन सी शक्ति उससे ऐसा साहित्य लिखवाती रहती है। आज टुकटुकी ने पुई डाढे की चड़चड़ी, कुमड़ा आलू, दाल, चावल और ऋचा की पसन्द का आलू का भरता बनाया था। टुकटुकी गुनगुना रही थी, "ए जीबोन पूरणों करो।"

प्रज्ञा और मिन्नी बहुत साल से एक ही स्कूल में पढ़ते आ रहे हैं। मिन्नी को मन्नत कोई नहीं बुलाता था। मिन्नी एकदम टॉम बॉय, दोस्त बनाने में माहिर लेकिन पढ़ाई में ठीक-ठाक जबकि प्रज्ञा का स्वभाव इससे ठीक विपरीत। प्रज्ञा अपना होमवर्क स्कूल में ही पूरा कर लेती थी लेकिन आज आते ही माँ से कहा, "माँ, थोड़ा होमवर्क बचा है, उसे कर दो न?"

ऋचा पूछ बैठी, "क्या बचा है प्रज्ञा?"

"रिक्त स्थानों को भरो।"

ऋचा सोचने लगी अपने रिक्त स्थान क्या वह भर पाई है? जानती है दूसरों के रिक्त स्थान भरना आसान होता है। उसने प्रज्ञा को चेतावनी देते हुए कहा कि अपना काम आगे से वह स्वयं ही करे—रिक्त स्थानों को भर दिया। इस तरह ही प्रज्ञा जीवन के सोलह बसंत पार कर चुकी थी। प्रज्ञा में एक आवेग है। उसमें एक सार्थकता, एक विजन, जीवन को जीने और आगे ले जाने के तत्त्वों की पहचान भी है। प्रज्ञा का मन पेंटिंग बनाने में बहुत लगता है। प्रज्ञा की अद्भुत प्रतिभा और 'मैरिट होल्डर' की वजह से ऋचा में आन्तरिक प्रसन्नता और तृप्ति भी थी। आज स्कूल से विदा लेने का दिन था और सर्टिफिकेट लेने का समय।

हैडमिस्ट्रैस ने प्रज्ञा के बोर्ड में टॉपर होने की बधाई दी और कहा, "नाउ आय कॉल प्रज्ञा शर्मा, अवर वैलीडिक्टरीअन टू से सम वर्ड्ज बिफोर टेकिंग द गोल्ड मैडल।"

तालियों की गड़गड़ाहट में प्रज्ञा मंच पर आई। "फैलो ग्रैजुएटज, टीचर्ज ऐंड नाउ अ लांग फेयरवैल टू अवर ग्रेट स्कूल आवर्ज।" इसके बाद प्रज्ञा हिन्दी में बोलने लगी, "जितनी थोड़ी-बहुत लैटिन मैंने पढ़ी है उसके अनुसार 'वैलीडिक्टरीअन' का अर्थ होता है गुड बाय। फेयरवैल उदास करते हैं और कोई भी आज ऐसे अवसर पर उदास होना नहीं चाहेगा। मैं एक अच्छी वक्ता नहीं हूँ—लेकिन आज हम सब

को जो मानपत्र, इज्जत मिली है, वह हमेशा हम सब को याद रहेगा। याद रहेगा अब हम किसी भी स्कूल के हैड गर्ल नहीं होंगे, बदमाशी करने पर सजा भी नहीं मिलेगी। हमारे विचार, हमारी शिकायतों को सुनने के लिए स्टॉफ रूम के दरवाजे हमेशा खुले रहते थे, पूरी इज्जत के साथ हमें सुना जाता था, व्यक्तित्व बनाने में हमारी टीचर्स हमेशा आगे रहती थीं। आज हम सब अब उन दिनों की याद लिये एक नए संसार, अनजाने, अचीन्हे संसार में जा रहे हैं। अपनी माँ को प्रणाम करती हूँ और सभी स्कूल स्टॉफ और उन सभी टीचर्स, जिन्होंने हमें पढ़ाया या नहीं पढ़ाया उन सबको अपनी पूरी क्लास की तरफ से धन्यवाद करती हूँ।'' कहकर प्रज्ञा अपनी कुर्सी पर बैठ गई।

सर्टिफिकेट वितरण हो गए। मिन्नी अपने दोस्तों से घिरी हुई थी। लेकिन प्रज्ञा और मिन्नी के भले स्वभाव विपरीत हों लेकिन शालीनता दोनों में एक जैसी थी।

प्रज्ञा को देखते ही मिन्नी दौड़कर आई, ''सो सैड, आज न तो मॉमसी आई न ऋचा मौसी।''

''मिन्नी, इसमें सैड होने की क्या बात है? माँ की मेहनत, संस्कार की वजह से ही तो टॉप कर पाई हूँ—आज हमारा दिन है—इसलिए दोनों नहीं आईं और मिन्नी तू भी फर्स्ट क्लास पा सकती है यदि अपना जिद्दीपन छोड़ दे। जा, अब अपनी क्लास में जा। मैं घर जा रही हूँ—माँ को सबसे पहले मैडल दिखाना है, बाबुम को फोन करना है।'' घर जाने से पहले प्रज्ञा जी.सी. लाहा गई—वहाँ से पेंटिंग के रंग आदि खरीद लिए। हाँ, उसे याद आया उसकी माँ ने मशहूर संगीत शिक्षा केन्द्र में दाखिल करवाया था, वैसे कलकत्ता में हर अली-गली में नाच-गाने के स्कूल जरूर मिल जाते हैं। ऋचा ने जब समझा कि प्रज्ञा की रुचि पेंटिंग बनाने में है तो बचपन से ही ऐसे स्कूल में डाल दिया था। ऋचा न दूसरों के विचार खुद पर थोपती थी न अपने विचार दूसरों पर थोपने में विश्वास करती थी—चाहे वह खुद की औलाद ही क्यों न हो।

घर पहुँच कर प्रज्ञा जब ऋचा को मैडल पहनाने लगी तो ऋचा ने हाथ से रोकते हुए कहा, ''जा, प्रज्ञा, यह टुकटुकी को पहना। वह असली हकदार है, मुझे अपना सर्टिफिकेट दे दे।''

प्रज्ञा माँ की महानता, ईमानदारी को देखती रह गई। माह गुजरे और आ गया पौष माह। सबने शान्तिनिकेतन जाने का मन कर लिया। प्रज्ञा के आर्ट क्लासिस की प्रदर्शनी होने वाली थी, सो वह रह गई। जाते-जाते उसे हिदायत मिल गई थी कि वह गौरा दी के घर रहने चली जाए। वीरू, ऋचा, टुकटुकी और सौगत दा सुबह की एक्सप्रेस से शान्तिनिकेतन रवाना हो गए। इस समय प्रज्ञा प्रदर्शनी में चित्र देख रही थी। एक पेंटिंग के आगे वह रुक गई। उसे लगा कि काले कैनवस पर चित्रित

तीखे नयन ने उसके पैरों को जकड़ लिया हो। कैनवस के एक कोने से दूसरे कोने तक आँख को चित्रित किया गया था। आँख का सफेद अंश कुछ ज्यादा ही सफेद था। प्रज्ञा को लगा वह आँख कैनवस से बाहर निकलकर उसे ही देख रही है—मानो कुछ कहना चाह रही हो। वह आगे बढ़ी, लेकिन उसे लगा जहाँ भी वह जा रही थी, वह आँख उसका पीछा कर रही थी। अन्त में उस आँख की मौन भाषा पढ़ने, समझने वह फिर उसी पेंटिंग के सामने आ खड़ी हुई। लिखा था, 'द इन्नर विजन' और किनारे में बहुत छोटे अक्षरों में लिखा था—'अपूर्व'। तभी पीछे से आवाज आई, "मैं अपूर्व, इस आँख का चित्रकार।"

प्रज्ञा ने तत्काल पूछा, "इस आँख को आपने कहीं देखा है?"

"सपनों में। लेकिन अभी ऐसा लग रहा है, मैं सामने ही देख रहा हूँ, जीवन्त। आपका नाम?"

"प्रज्ञा शर्मा।"

"आपको पेंटिंग में रुचि है या शौकिया समय गुजारने आ गईं?"

"नहीं, कर लेती हूँ—आप तो मेरा इन्टरव्यू लेने लगे।"

"गलत, मैं तो सोच रहा था कि आप कुछ प्रश्न करना चाह रही हैं?"

"हाँ, सो तो करना है।"

"ठीक है, करिए लेकिन कहीं बैठकर प्रश्नोत्तर का सिलसिला शुरू करें।"

कॉफी के प्याले के आर-पार दोनों एक-दूसरे को देख रहे थे। प्रज्ञा सोच रही थी कहाँ से प्रश्न पूछना शुरू करूँ और अपूर्व सोच रहा था इस भोली कन्या को गम्भीर प्रश्न पूछना आता भी होगा?

प्रज्ञा की खामोशी को तोड़ते हुए अपूर्व ने ही पूछा, "अच्छी जगह है न? अच्छा आप क्या पूछना चाह रही थीं?"

"पहली बात, मैं आपकी उम्र से बहुत छोटी नहीं हूँ सो हम एक-दूसरे को आप कहना बन्द कर दें तथा नाम से पुकारें।"

"अरे, आप तो बहुत फ्रेंक हैं। सफेद को सफेद कहने में झिझकती नहीं। आय लाइक इट।"

"मेरी माँ ने मुझे यह शिक्षा दी है। खैर, पहला प्रश्न, तुम्हारे इन चित्रों में कहीं न कहीं पीड़ा बोध क्यों है? कोई कारण?"

"पीड़ा, यंत्रणा ये इनसान के जीवन का एक हिस्सा हैं प्रज्ञा। उम्र के किसी भी दौर में शिल्प का निर्माण, पीड़ा या यंत्रणा के अन्दर से गुजर कर ही होता है। यह निर्माण की एक शर्त है।"

"अच्छा अपूर्व, क्या मेरी माँ भी पीड़ा से गुजरती होगी?"

"कौन हैं तुम्हारी माँ?"

"ऋचा शर्मा।"

"ऋचा शर्मा, महान लेखिका?" अपूर्व उछल पड़ा, "ऋचा शर्मा की संतान हो तुम? इतनी महान लेखिका की एकमात्र कन्या के साथ बैठने का सौभाग्य मुझे प्राप्त होगा, सोचा भी नहीं था। ओ गॉड, वॉट अ सरप्राइज? तुम क्या करती हो प्रज्ञा? तुम भी लिखती हो? अपना परिचय दो?"

"नहीं, मैंने कलम नहीं तूलिका थामी है। बचपन से पेंटिंग करती आई हूँ, लेकिन..."

"बाप रे, एक ही पेशे के दो इनसानों को एक ही छत के नीचे, एक साथ बैठकर व्यक्तिगत बातें नहीं करनी चाहिए।" अपूर्व ने प्रज्ञा के वाक्य को बीच में काटते हुए कहा।

"नहीं अपूर्व, मैंने तो अभी ब्रश पकड़ना ही सीखा है—क्या मैं तुम्हें अपना सखा गुरु बना सकती हूँ?"

"प्रज्ञा—मैं अवाक् हूँ। तुम्हारे चर्चे स्कूल में होते रहते थे। मैरिट होल्डर, गोल्ड मैडलिस्ट, टॉपर। तुम्हारे साथ बैठना एक स्वप्न था और आज वही सच होकर मेरे सामने बैठी है। मेरी मित्र बनकर।"

"मित्र नहीं, शिष्य मित्र।" बातें घूमकर कहीं से कहीं चली गईं। चीन्हा चेहरा, जानी-सुनी बातें-परिवेश और इन सब के ऊपर अपनापन।

"सच, स्वप्न के हाथों परित्राण कहाँ? स्वप्न के अन्दर ही स्वप्न, उसके भीतर और स्वप्न होते चले जाते हैं।"

"अच्छा अपूर्व ऐब्स्ट्रैक्ट आर्ट क्या है?"

"संगीत में जैसे सा, रे, ग, म होता है—और इन सुरों का अलग से कोई अर्थ नहीं होता है, लेकिन इन सुरों को बाँधने पर, एकत्र करने पर राग का निर्माण होता है जैसे विहाग, भैरवी, तोड़ी, जय-जयवन्ती, मालकोश। उस तरह ही पेंटिंग के सात रंग हैं, लेकिन हर रंग का अपना अर्थ है, अपने मनोभाव से। जो भाव पकड़ में न आए वह ऐब्स्ट्रैक्ट आर्ट कहलाता है। हम लोग जिसे सिगनिफिकैंट फर्म कहते हैं वह ऐब्स्ट्रैक्ट आर्ट के बीच से ही निकलता है। रंग हटा दो ऐब्स्ट्रैक्ट हो गया—यह मेरी सोच है। और हर कलाकार की सोच भिन्न भी हो सकती है। खैर, आज से हम मित्र हुए—ठीक।"

"ठीक।" कहकर प्रज्ञा दरवाजे के बाहर निकल गई।

अपूर्व का स्टूडियो एक पतली सी गली में था। पार्क सर्कस और पार्क स्ट्रीट के चौराहे से गुजरता हुआ जाता था। बगल में मस्जिद। सुबह-सुबह चार बजे लाउडस्पीकर पर नमाज अता होती थी। अपूर्व का मन मूर्तिकार बनने का था—क्ले मॉडल से पलास्टर कास्ट और उसके ऊपर मारबल को तराश कर मूर्ति बनाने की

शिक्षा ली। लेकिन उसे महसूस हुआ कि आधुनिक तकनीकी ने कलाकार के हाथों का हुनर, सुन्दरता को मिटा डाला था। निराश होकर चित्रकार बन गया। पेंटिंग गैलरी में वह जाने लगा। उसने सरकारी आर्ट कॉलेज में शिक्षा ली। तब चित्र बनाने के लिए हावड़ा या सियालदह स्टेशन, हावड़ा ब्रिज, चिड़ियाघर, बाबूघाट आदि को केन्द्रित किया जाता था। अब चित्रकारी का रूप बदल रहा है। अपूर्व ने और अनजान शिल्पकारों के साथ मिलकर एक सोसायटी बनाई 'अननोन टैलेंट'। उनकी सोच, उनकी कृति सभी की चर्चा होती। प्रज्ञा भी आती थी। प्रज्ञा व अपूर्व की पारस्परिक निकटता बढ़ने लगी। अपूर्व का घर था श्यामबाजार और प्रज्ञा का घर था डोवर पार्क, गरिहाट के पास। अभी तो वह गौरा के घर रहती थी, सो दोनों एक जगह मिल जाते थे। दोनों मिन्टो पार्क में अड्डा मारते। फुटपाथी दुकान के बेंच पर चाय और समोसा पर कभी होर्डिंग, कभी जीवन की छोटी-छोटी अनुभूतियों को बाँटने में चाय खत्म हो जाती।

प्रज्ञा को अपूर्व अक्सर कहता, "चित्र यदि मन के अनुसार न भी हो तब भी प्रयत्न करते रहना चाहिए। निराश नहीं होना चाहिए।" अपूर्व रियलिस्ट था। पोट्रेट चित्रित करने में उसकी अभूतपूर्व क्षमता थी। कैनवस पर उस इनसान की आत्मा उतार देता था। आयल, क्रेयन, पेस्टल, वाटर, चॉरकोल आदि के माध्यम से अपूर्व अपनी कला को निखार देता था। अपूर्व, प्रज्ञा कभी बाग बाजार गंगाधार, कुम्हार टोली, हाती बागान, बिडिन स्ट्रीट, नीमतल्ला घाट घूमकर कैमरे में दृश्य बन्द कर लेते। अपूर्व प्रज्ञा को कैनवस स्टाइल तकनीक आयल ट्रीटमेंट आदि सिखाता। फुटपाथ के किनारे बैठकर कहता, "प्रज्ञा, जिस तरह रंग के ऊपर रंग चढ़ाकर यूनिवर्सल ट्रीटमेंट दिया जाता है, उसी तरह इन अली-गली कूचों से यूनिवर्सल पेंटिंग बनती है। समझी।"

प्रज्ञा समझकर भी कुछ नहीं समझ पाई। हर बात को समझना क्या इतना सरल होता है। अपूर्व के साथ उसे स्निग्ध सार्थकता का आधार महसूस होता है। अपूर्व की तरह बाबुम भी माँ को लेखन के लिए प्रेरित करते रहते हैं। कहते हैं, "ऋचा, तुम्हें हर किसी सीमा से बाहर, हर किसी हद से आगे जाकर लिखते रहना है, क्योंकि ऐसा दिव्य वरदान, अनुभूति का आवेग बल भीतर खप नहीं सकता।"

उसके भीतर बहुत यादें भीतर तक पसरी हुई हैं, जिन्हें बटोरना कठिन नहीं तो नामुमकिन जरूर है। सच, माँ के इन्ट्यूशन के संचार यंत्र बड़े संवेदनशील और विश्वास भरे हैं, वे तमाम अपेक्षाओं से परे हैं। प्रज्ञा का ध्यान अपनी माँ की ओर चला गया। शान्तिनिकेतन में माँ क्या कर रही होगी?

ऋचा, वीरू, टुकटुकी और सौगत दा सुबह एक्सप्रेस ट्रेन से रवाना हो गए। बोलपुर स्टेशन पर उतर कर भीड़ का आलम नजर आया। देसी-विदेशी लोग।

दुकानदार कोई बर्दमान से कोई सिलीगुड़ी से। सभी अपने सामान में व्यस्त। जोगिया साधु भी थे। गले में इकतारा या दोतारा टाँगे हुए। उनमें से एक के पास गले में हारमोनियम लटका था। अपनी ही धुन में उस पर उँगलियाँ चला रहा था। हारमोनियम बजाने की भी एक कला होती है। बजाते समय अँगूठा नीचे होना चाहिए—मध्यम, कनिष्का कहाँ होनी चाहिए—इसके ज्ञान के बिना इतनी सहजता से हारमोनियम नहीं बजाया जा सकता। ऋचा के कान संगीत के सुरों से उलझ गए। कौन सा राग है ? मारवाह ? ऋचा ने ध्यान दिया—तेज चलती उँगलियाँ बार-बार निषाद, धैवत, तीव्र मध्यम से होकर गांधार को छूती हुई कोमल में जा रही थीं। हाँ, यह मारवाह ही है। उसे बोल याद हो आए—''आसमान पे छाई बदरी, चले आओ, सोचो तो जरा, बैठी हूँ अकेले।'' वह इस गाने में डूबने ही वाली थी कि किसी ने उसके पैर छुए। प्रसन्न रहो कहकर जब सामने देखा एक नवयुवक खड़ा था।

सौगत दा बोल पड़े, ''की देखचो, मेरा भतीजा शंकर यहीं एक कमरे में रहता है—इसने ही हम सबके ठहरने की व्यवस्था की है।''

शंकर देखने में दुबला-पतला गम्भीर लड़का है। शान्तिनिकेतन में इतिहास पढ़ाता है। सामान उठाने लगा तो वीरू ने कहा, ''अरे, तुम क्यों कष्ट कर रहे हो ? कुली कर लेते हैं।''

शंकर ने सटीक उत्तर दिया, ''कुली कहाँ हैं, सब मेले में हैं।''

सब अलग-अलग रिक्शा में बैठे। उत्तर की तरफ अधिक सूनापन था। शहरी हिसाब से बनाए गए मकान, सिनेमा हॉल। आगे सड़क के दोनों ओर मिट्टी के कच्चे घर, खुले मैदान और पोखर-तालाब। अस्थायी फूस के घर, बेड़े और शामियाना, कनातों से घिरे। अन्दर चल रहा था खेल, तमाशा या शिल्प संसार—लाउडस्पीकर में फिल्मी गीत और दूसरी ओर कहीं से ताड़ के पत्ते से बनी बाँसुरी भी बज रही थी। रवीन्द्र संस्कृति से भिन्न वातावरण। तभी वे लोहे के फाटक से अन्दर दाखिल हो गए। आम, जामुन, शाल, जमरुल के परस्पर मेल। टुकटुकी ने उछल कर कहा, ''ऋचा, हमारा गाँव।''

ऋचा एक अद्‌भुत भाव में डूबी थी। शीतकाल की इस असाधारण बेला में अचानक केका ध्वनि सुनाई पड़ी। हवा बह रही थी, मानो पूछ रही हो, ''माघ के आगमन के पूर्व यह कौन आ रहा है, तुम्हारी ही प्रतीक्षा थी।'' केका की ध्वनि ने कहा, ''हाँ, आमी चिनी गो चिनी तोमारे ओगो बिदेशिनी।'' पेड़, पौधे, वन, वीथी, आकाश, रसपूर्णधरा, पंछियों की तान सभी समवेत स्वर में उच्चारण कर रहे थे—''चिनी गो चिनी।'' यहाँ मनुष्यों का नहीं प्रकृति का मेला लगा हुआ था। ऋचा मन ही मन गाने लगी, ''आनन्द धारा बहिछे भूवने'' मालकोश राग में सजा हुआ यह

रवीन्द्रगीत जीवन से हताशा को हटा देता है। जीवन जीने की ताकत मिलती है। रवीन्द्र संगीत सिर्फ सुरों का खेल नहीं, आत्मदर्शन है। छातिमतल्ला, शान्तिनिकेतन में गुरुपल्ली में प्राय: सब घरों के आगे से गाना गाते हुए छात्र फेरी लगाते हैं। दिखाई दी पियसन पल्ली, एंड्रयूज पल्ली। फिर चीन भवन और हिन्दी भवन। विश्व का एक होना। विश्व भारती। उपासना मन्दिर पर सब रिक्शा से उतर गए। शंकर ने रिक्शा को पता बताया और वे सामान लेकर चले गए। शंकर सबके साथ हो लिया। लेकिन कोई किसी के साथ नहीं था। सब अपनी दुनिया में रचे, बसे। शंकर ने टुकटुकी को देखा। अल्हड़, सीधी, सरल। उसे अपनी जैसी लगी। पहचान बनाने के लिए नाम, घर, द्वार, परिवार सब पूछ डाला।

टुकटुकी ने एकदम से कहा, ''साधारण गरीब घर में जन्मी, एक साधारण कीटाणु हूँ। मेरा न वंश है, न इतिहास। माँ-बाप थे, सब गए। अब ऋचा है—और आमार प्राण प्रज्ञा। तुमार के आच्छे?''

''मेरा? आगे नाथ न पीछे पगहा—कोई नहीं। बस शान्तिनिकेतन मेरा वास मेरा परिचय। हाँ, मेरा नाम शंकर है, जो शंका दूर करे वह शंकर।''

''नाम और पदवी देना मेरा स्वभाव नहीं—एई ऋचा,'' कहकर वह ऋचा के पास जा पहुँची।

शंकर देखता रह गया। प्रथम दृष्टि में टुकटुकी उसके हृदय में वास करने लगी थी। शंकर ने बताया छातिमतल्ला से शुरू होता है शान्तिनिकेतन। यहीं उस ध्यानी ने अपना आसन बिछाया था। टुकटुकी एक अबोध शिशु की तरह मुँह बाये चारों ओर देख रही थी, लेकिन समझ नहीं पा रही थी।

ऋचा ने कहा, ''टुकटुकी, देवेन्द्रनाथ ठाकुर ने यह स्थान चयन किया था। महर्षि देवेन्द्रनाथ ठाकुर का आश्रम और रवीन्द्रनाथ का शान्तिनिकेतन। देख माटी का रंग भी लाल है। लाल माटी, लाल मोरम, लाल धूल, चारों ओर पलाश ही पलाश का लाल रंग।'' बोलते-बोलते ऋचा की एक-एक नस झनझना उठी। तरंग दौड़ गई। सामने एक नया भवन भी था। 'रवीन्द्र विचित्र'।

वीरू को आश्चर्य हुआ यह भारत का अंश है। वो गुनगुना उठा, 'ओ आमार परे ढेकाई माथा देशेर माटी, तोमार परे ठेकाई माथा।'

शंकर ने बताया कि भीड़ ज्यादा होने के कारण अब सामवेत गान उपासना मन्दिर में नहीं, यहाँ खुले में होता है। सब 'विचित्र' देखने भीतर चल पड़े। टुकटुकी का ध्यान प्रज्ञा की तरफ चला गया। ''कैसी है, खाना खाया कि नहीं। ओढ़कर नहीं सोएगी तो कल बुखार हो जाएगा? कौन देखभाल करेगा? गौरा दी? कर ली—वो मिन्नी को देख पाती नहीं परेर में के की देखबे। ऐशे भूल करी छी।'' अन्तिम वाक्य जोर से बोल गई। शंकर ने पूछा, ''क्या भूल हो गई?'' ऋचा मुस्करा दी। शंकर

की उत्सुकता और टुकटुकी की चिन्ता पर। सच, टुकटुकी कब समझेगी कि प्रज्ञा बड़ी हो गई है। ऋचा देख रही थी कि महर्षि के पुत्र रवीन्द्रनाथ को मिले अनेकानेक उपहार, व्यवकृत उपकरणादि, असंख्य स्वर्ण पदक, पांडुलिपि, पत्राचार, कलाकृतियाँ और देश-विदेश से जुड़ी अनेक फोटो। ऋचा की आत्मा रवीन्द्रनाथ की आत्मा से जुड़ गई। अभी तक तो मठ में, घर में, पूजा में रवीन्द्रगीत गाती, गुनगुनाती थी आज स्वयं रवीन्द्रमयी हो गई।

सौगत दा घास पर लेटे-लेटे सो गए थे। वीरू को यह सब एक परीकथा का संसार लग रहा था। संगतराशी वीथी में जाकर जाने कौन से संसार में लुप्त हो गया। वीरू ने रवीन्द्रनाथ की अर्धप्रतिमा को छुआ। व्यतीत जीवन के सपने का भारी एहसास उसे छू गया।

तभी ऋचा ने पास जाकर पूछा, "क्या सोच रहे हो वीरू?"

"पता नहीं ऋचा अभी-अभी मन किया मैं भी एक स्कल्पचरल बनाऊँ जो आधा मानव हो और आधा पशु। अ मारबल फाउन।"

"उत्तम सोच है वीरू, क्योंकि यह मनुष्य और पाशविक वृत्ति से सीधा सम्बन्ध साधता है। न मनुष्य न पशु फिर भी दानव नहीं।"

"यह विचार अब कहाँ पूरा होगा ऋचा? काल बैसाखी की तरह आया, नसों को उलट-पुलट गया और अब चला भी गया।"

"तुम कितने शिशु, कितने सरल हो वीरू। हमारी आत्मजा अब पेंटिंग सीख रही है, तुम्हारी सोच में वह रंग भरेगी। अरे हाँ, उससे फोन पर बात हो गई? टुकटुकी उच्चारण तो नहीं कर रही, लेकिन भीतर ही भीतर प्रज्ञा की चिन्ता सता रही है। उसे रिपोर्ट दे दो।"

तभी बाहर गाने की आवाज आई। "यह मानव जीवन फिर कहाँ मिलेगा, ओ पागल मन, जो करना है जल्दी कर।"

"इस रूप के बाजार में, सुन रे पागल, तू घूम रहा है अकेला, क्या तूने पहचाना तू क्या ले जाएगा।"

ऋचा, वीरू दोनों बाहर आए। शंकर, टुकटुकी, सौगत दा बाहर घास पर बैठे थे। गाने वाला मुरशेद था। वीरू को देखकर बोला, "अचरज की बात सुनिए बाबू, बहरे से गूँगा बोले, लँगड़ा शरण को दौड़े।"

ऋचा घास पर बैठ गई—"आप कुछ और सुनाएँ।"

गाजी गाने लगा—"ओ दीनों के मालिक, बताते क्यों नहीं, अगर तुम मन्दिर में रहते हो तो यह संसार किसका घर है? कोई कहता पूरब में हो तुम, नाम तुम्हारा राम, कोई कहता अली हो तुम, पश्चिम तेरा धाम, तो फिर सूना क्यों है अन्तर? कहीं नहीं रहते ओ दीनों के मालिक, कोई न जाने, तुम तो अन्तर में ही बसने

वाले।'' जानो दीदी—ईश्वर नहीं खुदा नहीं। मन का मानुष ही सब कुछ है। एकमेव, अद्वितीय। जो कभी मुरशेद तो कभी और कुछ?''

वीरू ने पूछा, ''तुम्हारा धर्म क्या है?''

''कौन सा धर्म? किस धर्म की बात कर रहे हो दादा बाबू?''

''तुम्हारे धर्म की। न राम है न अली फिर कौन है तुम्हारा भगवान?''

अपने सीने को ठोंकते हुए कहा, ''सब यही है। धर्म, भगवान और मुरशेद।''

''ये मुरशेद कौन है?''

''हमारे गुरु—वही सत्य है। मन के मानुष की पहचान गुरु ही तो करवाता है।''

''मुरशेद रहता कहाँ है?'' ऋचा चुपचाप सुन रही थी। कुछ भी आश्चर्य भरा नहीं था। सब उसका जाना-पहचाना, अन्तस में उतारा हुआ था। जानती थी क्या उत्तर होगा। वही कहा उसने—''न मन्दिर में, न मस्जिद में, न आकाश में।'' उसने फिर सीने को ठोंकते हुए कहा, ''इस घर में, इस घट में।''

वीरू को उत्तर से सन्तोष नहीं मिला। बकवास। कोई लॉजिक नहीं। लेकिन ऋचा का यही संसार था, जिसमें वह जी चुकी थी, जी रही है और जीवित रहेगी। आनन्द जब अपनी हद पार कर लेता है तो इनसान मौन हो जाता है। ऋचा समाधि अवस्था में थी।

टुकटुकी ने मौन भंग करते हुए कहा, ''वीरू, जब तुम भगवान में विश्वास नहीं करते तो बाजे प्रश्न करछो कैनो?''

वीरू चुप हो गया। ऋचा बटतला की ओर देख रही थी। यहीं से महर्षि रोज सूर्योदय देखा करते थे।

सौगत दा ने सिगार बुझाते हुए कहा, ''शंकर, हमारे ठहरने की जगह पर खाना-पानी की व्यवस्था की है। भूख लगी है भई।''

निवास-स्थान पर नित्य नियम से फारिग होकर भोजन करने बैठ गए। बंगाली खिचड़ी का भोग। इस खिचड़ी में बहुत मसाला नहीं होता, लेकिन फर्क और स्वाद भी अलग होता है। यहाँ भी खिचड़ी खाकर सब कहने लगे—आ-हा, ऐसी स्वादिष्ट खिचड़ी पहले नहीं खाई थी। साथ में आलू भाजा, बैंगन भाजा और खजूर के रस की बनी चटनी। शंकर खाते-खाते बता रहा था कि शान्तिनिकेतन में पूरे वर्ष उत्सव, अनुष्ठान होता रहता है। पौष उत्सव तो एक मेला है। हर ओने-कोने से लोगों का जमघट। वर्षा मंगल, वृक्षारोपण, शारदा उत्सव, माघ उत्सव, बसन्तोत्सव और वर्ष की समाप्ति पर रवीन्द्रनाथ जन्मोत्सव। यहाँ बाउल, फकीर, संताली सब अपनी-अपनी कला लेकर आते हैं—मदमस्त, अलमस्त। यहाँ से जयदेव मन्दिर जाते हैं, अजय नदी के किनारे। वीरू और सौगत दा ऊँघ रहे थे। ऋचा बाहर आ गई। शाम

होने को थी। शाल के पत्ते ताँबई रंग से रँग गए थे। लताओं पर जैसे सोने का रंग उँड़ेल दिया था। सन्ध्या की पूर्व की अपूर्व सन्ध्या।

ऐसी ही सन्ध्या बेला पर प्रज्ञा अपूर्व के घर की घंटी बजा रही थी, अपूर्व ने दरवाजा खोला तो सामने प्रज्ञा।

''अरे तुम! वॉट अ सरप्राइज।''

प्रज्ञा ने पूछा, ''तुम किसकी प्रतीक्षा कर रहे थे?''

''तुम्हारी।'' अपूर्व ने मुस्कराते हुए दरवाजा बन्द कर दिया।

''वाह! मेरे आने की पूर्व सूचना तो थी नहीं।''

''मुझे पता था।'' अपूर्व ने जवाब दिया।

प्रज्ञा हैरान।

''तुम क्या पेंटिंग छोड़ ब्लैक मैजिक का अभ्यास कर रहे हो?''

''जी नहीं, आत्मा से पुकार आ रही थी—भई, दोस्ती स्वीकारी है तो अन्दर से सूचना तो मिलती है न?''

''अब तुम माइन्ड रीडर भी हो गए हो?'' प्रज्ञा ने इतराते हुए कहा।

''तुम जो समझो वही हूँ, लेकिन पेशे से पेंटर हूँ मैडम। प्लीज, हम दोनों के लिए कॉफी बना लो न?'' प्रज्ञा जब कॉफी बनाकर लाई तो अपूर्व तूलिका पकड़े हुए था। इजल पर रखे कैनवस पर रंग पर रंग लगाता जा रहा था।

''क्या पेंट कर रहे हो अपूर्व? मुझे कुछ समझ नहीं आ रहा है?''

कैनवस से मुँह उठाकर अपूर्व ने कहा, ''समझने के लिए गुरु की शिक्षा की जरूरत होती है?''

''तो बन जाओ मेरे गुरु।''

''ऐसे थोड़े ही कोई गुरु बन जाता है। पहले मानसिक चित्र की उपलब्धि कह लो, उसकी तैयारी करनी पड़ती है। मन में एक कल्पना भी साथ-साथ करनी पड़ती है वह लिविंग हो सकती है, नॉन लिविंग भी हो सकती है। गहराई से देखना और उस देखने से अन्तस में क्या प्रतिक्रिया होती है—उन सब को कैनवस पर उतारने को उत्सुकता जागेगी तो रंग स्वतः झरेगा और एक चित्र का अंकन होगा।''

अपूर्व की आवाज़ ठहरी हुई थी। बातों को किनारे करते हुए पूछ बैठी, ''यह जो आँक रहे हो, वह क्या है?''

''एक लड़की। लड़की जो अपने पास्ट, प्रैजेन्ट और फ्यूचर को डिस्टनुईश कर नहीं पा रही है।''

प्रज्ञा ने कैनवस देखा और अचरज से भर गई, ''लेकिन इसमें लड़की कहाँ है? नाक कहाँ है? होंठ, आँख, चेहरा कहाँ है?''

''अच्छी तरह से देखो। खोजकर निकालो।''

प्रज्ञा कैनवस के एकदम पास चली गई। आँखें फाड़-फाड़कर देखने पर भी कुछ समझ नहीं पाई। दिखा तो सिर्फ रंग और रंग। नादान बच्ची की तरह उछल पड़ी, "इसे ऐब्स्ट्रैक्ट आर्ट कहते हैं न?"

"वाह! तुम्हारी पकड़ बहुत गहरी है। तुम भी कुछ लकीरें खींचो, कुछ न कुछ तो बनेगा ही बस मन को केन्द्रित रखो।"

सफेद, बादामी, हल्का हरा रंग और मिर्च की तरह लाल रंग। इन रंगों को देख हँस पड़ी प्रज्ञा, "अपूर्व, ऐसी ऐब्स्ट्रैक्ट आर्ट क्यों बना रहे हो?" उत्तर न मिलने पर अपूर्व की ओर नजरें घुमाईं—देखा, अपूर्व की नजरें उसके चेहरे पर गड़ी थीं।

प्रज्ञा नर्वस हो गई, "क्या देख रहे हो? रोज ही तो यह चेहरा देखते हो फिर इस तरह घूरने का कारण?"

"तू इतनी सुन्दर कब से हो गई प्रज्ञा।" अपूर्व बड़बड़ा रहा था। प्रज्ञा खामोश। निशब्द। सुनकर भी अनसुनेपन का भाव। ऐसा ही अनसुनापन ऋचा में भी समाया हुआ था।

बाहर एकतारा लिये नाच-नाचकर बादल गा रहा था—"राज की बातें क्या बतलाऊँ, अन्धा निरखे रूप, मुर्दे के संग मुर्दा तैरे जिन्दा जाए डूब।" बात कुछ नहीं लेकिन उसके कहने के ढंग से बात में जान आ गई थी। भीतर शंकर टुकटुकी से कह रहा था—"एक कथा बोलते चाई।"

डरा सा स्वर "जानी।" टुकटुकी ने ठहरी आवाज में कहा।

"मैं तुम्हें चाहने लगा हूँ—"

"जानी। अबूझ तो ना? जैसे हर वक्त देखते रहते हो वह सब समझा देती है।"

"नहीं, तुम विश्वास नहीं कर रही हो टुकटुकी। तुम चुप रहकर ठीक नहीं कर रही हो?"

"पागलामी कोरो ना। कौनटा ठीक, कौनटा बैठीक, शेईटा की शबसमय बोझाबार खमता आधे आमेदर, शंकर।" टुकटुकी में ऋचा की दृढ़ता थी।

"एई टा अन्याय टुकटुकी।"

"न्याय-अन्याय, विश्वास, शत्य बोध एई रकमे कौतो गुली फालूत शब्देर पोका तो माथार मध्ये बासा बेंधे बशे आछे।"

शंकर टुकटुकी की बात पर हँस पड़ा, "ठीक है। मैं इन शब्दों का बासा छाड़ा कर दूँगा। बाप रे टुकटुकी एई शब्द खियाल तुई पाश कोथाय।"

"आमि कि बले करिब निवेदन?"

"थाक थाक, चलो देखे ऋचा क्या कर रही है।" सौगत दा-वीरू दोनों सो रहे हैं। ऋचा का मन कह उठा, "अवसान होलो रात्रि। निबाशिया फेलो का लिमा। मलिन घरेर कोनेर बाती।" कौन रचता है इन पदों को। सिरजानहारे का नाम धाय!

साधारण मनुष्य की असाधारण सोच। तभी कमरे से सभी बाहर आ गए और बाहर आकर बैठ गए। साथ में वयस्क बाउलानी भी। एक बाउल हँसकर बोला, "भात हजम होले आर स्त्री वृद्धा होलेई लोकेई प्रशंसा करे।" इकतारा बज उठा—साथ में पद भी। "आमि कोथाय पाबो तारे, आमार मोनेर मानुष जेरे, आमार घरेर चाबि परेर हाथ, क्यामन खुलिया से धन देखबो चोखते। फिर जयदेव है रस के सागर, प्रकृति पद्मावती।"

तभी सौगत दा ने सिगार पीते हुए पूछ लिया, "अरे, तू पीएगा?" तभी दूसरा बोल पड़ा, "ओ बाबू, बाउल को सिगार नहीं गाँजा चाहिए।" बस दूसरे बाउल को संगीत का ताल मिल गया। "प्रेम का गाँजा कौन पिएगा—प्रेम न बाड़ी ऊपजे, प्रेम न हाट बिकाय।" जय गुरु-जय गुरु की ऊँची आवाज उठ गई। वीरू यह कहकर चला गया कि वह यहाँ के चित्रकार, अभिनेता, गायक से मिलकर आता है—'वास्तव' के लिए कुछ रचना मिल जाए। बाउल ऋचा को समझाने लगा—"जानो दीदी—पद्मावती के चरणों का महत्त्व इसलिए है कि उस पर गुरुदेव जयदेव के श्रीचरणों की छाप पड़ी है। धोबिन रजकिनी के घाट पर चन्डीदास का यही मस्ती है। हाथ में एकतारा, माथे पर बड़ी सी लाल बिन्दी, जवाफूल जैसी लाल आँखें—वह गाने लगी—"राधा बिन कृष्ण नहीं, कृष्ण बिन राधा। जुगल जोड़ी मिली रहे, फिर न कोई बाधा।" उम्र हो गई थी लेकिन आवाज में अभी दमखम था। शंकर टुकटुकी को साथ देख सौगत दा गुनगुनाने लगे, "प्रेम के हाट में न कर दर मुलाई, ओ बनजारे।" बाउल के गान में यह गुनगुनाहट गई तो बोल पड़ा जय गुरुदेव। शंकर ने जब महफिल में रंग जम चुका है, रंग में भंग लाते हुए कह उठा—"कल आप लोगों को वापिस कलकत्ता जाना है—मैं खाना लेकर आता हूँ—फिर आराम करके सोने जाएँ।"

लेकिन प्रज्ञा को खाने के बाद भी नींद नहीं आ रही थी—मिन्नी ने देखा और कह पड़ी, "क्या प्रज्ञा दी इतनी छटपटा क्यों रही हो—प्रेम-व्रेम के चक्कर में तो नहीं पड़ गई?"

प्रज्ञा ने डाँटते हुए कहा, "मिन्नी, लगता है तू इन दिनों 'बारबारा कार्टलैंड' ज्यादा पढ़ने लगी है। चल सो जा।" लेकिन प्रज्ञा को नींद कहाँ। अपूर्व की तरफ उसकी सोच खत्म होने का नाम ही नहीं ले रही थी। सच, अपूर्व ने उसके जीवन में एक नए क्षितिज की तरह उदय हुआ था जिसने उसके जीवन में नए रंग उकेर दिए थे। कल सब शान्तिनिकेतन से लौट रहे हैं। माँ को नहीं टुकटुकी मौसी को अपूर्व के बारे में सब बता देगी। उधर शंकर खाना खाते हुए टुकटुकी को एकटक देखता जा रहा था। यही हैं मेरे मनेर मानुष। सब लोग बाहर बाउल गीतों में मस्त थे। थकान का बहाना बनाकर शंकर कमरे में रह गया। अचानक उसने टुकटुकी का

हाथ थाम लिया। टुकटुकी ने हाथ छुड़ाते हुए कहा, ''देखा, मैं न कहती थी, सब मर्द की नीयत एक जैसी ही होती है।''

शंकर घबरा गया, ''माई री, माँ कसम, मेरे मन में कहीं दुर्भावना नहीं है टुकटुकी। एक बन्धु के नाते हाथ पकड़ा था—बोलते पारो भालो बाशार बन्धुत्व। तभी तो जानो आमी तोमाके भालो बाशी।''

टुकटुकी ने धमकाकर पूछा, ''अच्छा तुम मर्द प्यार में कसम क्यों उठाते हो। दिब्बी नेबार कैनो?''

''टुकटुकी, और दूसरे मर्दों का पता नहीं, लेकिन मेरे लिए प्रेम एक पवित्र भाव है, वासना का साधन नहीं।'' शंकर की आवाज में कम्पन था।

बाहर बाउल गा रहा था—'तुमी विमुख होले बोलो मुख चेये कार थाक बो। तुमि शरण ना दिले कार चरणे प्राण राखबो।' जय गुरुदेव।

सुबह स्टेशन पर टुकटुकी ने शंकर से पूछ डाला, ''शंकर, कलकत्ता कबै आशछो?''

शंकर ने मुस्कराकर उत्तर दिया, ''शुभस्य शीघ्रम।''

समय के साथ बहुत कुछ बदल जाता है। शहर ही नहीं बदलता, साथ-साथ बदल जाती है मनुष्य की अवस्था—मनुष्य का मन।

राशिद भी पहले जैसा कहाँ रहा। बेटी की चौकीदारी उसके रक्त-बीज में शामिल थे। मिन्नी के चाल-चलन, सोच पर उसे एतराज होने लगा था। समाज, संस्कार सबका भय उसे डसता था। बेटी और दूसरी औरत में यही फर्क था। अभी कल ही वह मन्नत के साथ उलझ पड़ा।

राशिद ने दुखी होकर पूछा, ''मिन्नी, तुम हमारे जैसा जीवन जीना नहीं चाहती, व्यापार में हिस्सा लेना नहीं चाहती तो करना क्या चाहती हो?''

''पब में नौकरी?''

मिन्नी ने बिना घबराए उत्तर दिया, ''हाँ। आप इस काम को आज छोटी नजर से देख रहे हैं, क्योंकि आप वहाँ नहीं हैं, जहाँ पहले थे।''

मिन्नी के मुँह से इतना बड़ा सच सुनकर गौरा-राशिद दोनों स्तब्ध रह गए।

खामोशी तोड़ते हुए मिन्नी ने कहा, ''मॉमसी, तुम भी मेरी बात नहीं समझ पा रही हो?''

गौरा के कहने से पहले ही राशिद बोल पड़ा, ''मिन्नी, हम तुम्हें विलायत भेज रहे हैं, जिससे हम से ज्यादा अच्छा कुछ करो।''

सुनते ही मिन्नी बिदक गई, ''मैं आपसे अच्छा क्यों करूँ? वाय डैडी, वाय। मॉमसी तुम इन कंसिस्टऐंस हो रही हो। मैं अपने दोस्तों के साथ काम करना चाहती हूँ—आय वांट टू बी लाइक दैम। आय डोंट नो, बट फार बैटर और फार वर्स आप

लोगों ने मुझे अपने विचारों पर रहने की शिक्षा दी है और जब मैं आपकी दी शिक्षा काम में ला रही हूँ तो आप उस शिक्षा को झुठला रहे हैं। आय हैव मेड अप माय माइंड। आय फील देयर इज अ गैप बिटवीन वाट यू थिंक ऐंड वाट आय वांट टू डू। आय एम सॉरी मॉमसी।''

एक शब्द सॉरी अपनी माँ की तरफ फेंककर मिन्नी दोस्तों के साथ अड्डा मारने चली गई। राशिद-गौरा चुप। क्या कहें। आज उनका ही बोया बीज जहरीले फल की तरह उग आया है। गौरा ने सहानुभूति लेने के लिए ऋचा को फोन किया, सब बातें बताती रो पड़ी, ''सच, मेरा गर्व मेरा अहंकार, मेरी जीत का दावा सब झूठ पड़ गया।''

शान्तिनिकेतन से लौटने के बाद ऋचा की गौरा के साथ यह पहली वार्ता थी—वह भी समस्यामूलक। प्रज्ञा ने गौरा के घर के हालचाल का जिक्र नहीं किया, न ऋचा ने कुछ पूछा। गौरा की आवाज में दर्द था, साथ-साथ तनाव भी था। यह कैसा मानवीय सम्बन्ध ? अपनों की उपेक्षा का खतरा सोच ऋचा खामोश हो गई। देर तक पसरा सन्नाटा तोड़ते हुए ऋचा ने कहा, ''धैर्य रखें गौरा दी। मिन्नी को थोड़ा स्पेस दो। जितना जकड़ोगी बालू की तरह वह आपके हाथ से निकल जाएगी।''

गौरा को धैर्य का धन थमा कर ऋचा सोच में डूब गई। सच, समय अपने आप को दोहरा रहा था। प्रज्ञा ने घर के वातावरण की गम्भीरता को समझाते हुए अपूर्व को कहा, ''अपूर्व, तुम आज अपनी प्रदर्शनी का निमंत्रण माँ को देने आ जाओ। मैं तुम्हारा परिचय टुकटुकी मौसी को बताती हूँ, माँ, बाबुम को सँभाल लेंगी।''

प्रज्ञा यह कहकर सीधे टुकटुकी के पास चली गई। ''टुकटुकी मौसी, भाजपा किस तरह यूपी में जीत गई। बहुमत के साथ।''

''तो क्या करूँ—भाजपा नागनाथ और कांग्रेस-सपा—सब अजगरनाथ।'' टुकटुकी ने झल्लाकर कहा।

''टुकटुकी मौसी, एक समस्या तुम्हारे इन सर्पों से बड़ी होकर खड़ी हो गई है।'' प्रज्ञा ने रोना सा चेहरा बना लिया।

टुकटुकी डर गई, ''एई लड़की, हम लोगों के शान्तिनिकेतन के जाने के बाद कुछ गड़बड़ तो नहीं कर डाला।''

''क्या मौसी, ऐसा नहीं है। मेरी तरह, मेरे से अच्छा एक चित्रकार है। नाम है अपूर्व। मेरा गुरु मित्र है। वह आज आ रहा है। उसकी पेंटिंग की प्रदर्शनी है—कुछ मेरी भी रखी गई है। तुम माँ को बता दो न।'' प्रज्ञा ने हाथ जोड़ते हुए कहा।

''कैनो, आमी कैनो ? तू नहीं बता सकती है। डरता वही है जिसने कुछ गलत काम किया हो।'' टुकटुकी ने धमकाते हुए कहा।

टुकटुकी को समझाने के बाद अपूर्व का परिचय ऋचा के सामने आ गया। ऋचा चुप। वह जानती है आतुरता और अपेक्षा दोनों ही दुख के कारण हैं। शाम को तो प्रज्ञा का मित्र आ ही रहा है। वैसे उसे प्रज्ञा पर पूरा भरोसा है। वह जल्दी से मित्रता नहीं करती और उसे अपना मित्र माना है तो क्या अन्तर होता है, यदि मित्र महिला हो या पुरुष। जाने क्यों घर में एक चुप्पी व्याप गई थी। ऋचा ने इसे तोड़ने का प्रयास नहीं किया और टुकटुकी ने भी इस चुप्पी को स्वीकार लिया।

शाम होते-होते अपूर्व पहुँच गया था। ऋचा के चरण स्पर्श कर, अपने हाथों को सिर पर घुमा दिया। चुलबुली प्रज्ञा जाने क्यों बहुत चुप थी। अपूर्व ने बात शुरू करते हुए कहा, ''मौसी माँ, आप सब लोग इस प्रदर्शनी में आएँ, कुछ पेंटिंग प्रज्ञा की भी हैं।'' ऋचा की हँसी निकल गई।

''प्रज्ञा की तरफदारी कर रही हो—सच्चा मित्र ऐसा ही होता है अपूर्व।''

टुकटुकी को अपूर्व का स्थिर स्वभाव अच्छा लगा। खास करके अपूर्व का टुकटुकी के चरणों का स्पर्श। अपूर्व ने टुकटुकी के पास जाकर कहा, ''टुकटुकी माशी, तुमी व आशबे। प्रज्ञार चित्रकारी भीतर रंग भरे जाबे। शारे दिन टुकटुकी मौसी-टुकटुकी मौसी शुनते-शुनते कान पेके गेछे। आज के देखा होलो।'' टुकटुकी ने अपूर्व के बालों पर हाथ फिराते हुए कहा, ''दुष्टू छेले।''

तभी वीरू ऑफिस से आ गया। अपूर्व ने वीरू के पाँव छूते कहा, ''काकू, मैं अपूर्व, चित्रकार हूँ—प्रज्ञा का दोस्त, आप सब को प्रदर्शनी के लिए आमंत्रित करने आया हूँ।''

अपूर्व के एक साँस में कही गई बात में उसकी घबराहट नजर आ रही थी।

वीरू ने बात बढ़ाई, ''हाँ, पैगी का रुझान चित्रकारी की तरफ ही है। हम सब आएँगे। वैसे अपूर्व चित्र बनाने की प्रेरणा कहाँ से लेते हो?''

वीरू की बात पर अपूर्व ने उत्तर दिया, ''चित्र बनाने से पहले मैं एक स्पेस बनाता हूँ, फिर उससे संवाद पैदा करता हूँ। स्पेस के मर्म को जानना कला की जरूरत है, वरना चित्र बनाना नहीं रंग पोतना जैसा ही होगा। कैनवस के एक-एक कोने से, एक-एक रंग से मेरा सम्बन्ध होता है, तब एक चित्र बना पाता हूँ। वह चित्र किसी का भी हो सकता है। मौसी माँ आप का लेखन भी ऐसा है। सच कहूँ, आपकी रचनाओं से मन में एक चित्र बनाता हूँ—प्रज्ञा से मिलना मेरा सौभाग्य है। आपके जन्मदिन पर एक चित्र जरूर बनाऊँगा।''

''अपूर्व तुम 'वास्तव' की पत्रिका के लिए चित्र बनाओ। अच्छा काम मिल जाएगा।'' वीरू ने कहा।

''धन्यवाद काकू। लेकिन अभी मैं अपनी स्वतंत्रता खोना नहीं चाहता। मैं ऐसे चित्र बनाना चाहता हूँ जो सोच-समझ से मुक्त हो। सरल, सहज, ज्यों-का-त्यों

मनोभाव में। जो मुझे दिखता है पेड़, आकाश, लोग बस वही पेंट कर देता हूँ। कभी-कभी तो मेरे अपने विचार साकार रंगों में आ जाते हैं। भूरा-नीला-पीला रंग। बस लिथोग्राफी करना चाहता हूँ जो अभी तक नहीं कर सका।''

ऋचा को अपूर्व का स्वाभिमान पसन्द आया। टुकटुकी तो पूरी तरह रीझ गई। प्रज्ञा खामोश। अपूर्व जब गया तब तक रात को चुकी थी। ऋचा को पुरुष मित्र बनाने में प्रज्ञा की विश्वसनीयता पर कोई सवाल नहीं थे। वीरू पूरी तरह विश्वस्त नहीं था—यह ऋचा समझकर भी चुप थी। वीरू अचानक प्रज्ञा के कमरे में चला गया। वीरू की प्रश्नाहत आँखें प्रज्ञा के चेहरे पर जड़ हो गईं।

प्रज्ञा ने सीधा प्रश्न किया, ''बाबुम, अपूर्व को लेकर कुछ पूछने आए हैं? क्या मिन्नी के कारण मुझ पर अविश्वास? लेकिन बाबुम आप सभी से इस घर से इतना प्यार मिला है कि मेरा विद्रोहिनी होना असम्भव है।''

वीरू ने धीरे से कहा, ''सुनो गुड़िया, मेरे मन में अपूर्व के प्रति कोई दुर्भावना नहीं है, विश्वास कर सचमुच नहीं है। मैं चिंतित हूँ तो सिर्फ तुम्हारे कारण। तुम्हारी खुशी, तुम्हारा भविष्य मेरे लिए, ऋचा के लिए, टुकटुकी के लिए महत्त्व रखता है। तुमने बताया कि वह चित्रकार है और पेंटिंग बेचकर अपनी जिन्दगी चलाता है।''

प्रज्ञा कहना चाहती थी, ''बाबुम आप भी...'' लेकिन कुछ न कहकर उसने वीरू को कसकर जकड़ लिया। वीरू समझ गया कि उसकी बिटिया को पेंटिंग बेचने की बात पसन्द नहीं आई।

''चलो, इस बात को यहीं छोड़ देते हैं। मैं मानता हूँ कोई व्यक्ति पूर्णतः निपुण नहीं होता। अपूर्व ने जो दिशा अपने लिए चुनी है उस दिशा में वह सही रूप से चलता रहे। तेरी खुशी के आगे सब डर, सब सोच बेमानी है पैगी-समझी। समय पर बात नहीं छोड़ता, क्योंकि समय अतीत का विस्तार ही तो है जिसका अर्थ वर्तमान से निकलता है।''

''सच बाबुम।'' जीवन के इतिहास को ऐसे ही देखना चाहिए। आप लोगों के अतीत के बारे में सोचती हूँ तो पाती हूँ कि कुछ सर्टन पीरियड आप लोगों के लिए अर्थहीन हो चुके हैं, क्योंकि आपने उसको अपने से दूर कर दिया है। बाबुम, समय और अतीत दोनों इल्युजन हैं जिसे हम ईल्ड करते हैं। अतीत फिक्स्ड नहीं है इसलिए हर बार नया अतीत पैदा होता है, फिर नया और नया। तभी हर पीढ़ी का एक इतिहास होता है। अरे, ऐसे क्यों देख रहे हैं बाबुम? कुछ गलत बोल गई क्या?''

''मैंने कब कहा तूने कुछ गलत कहा। मुझे लगा मेरी पैगी नहीं ऋचा उवाच बोल रही है। तू अपूर्व से मित्रता जारी रख।'' वीरू ने आश्वस्त स्वर में कहा।

''आपने पूछा है तो बता दूँ बाबुम—एक कोण से मुझे अपूर्व पसन्द है, क्योंकि उसके अन्दर कुछ औड, कुछ इंटिग्रल है। मुझसे झूठ नहीं बोलता, जो कहना हो

स्पष्ट कहता है या फिर चुप रहता है। ठीक माँ की तरह। फिर भी बाबुम वह मुझ तक पहुँच गया है, लेकिन मैं अभी उस तक नहीं पहुँची हूँ।''

''ओ के—टेक योर टाइम।'' कहकर वीरू निकल गया।

अगले दिन बीच दोपहर। सुबह से सब काम हर दिन की तरह चलता रहा। कोई उत्सुकता, ऊहापोह नहीं। खाने की थाली पर बैठी प्रज्ञा ने कहा, ''टुकटुकी मौसी, कितनी अजीब बात है। कोई रक्त सम्बन्ध नहीं फिर भी आप मेरी मौसी-माँ जैसी हैं।''

''चुप कर। जाने कहाँ से तेरे दिमाग में बकबक भर जाती है और यह सपड़-सपड़ क्यों खा रही है? धीरे-धीरे खा।''

''उफ, मौसी भूल गई। जाना है न। तुम अभी तक तैयार नहीं हुईं। आज शाम को अपूर्व और मेरी पेंटिंग की प्रदर्शनी है न। तुम और माँ रिबन काटोगे। रिबन काटना बाद में बताऊँगी। गौरा आंटी ने ढेर सारे लोगों को निमंत्रण भेजा है।''

''आमी बोका नई। भालो करे बूझी। मैं साड़ी बदल लूँगी, तेरी माँ को तो कपड़ा बदलने को बोल।''

प्रज्ञा ऋचा के कमरे में गई। ''माँ, सुबह से तुम चुप हो। तुम्हें कुछ कहना है?''

''पगली, तेरे प्रति मेरा विश्वास पूर्ण सत्य है। अपने सत्य के प्रति सत्यवान रहना ही रिश्ते की जीत है। तुझे एक बात कहनी है—दोस्ती उससे करो जो फूल की खुशबू जैसा तुम्हारा साथ निभाये। सच्चा मित्र, एक आधारशिला होता है, जिस पर टिका जा सके। बेरोक-टोक जिसकी बात सुनी जा सके। उस पर सहमत, असहमत हुआ जा सके। जब दोनों खामोश हों तब भी उनका संवाद चलता रहे--बिना किसी अपेक्षाओं के। छटपट मत कर—मैं समय से तैयार मिलूँगी। पहले तू तो सलीके से तैयार हो जा।''

प्रदर्शनी का उद्घाटन हो गया। ऋचा से ज्यादा टुकटुकी फूली नहीं समा रही थी। लोगों की भीड़। गौरा प्रज्ञा का अपने परिचितों से परिचय दे रही थी और वीरू दे रहा था अपूर्व का परिचय। प्रज्ञा और अपूर्व के रंगों में ईमानदारी देखी जा सकती थी। ऋचा ने एक बार प्रज्ञा से कहा था कि रवीन्द्रनाथ की कथनी है कि असम्भव का निवास असमर्थ के दुःस्वप्नों में होता है। शायद इस वजह से प्रज्ञा स्वयं को असमर्थ नहीं समझती—अपनी माँ की तरह।

रात होने को आई—प्रज्ञा वॉशरूम की ओर चल दी। बाहर निकलने को थी कि उसे सुनाई दिया, ''जानते हो ऋचाजी की बिटिया उनके जैसी गुणवान है।''

दूसरी आवाज ने कहा, ''यार, माँ का तो पता है लेकिन प्रज्ञा का बाप कौन है यह पता नहीं।''

पहली आवाज ने कहा, "चुप करो तो। गैट योर फैक्ट फर्स्ट, दैन यू कैन डिस्कस दैम एज मच एज यू प्लीज।"

प्रज्ञा सुनकर चित्रलिखी सी रह गई। पूरी पार्टी में वह खामोश थी। ऋचा, टुकटुकी और अपूर्व ने यह असाधारण चुप्पी को महसूस किया लेकिन वजह किसी ने नहीं पूछी। ऋचा जानती है कि प्रज्ञा के मन में जो कुछ भी होगा वह टुकटुकी के सामने आ जाएगा और वही हुआ। सारी रात ऊहापोह में गुजारने के बाद प्रज्ञा सीधी टुकटुकी के पास चली गई।

"टुकटुकी मौसी—एक बात पूछनी है?"

"पूछ, लेकिन नीचे की ओर क्यों देख रही है।" टुकटुकी को अजीब लगा।

"गुस्सा तो नहीं करोगी न?" प्रज्ञा के स्वर में भय था।

"छी-छी, कि अशभ्य में। तुझ पर गुस्सा? आमार माथा खराब होएनी एईसुनी। हाँ—ऐसे खड़ी रहेगी तो निश्चित खराब हो जाएगा। पूछ—क्या पूछना चाहती है।"

टुकटुकी के आश्वासन पर प्रज्ञा पूछ बैठी, "मौसी, मेरे पिता कौन हैं?"

प्रश्न सुनकर टुकटुकी चीख उठी, "क्या? यह कैसा प्रश्न? और तुझे किसने कहा कि वीरू तेरा पिता नहीं है?"

"आज प्रदर्शनी में सुना था।" प्रज्ञा बहुत धीरे स्वर में पूछ रही थी लेकिन टुकटुकी की आवाज में क्रोध का आवेश था।

"शब बाजे कथा। ओई दिके चाइबे ना? ऐसी बातों पर ध्यान मत दे।"

"बताओ न मौसी, कौन है?"

"एक राक्षस। प्रज्ञा क्यों दाना दाना कर रही है अपनी माँ को। क्या गलती हुई है उससे जो यह प्रश्न तेरी बुद्धि में आया। तू क्या ज़ानती है अपनी माँ के बारे में? तू क्या कोई और भी पूरी तरह कहाँ जान पाया है तेरी माँ को। लज्जा नहीं आई तुझे? तेरी माँ चाहती तो पेट में आते ही तुझे मार देती और अपनी जिन्दगी का हस्ताक्षर वीरू के नाम कर देती। तुम अपनी माँ की शक्ति हो, उसका भविष्य। यह अलग बात है कि वह दिखाती नहीं कि तू उस टूटी हुई दीवार पर फूल भरी बेल है। किन्तु आमी जानी। वीरू और ऋचा साथ-साथ चल रहे हैं—एक ही छत के नीचे—बिना किसी देह सम्बन्ध के रह रहे हैं। दोनों इस युग के प्राणी नहीं। वीरू जैसा योगी और ऋचा जैसी पवित्र आत्मा कहाँ देखने को मिलती है। तुमार जगते एई कथा अविश्वसनीय लेकिन एई दूई आत्मा के देखे अविश्वास करबार प्रयोजन नहीं। दाड़ाओ, जा जिगस करते होए माँ के करो!"

प्रज्ञा जड़ थी। ऋचा आई तो आते ही स्नेह भरी आवाज में पूछ बैठी, "क्यों टुकटुकी आज अचानक प्रज्ञा और उसकी मौसी के सामने मेरी पेशी क्यों?"

"तुम पूछो। प्रज्ञा बड़ी हो गई है और जब बच्चा बड़ा हो जाता है तो लगता है दिमाग में कीड़ा काटने लगता है। प्रज्ञा अपने जन्म का इतिहास खूजछे। नतून सूत्र।" टुकटुकी की आवाज में झल्लाहट थी। ऋचा समझ गई पुनः प्रसव पीड़ा से गुजरना होगा। आज प्रज्ञा के इस प्रश्न ने उसे जाबाली के स्थान पर खड़ा कर ही दिया है तो उत्तर भी उसकी तरह ही देना होगा। मठ का वह हादसा उसने वस्तुतः अपने मानस से हटा दिया था लेकिन आज प्रज्ञा के प्रश्न ने कहीं से उस घटना को जिन्दा कर दिया था। वह जानती थी कि जीवन का एक सूत्र उधड़ेगा, तो उसकी सारी बुनावट एक-एक करके उधड़ती जाएगी, ऋचा के सामने असम्बद्ध विचारधारा की लम्बी कतार। दोहराती हुई। लेकिन उसने बड़ी दृढ़ता और सत्यता के साथ अतीत के सारे सूत्र उधेड़कर प्रज्ञा के सामने रख दिये।

"प्रज्ञा—मैं मानती हूँ कि जहाँ शंका वहाँ लंका। यह मेरे बाबा कहा करते थे। यह सच था मुझ पर उठती उँगलियाँ मेरे जीवन की सीमा को बेधना चाह रही थीं—हजारहा सवालिया नजरें उठीं लेकिन मैंने न लोगों की परवाह की न उन सवालों का जवाब दिया। जवाब वह देता है जो गुनहगार होता है गुड़िया—और मैंने कोई गुनाह नहीं किया था। हाँ—तुझे अब तक न बताने का कारण यह था कि तुम जरा सी बड़ी हो जाओ तो सब बता दूँगी। मेरा विश्वास आज भी वैसा है कि जगत या कोई भी रिश्ता चाहे इधर-उधर हो जाए लेकिन नाभि के सूत्र को कहीं नहीं जाना होता है। तुम्हारे गर्भ में आते ही मैंने अपने निर्णय को एक जहाज के कम्पास की तरह अपनी आत्मा के नक्शे पर निश्चित कर लिया था। वह आसान रास्ता नहीं था लेकिन वीरू, टुकटुकी से विशेष सान्त्वना मिली। यह सान्त्वना एक समझ के तहत थी—दया पर नहीं। कलम ने मेरी राह कुछ आसान कर दी। टुकटुकी थी जिसने शहर ले आने का संकल्प किया। तेरे बाबुम ने जो मेरा साथ दिया है—जिस तरह दिया है उस पवित्रता को मैं-टुकटुकी जानती हैं। वैसे प्रज्ञा, पवित्रता को गवाह की जरूरत नहीं होती—लेकिन तेरी शंकित बुद्धि को स्पष्टीकरण चाहिए। एक बार अपनी ओर से नजर उठाकर तू बाबुम की ओर देख—कितनी तुच्छ बातें उस पर उठती हैं। क्या गुनाह है उसका? सच जानो प्रज्ञा आज तक कहने वाले लोगों की बातों को न मैंने काटा न तेरे बाबुम ने। हम दोनों ऐसी निराधार, न्यायहीन बातों को कोई आकार नहीं देते। दोनों ने व्यस्तता में खुद को खपा दिया था। ऐसी स्थिति एक समझ की अपेक्षा रखती है।"

"माँ।" प्रज्ञा का स्वर रुआँसा था।

"नहीं प्रज्ञा, आज बोल रही हूँ तो सुन ले। तुझे जन्म देने के निर्णय पर मुझे कतई पछतावा नहीं। अच्छा हुआ यह सच तूने जानना चाहा लेकिन साथ में यह भी जान ले प्रज्ञा कि सच के तीन हिस्से होते हैं। पहला—उसकी सही जानकारी, दूसरा

उसका ज्ञान, तीसरा उस पर विश्वास। इसमें से एक की अनुपस्थिति हो तो सच स्वीकारने की शक्ति नहीं होती। प्रज्ञा, तुझे किसने कह दिया कि जीवन सुनहरा और अनुकूल ही होता है। जीवन में कठिनाइयों का अम्बार लगा रहता है लेकिन यह अलग बात होती है कि हम जीवन की इन कठिनाइयों का सामना किस तरह करते हैं—प्रतिक्रिया करते हैं या इन पर पाँव रखकर जीत हासिल करते हैं। प्रज्ञा—यह समझ ही मायने रखती है शेष सब व्यर्थ। तुझे ऐसे हादसों को झेलने के लिए भीतर से मजबूत होना होगा, अपने चरित्र को, व्यक्तित्व को विकसित करना होगा। दु:ख, कष्ट आदि को कभी भी खुद के वजूद से बड़ा मत होने देना। स्वामी विवेकानन्दजी कहते थे 'मार्च फारवड'। इसी पर आज की बात समाप्त करते हैं। ठीक।''

''माँ—आय एम सॉरी।''

''खबरदार यह शब्द कभी मत उच्चारना। पलातक का हथियार है यह। प्रज्ञा, तू एक सृजक है, और सृजक चाहे लेखक हो, गायक हो, चित्रकार, वह कभी भी निष्क्रिय नहीं होता—हो सकता भी नहीं। वह अपने भीतर या अपने से बाहर के शेष होते इनसान एवं कालचक्र के परिवर्तन का साक्षी होता है। इसे एक उपलब्धि समझो। चलो, अब तुम भी दु:ख की गुफा से गुजर कर अँधेरे, उजाले में, हर मौसम में फकीरों की तरह रहना सीख जाओगी, बेअसर, निर्भय अपनी तूलिका से सोच को रंग दो।''

''माँ, मैं थोड़ी देर अपूर्व के स्टूडियो हो आऊँ?''

''जाओ बेटा। इस घर में किसी को भी तेरी उससे मित्रता करने पर आपत्ति नहीं।''

प्रज्ञा जब अपूर्व के स्टूडियो पहुँची तो चुप थी।

अपूर्व ने पूछ डाला, ''प्रज्ञा क्या बात है?''

''कुछ भी नहीं अपूर्व।'' प्रज्ञा ने अनमनेपन से कहा।

''देखो, जितना तुम छिपाओगी उतना तुम सोच में डूब जाओगी। मैं जानता हूँ तुम्हारे भीतर उथल-पुथल चल रही है। अपना मानती हो तो बेझिझक बता दो।''

प्रज्ञा ने प्रदर्शनी से लेकर अभी तक की सारी बात बता डाली। सुनकर अपूर्व कह उठा, ''मैंने अच्छा नहीं किया प्रज्ञा। तुमसे पूरा ब्योरा सुनकर मुझे संकोच हो रहा है। जानती हो प्रज्ञा किसी ऊँचाई को पाना सिर्फ उसे छूना ही नहीं है—वहाँ खड़े रहना भी है। तुम्हारा प्रश्न कहीं तुम्हारी माँ को डगमगा न दे। तुम्हें अपनी माँ की तरह बहादुर और संवेदनशील होना होगा प्रज्ञा। अविश्वास का खंजर अपनी माँ पर कभी मत फेंकना। ऋचा माँ श्रद्धा, पूजा की अधिकारिणी है। जानती है प्रज्ञा बहुत कुछ अनकहा, अनदेखा रह जाने में ही रिश्ते की गरिमा बची रहती है। ऋचा माँ जैसी अमूल्य निधि को अपनी मूढ़ता, अज्ञानता से फेंक मत देना।''

बातें चलते-चलते शाम हो गई।

प्रज्ञा घर पहुँच गई। कमरे में सोच रही थी कि दर्द को महसूस करना एक बात है और उसके हाथ में गिरफ्त हो जाना दूसरी बात है। अपूर्व ने सही कहा जीवन में दो ही चीज रीयल होती हैं—फ्रीडम ऑफ एक्शन—ऐंड द फीलिंग ऑफ रिस्पौंसिबिलेटी फॉर वन सैल्फ क्रिटिसिज्म इज नैस्सरी टू लाइफ। वाय आरग्यू। आरग्यू करने से क्या लाभ कि हम अतीत में यह निर्णय ले सकते थे, दूसरी तरह जीवन जी सकने की सम्भावना हो सकती थी जबकि सच तो यह है कि हम आज स्वस्थ जीवन जी रहे हैं। वह अपनी माँ की अनुकृति है—हर सोच, भावना पर पाँव रख खड़ी हो जाएगी। इसी विश्वास के साथ उसने खाना खाया और सो गई।

सुबह जब टुकटुकी सोकर उठी तो प्रज्ञा कमरे में जगी हुई थी।

"तू क्या अलस भोर से यहाँ बैठी है?"

"हाँ टुकटुकी मौसी।"

"लेकिन रंगों को इधर-उधर फैलाकर क्यों बैठी है। माथा तो ठीक है तेरा?"

"माय गाड मौसी तुम तो कचहरी लगाकर बैठ गईं। गाना माँ की जागीर है। मैं ठीक हूँ—मेरे भीतर कल की प्रज्ञा को झाँकने को चेष्टा मत करो मौसी।" प्रज्ञा खिलखिला कर हँस दी।

"जय माँ काली-जानताम ऋचार में बेशी देर एक ठाएँ बशबे ना। यह सब देखने का अभ्याश आछे आशचरज होबै कैनो। तुमी की सुमार माँ थेके तपत। जाने कौन सी जादू की छड़ी है भीतर कि एक रात में बड़ी सी बड़ी घटना से बाहर आ जाती हो।"

"टुकटुकी मौसी—माँ क्या अपने अतीत की सोच से उबर गई है। मेरे प्रश्न पर नाराज है?"

"पागल मेड—मोमबत्ती दूसरी मोमबत्ती को जलाने में अपना अस्तित्व नहीं खोती बल्कि उसके जीवन में ज्यादा अर्थ, मायने आ जाते हैं।"

तभी ऋचा की आवाज सुनाई पड़ी, "प्रज्ञा, टुकटुकी, मैं तो नाश्ता करने बैठ गई हूँ। प्रज्ञा तेरे बाबुम दफ्तर गए—अब तुम दोनों आ जाओ।"

टुकटुकी आई तो ऋचा को देखने लगी।

"क्या देख रही है सखी? पगली हादसों पर पाँव रखकर खड़ा होना मुझे आता है और प्रज्ञा का पूछना हादसा नहीं सत्य जानना था। बाबा कहते थे न—सत्य अपनी रक्षा स्वयं करता है—बैठो प्रज्ञा—टुकटुकी।...टुम्पा खाना रखकर चली गई—अब ठंडा खाना खाओ।"

टुकटुकी बहुत ज़ोर से हँस पड़ी। ऋचा, प्रज्ञा दोनों उसकी हँसी पर हैरत में पड़ गईं। टुकटुकी कहाँ हँसती है—मुस्करा भर देती है। शायद आज मन से बोझ उतरने की हँसी थी। बीत गए कई दिन। माँ का जन्मदिन आ रहा था, कमरे में कुछ पेंट

करने बैठी थी लेकिन विफल। चल पड़ी अपूर्व के घर। अपूर्व के घर पहुँची तो अपूर्व ने छूटते ही कहा, ''सारी रात मैं सोच का धुआँ छोड़ता रहा।''

''सोच का धुआँ? वाह! तुम्हारे इस धुएँ को मैं कैनवस पर उतार लूँ। चेहरा उतरा हुआ है—खाना कब खाया था?'' प्रज्ञा को महसूस हुआ माँ भी ऐसे ही बाबुम से पूछती रहती है। खामोश हो गई। अपूर्व हँस पड़ा।

''वाह! क्या हँसी है। देखती हूँ इस हँसी को ही कैनवस पर उतार पाती हूँ कि नहीं।'' प्रज्ञा ईजल की ओर चल पड़ी।

''अरे ठहरो, पर्दे के पीछे एक नई पेंटिंग है। तुम्हें दिखाना चाहता हूँ।''

''नाट अ न्यूड फिगर?''

''शटअप''।

''गुस्सा क्यों कर रहे हो? चलो दिखाओ लेकिन सब्जैक्ट तो बता दो।''

''तुम चौंक जाओगी?'' प्रज्ञा ने जब पेंटिंग देखी तो सचमुच चौंक गई।

''अपूर्व, यह तो माँ है। सूर्य की प्रथम किरणों के बीच से उतरती माँ। माँ के बाबा की बताई 'सावित्री' महाकाव्य की पंक्ति। येस आय रिमैम्बर। बाबुम अक्सर कहते हैं, कौन आ रही है यह नवल वधू सी, शिखाजात सी एक सुगन्धि घटा सी।''

''वाह, अद्भुत। नामकरण हो गया 'सावित्री'। परसों माँ का जन्मदिन है। यह शहर माँ के असली अस्तित्व को नहीं जानता। जानती हो प्रज्ञा, माँ के स्वभाव की तरह ही इसमें रंग उतर कर आए हैं।''

''अपूर्व, बाबुम ने 'वास्तव' कार्यालय में माँ के जन्मदिन का कार्यक्रम रखा है तभी वहाँ इसे सजा देंगे।''

''सही है लेकिन जब तक तुम अपना नाम नहीं लिखोगी, मैं नहीं लिखूँगा। तुम मेरी प्रेरणा हो प्रज्ञा।'' प्रज्ञा और अपूर्व दोनों ने पेंटिंग के नीचे नाम लिख दिए। शुद्ध चेतना के साथ। वास्तव में लेखकों, कलाकारों, स्वजनों की भीड़ थी। ऋचा को मानपत्र दिया गया—प्रशंसा में अनेक व्याख्यान हुए। सबसे ज्यादा चर्चा में रहा ऋचा का चित्र। ऋचा ने प्रज्ञा के साथ अपूर्व को प्रज्ञा का मित्र बताकर परिचय कराया। यही कामना की ये दोनों भीड़, समाज का सामना युयुत्सु की तरह करते हुए खड़े रहें। युद्ध को तत्पर। मिन्नी-प्रज्ञा-अपूर्व तीनों इधर-उधर मिल-जुल रहे थे। गौरा-राशिद-बाबूसा भीड़ का आनन्द ले रहे थे। इति आई लेकिन नजर भीड़ में टिकी हुई थी। तभी ऋचा की श्रद्धेय आशाजी ने चित्र देखकर कहा—''ओगो एई तो शुवर्ण कन्या। ऋचा को आशीर्वाद देते हुए कहा—दैखो ऋचा—तुमीं नाम, शम्मानेर अधिकारिणी। मने राखो शफलता निजेर छाया—ओके घर बार प्रयत्न करबे ना। नीजेर पथ चलते थाको-शफलता शाथे-शाथे आशबे-एइसा जरक तुमार यात्रा प्रकाश दीके होते थाके।''

ऋचा गद्‌गद हो गई। इतनी बड़ी लेखिका का आशीर्वाद उसके लिए अमूल्य उपहार था। खाना खाते-खाते रात हो गई। इति कतरे के झाड़ की तरह इधर-उधर लिपटती चलती गई। सबके साथ, सबसे अलग। रात गए शंकर ने घंटी बजा दी। ऋचा आश्चर्य में पड़ गई लेकिन कारण जानती थी।

शंकर को देख कह उठी, "क्यों श्रीमान, शान्तिनिकेतन की शान्ति किसी की याद में भंग हो गई क्या, सो इतनी रात चुपचाप चले आए?"

"क्या ऋचा दी, आप भी। वैसे जन्मदिन का प्रणाम।"

शंकर ने शरमाते हुए कहा।

"अरे, इसमें शरमाने की क्या बात है। मेरी सखी टुकटुकी गाँव की है तो क्या लेकिन एकदम खाँटी और सच्ची है। ऐसा स्वच्छ, निर्मल हृदय तो किसी को भी बेचैन कर सकता है।"

ऋचा की बात पर शंकर ने ठहाका लगाया।

"काफी रात हो गई है। चाय पियोगे या टुकटुकी को जगाऊँ।"

"सोई जान को जगाना उचित नहीं ऋचा दी।" तभी टुकटुकी को खड़े देख शंकर चुप हो गया।

ऋचा खिलखिला उठी, "लो, सोई जान को भी चैन कहाँ—अब तुम दोनों चाय पीओ, गप्पें मारो।"

"ऋचा दी, टुकटुकी को लेकर कुछ देर बाहर घूम आऊँ?"

"अपना घर-द्वार छोड़ रात को यह प्रश्न पूछने आए हो? 'धीरे-धीरे जिसकी खातिर रोये, बिलखे मेरा मन पाखी'। उसी धुन को साकार करो। जा टुकटुकी थोड़ी देर बाहर घूम आ—भयहीन।" कहकर ऋचा प्रज्ञा के पास चली गई।

"टुकटुकी चलोगी नहीं?" शंकर ने आहिस्ता से पूछा।

"चलो।"

"यह क्या, तुम्हारी इच्छा नहीं है क्या?"

"एक बात बताओ—तुम पुरुषों को रात के अँधेरे में औरत की याद आती है? कल सुबह भी तो आ सकते थे।" टुकटुकी ने व्यंग्य कसा।

"मेरी तुलना वासु से कर रही हो टुकटुकी?" शंकर ने पूछा।

टुकटुकी की दो जुड़वाँ आँखें उठीं तो सही, लेकिन दूसरे ही पल सामने खड़े शंकर की आँखों में खो गईं।

"तुम थक गए होगे, आराम कर लो।" टुकटुकी ने स्नेह से कहा।

उसने टुकटुकी की तरफ देखा और आभार भरी आवाज में कहा, "नहीं तो, थका तो नहीं। चलो, घूमकर चाय-समोसा खाने का आनन्द कुछ और है।"

"रात जागरण का मन है?"

"क्यों डर गईं? कभी रात में खुले आसमान के नीचे गर्म चाय, समोसा खाया है टुकटुकी?"

"नहीं?" एक टूक जवाब।

"पता नहीं किस गाँव से आई हो। न चाँदनी में घूमी, न चाय, न प्रेम" —अचानक बात बीच में रुक गई। सन्नाटा छा गया।

टुकटुकी शंकर की हालत देखकर बोल पड़ी, "मीतू। बोलने से डर गए। तुम्हें पाजी कहने को दिल कर रहा है।"

दोनों हँस पड़े।

सुबह वीरू ने पूछा, "क्या बात है शंकर, रात अचानक आए?"

"बस यूँ ही घूमने आ गया दादा।"

ऋचा ने दोनों को देखते हुए वीरू से कहा, "कुछ समझ में आया वीरू? घाट पर नाव बँध गई। क्यों टुकटुकी, पंडित को बुलाऊँ?"

पता नहीं इस बात को सुनकर टुकटुकी अचानक ही फूट-फूटकर रो पड़ी। जानती थी इतने दिनों का विकार निकल जाना ही ठीक था। वीरू ने एक घोषणा की। "भई एक खुशखबरी के साथ दूसरी खुशखबरी भी सुन लो। कल ऋचा के जन्मदिन पर ऋचा के लिए निमंत्रण आया है—लन्दन से। लन्दन में दर्शनशास्त्र और धर्म का कल्चरल कॉन्फ्रेंस में ऋचा को आमंत्रित किया है, वक्ता में शामिल किया है। विचारों का सम्पर्क, जीवन के मूल्यों का विकास और नेचर ऑफ ऐरर पर दार्शनिक विचार। बाल भागवत क्लास का आयोजन भी वहाँ के भारतीयों ने किया है। खर्चा सब उनका।"

तभी प्रज्ञा ने टोकते हुए कहा, "बाबुम, 'इंडियन कल्चरल सोसायटीज' ने माँ को बुलाया है। उनके बच्चे बाल भागवत की क्लास लेंगे।"

बातों के बीच बाबूसा कब आ गए। ऋचा के साथ-साथ सब ने प्रणाम किया।

"ऋचा बेटी, पहचान संस्था को एन.जी.ओ. का दर्जा मिल गया है।"

"बाबूसा, इसका भार टुकटुकी, प्रज्ञा, मिन्नी को दे दें।"

"अरे ऋचा, इस संस्था को बनाने के लिए तुम इतनी आतुर थीं—फिर भार इन पर क्यों? इन्हें तो अ, ब, स भी नहीं मालूम।" बाबूसा हतप्रभ हो गए।

"बाबूसा, टुकटुकी मेरी प्रिय सखी है, इसलिए नहीं कह रही, बल्कि वह बहुत स्नेहिल, ममतामयी, प्रज्ञा में आवेग है, कार्यक्षमता है और मिन्नी में निर्णय लेने का साहस है। इस संस्था को ऐसे ही कार्यकर्ता की आवश्यकता है, जो असहाय, बन्धु-बान्धवीहीन, बेघर लोगों को स्नेह, हिम्मत दे सके। पूरी ईमानदारी के साथ। मुझे पूर्ण विश्वास है कि पहचान संस्था आश्रित और आश्रयदाता बनेगी।"

ऋचा के विश्वास के आगे बाबूसा ने प्रस्ताव स्वीकारते हुए कहा, ''ऋचा, सुना तू लन्दन जा रही है? सम्पूर्णानन्दजी को मैंने कहा था असम्भव। मठ से दूर देश-विदेश में नाम कमाना नामुमकिन। लेकिन उन्होंने एक ही बात कही थी—विधि का विधान, रामदास। मैं बहुत खुश हूँ और गौरा ने तो तेरे लिए कपड़ों की खरीदारी भी प्रारम्भ कर दी है।''

''क्या बाबूसा कौन सा अभी जा रही हूँ—और जा भी रही हूँ, यह निर्णय मैंने कहाँ दिया।''

''तुझे जाना है यह मेरी और तेरे बाबा की आज्ञा है।'' कहकर बाबूसा चले गए।

सुबह उठी तो हमेशा की तरह हिन्दू नववर्ष के पहले दिन का आनन्द ऋचा में नहीं था। ऋचा सबको कहा करती थी कि आज के दिन प्रकृति भी स्वागत करती है। कोयल की कूक और अमराइयों में मंजरी का आम के रूप में आना, हवा में फैली खुशबू—सबसे मन बौरा जाता है। लेकिन आज ऋचा उदास है।

'ऐशो हे बो इशाख ऐशो-ऐशो' का स्वर उससे दूर जा रहा था, लेकिन ऋचा के जाने के दिन पास आ रहे थे। खाना खाने के बाद रात सब अपने कमरे में चले गए, रह गए वीरू-ऋचा, अकेले।

वीरू ने खामोशी तोड़ते हुए कहा, ''हम दोनों क्या सोच रहे हैं?''

''हम दोनों का अर्थ?'' ऋचा पूछ बैठी।

''विच्चार जो तुम्हारे और मेरे द्वारा बना हो फिर मिलकर हम दोनों का विचार बनता हो वह हम दोनों का विचार हुआ।''

''इस मुद्दे पर मेरा-तुम्हारा विचार भिन्न है। तुम्हारा विचार सिर्फ लन्दन यात्रा की ओर है और वीरू—मैं भारत छोड़कर म्लेच्छों के शहर में नहीं जाना चाहती, बार-बार क्यों घुमा-फिराकर पूछे जा रहे हो। तुम ही क्यों, तुम्हारी लाडली प्रज्ञा, टुकटुकी। ऊपर से बाबूसा आज्ञा दे गए। सबने पसोपेश में डाल दिया है। पराया देश, पराये लोग सोच कर काँप उठती हूँ। मुझे नहीं चाहिए नाम, धाम, मानपत्र। तुम सब मेरे पुरस्कार हो वीरू। बताओ तो वहाँ के सम्मान में क्या ज्यादा आनन्द है? मेरे लिए नहीं।''

''ऋचा, मैं चल सकता तो जरूर चलता, सम्भव नहीं। पुस्तक मेला, तुम्हारी किताब पूर्णमिदम् छपनी बाकी है—ऊपर से प्रज्ञा। टुकटुकी क्या-क्या कर लेगी। शंकर-टुकटुकी भी अपना विवाह तुम्हारे लौटने पर करेंगे। तुमने एक बार कहा था ऋचा—कुछ पाने के लिए कुछ खोना पड़ता है—सच पूछो तो मुझे लग रहा है मैं एकदम अकेला हो गया हूँ, लेकिन तुम्हारा आगे बढ़ना बहुत जरूरी है ऋचा। बाबा का स्वप्न, फिर नया अनुभव, नए देश की पहचान। अन्य देश—वहाँ लोगों के भीतर

छुपे सच की पहचान। इस अन्वेषण को मोह में मत गँवाओ। तुम्हें तो सच प्रिय रहा है, फिर पलायन क्यों, मोह कैसा?'' तभी इति का फोन आया।

''ऋचा, युद्ध के कगार पर सिनेमा वालों का प्रपोजल आया है? क्या कहूँ?''

''तुम्हारा क्या विचार है? गौरा दी क्या कहती हैं?'' ऋचा ने पूछा।

''गौरा के अनुसार पैसा मिलता है तो कोई बुराई नहीं और मैं भी सहमत हूँ।'' इति ने जवाब दिया।

''इति, तुम्हें ऐसा नहीं लगता कि मेरी आत्मा बॉलीवुड, हॉलीवुड के पास गिरवी रख दी जाएगी?''

''पागल हो ऋचा, आत्मा गिरवी नहीं, उसे एक विशाल आसमान प्राप्त होगा—धर्म की पीड़ा, धर्म के संस्कार, मनुष्य के मन की अवरुद्धता, द्वन्द्व जब लोगों के सामने आएँगे, तो वे स्वयं को इससे जुड़ा ही नहीं पाएँगे—इससे उबरना भी जान जाएँगे। मैं हाँ कह देती हूँ। बस तू कॉन्ट्रैक्ट पर दस्तखत कर दे—स्क्रिप्ट शूटिंग मैं सँभाल लूँगी, यह ध्यान रखते हुए कि तेरे अन्तस को ठेस न पहुँचे।''

खैर, ऋचा ने बहुत झिझक के साथ लन्दन जाने का निर्णय ले लिया। प्रज्ञा, वीरू, टुकटुकी, गौरा, बाबूसा का आग्रह इतना गहरा था कि चाह कर भी टाल नहीं सकी। सच तो यह था कि विदेश में ऋचा का विषय इसलिए भी बन गया था कि आधुनिक शिक्षा के न होते हुए भी धर्मशास्त्र, समाजशास्त्र पर भी अद्‌भुत लेख लिख डाले थे, जो अनुवाद होकर विदेश के जर्नल्ज में छप चुके थे। ऋचा की रातों की नींद गायब हो चुकी थी, आज जब रात में उठकर बाहर आई तो देखा वीरू भी जगा हुआ था।

उसने धीरे से कहा, ''वीरू, मध्य रात्रि में रौशनी में खड़े तुम्हें देखने पर तुम किसी ग्रीक देवता से कम नहीं लग रहे हो।''

''वाह ऋचा, अभी से पश्चिम की यात्रा में सवार हो गई।''

''वीरू, प्लीज, भावना का मजाक मत उड़ाओ।'' ऋचा ने दर्द भरे स्वर में कहा।

''ओ.के.-ओ.के. चलो, एक कप चाय हो जाए।''

सुबह पूजा आदि करके प्रज्ञा के कमरे में चली गई। उसके हाथ में एक डब्बी पकड़ा दी।

''माँ, जाते-जाते यह क्या दे रही हो—गिफ्ट।''

''गिफ्ट नहीं, लेकिन हाँ, कुछ ऐसा जो तुझे हमेशा तेरी दिशा दिखाता रहेगा।''

प्रज्ञा ने डब्बी खोली और चीख पड़ी, ''माँ, इटज अ नार्थ स्टार?''

''हाँ, अ सिलवर रिपलीका।'' अचानक एक चुप्पी छा गई। प्रज्ञा को वह कितना कुछ कहना चाहती थी, कभी दुखी मत होना, ज्यादा देर रात तक जगना मत,

काम में आनन्द लेना, प्रलोभन से दूर रहना और बुरी संगत से भी। पत्र लिखती रहना। याद रखना तेरी माँ तुझसे कितनी भी दूर चली जाए वो हर पल तेरे साथ है। लेकिन यह सब कह नहीं पाई। कुछ भी कह नहीं सकी, बस इतना भर कहा, इसे हमेशा अपने साथ रखना प्रज्ञा—कितनी भी दूर की यात्रा करो, मन से तन से यह नार्थ स्टार तुम्हें हमेशा गाइड करता रहेगा।''

''मैं पास रखूँगी माँ।'' प्रज्ञा ने कह तो दिया, लेकिन उसे लगा माँ तो आ ही जाएगी, फिर इसकी क्या जरूरत।

''माँ, तुम दुनिया की सबसे अद्‌भुत माँ हो, जिसकी चाह हर संतान को होती होगी। ममतामयी, समझ से लदी-भरी। यू आर सो वैरी स्पैशल माँ।''

''बड़ी-बड़ी बातें करना सीख गई है तू। फिर भी इस उद्‌गार के लिए धन्यवाद, लेकिन जितना तू मेरे लिए सोचती है, वैसी थोड़ी हूँ मैं। तुझे कहाँ कुछ दे पाई?''

''माँ, तूने मुझे जीवन की साँसें दी हैं। समझ दी है। बाबुम कहते हैं हम अपने जीवन के खुद ही लेखक हैं और खुद ही पाठक।''

''अरे, वीरू ने ऐसा कहा—सच प्रज्ञा उसका यही विश्वास हर तरह के संताप से मुक्त कर देता है।''

लन्दन जाने का दिन भी आ गया। एयरपोर्ट पर वीरू-ऋचा खामोश थे। अपूर्व, प्रज्ञा ऋचा की एयरपोर्ट कार्यवाही कर रहे थे। बार-बार एक-दूसरे को देखकर वह कह रहे थे जो शब्दातीत थे। गौरा को ऑफिस का काम आ गया, इति प्रोड्यूसर से बातचीत में व्यस्त थी। ऋचा सुस्त थी।

वीरू ने ढाढ़स देते हुए कहा, ''कुछ महीनों की ही तो बात है ऋचा, फिर यही शहर, यही तुम, यही मैं। टुकटुकी का विवाह...''

''तुम साथ चलते तो...'' ऋचा ने उदास स्वर में कहा।

''अगली बार।'' बात बीच में काट दी वीरू ने, ''और हाँ, पैगी की तो चिन्ता बिलकुल मत करना। बड़ी मेधावी लड़की है हमारी, फिर अपूर्व तो है ही। अच्छा ऋचा, दूर जाकर, उस भीड़ में, प्रशंसकों के बीच जाकर—उस भीड़ में प्रशंसकों के बीच जाकर मुझे भूल तो नहीं जाओगी?''

''वाह-वाह, भूला तो उसे जाता है, जिसे याद रखना पड़ता है। तुम हो तो मैं हूँ, मेरा अस्तित्व है। यह हमारे रिश्ते का सच है वीरू। हम दस्ताने पहनकर साथ नहीं चलते। इतना उज्ज्वल, साफ सम्बन्ध किन्हीं शब्दों का मोहताज नहीं। इस सम्बन्ध की उम्र किस माप से मापोगे? सूर्य के उदय या उसके अस्त से। फिर तो प्रतिदिन अलग-अलग गणना करनी होगी। जो अखंड है, अछिन्न है, अगण्य है वह है हमारा सम्बन्ध। यह कृष्णपक्ष की रात्रि के नक्षत्रपुंज या शुक्लपक्ष की रात्रि के ध्रुवतारे से भी नापा नहीं जा सकता, दूर जा रही हूँ, लेकिन पूरे विश्वास के साथ

कि तुम सदा अभिन्न, आत्मीय बने रहोगे। संवादहीनता में भी संवादरत।''

ऋचा तुम ऐसी बातें क्यों कर रही हो? कुछ महीने में तो लौट रही हो, अपने वीरू को तुम वैसा ही पाओगी, जैसा छोड़कर जा रही हो।

''लो प्रज्ञा आ गई। साथ-साथ विदा बेला भी। शंकर, टुकटुकी का ध्यान रखना। मेरी यह सखी स्वार्थहीन, स्नेहभरी मूर्ति है। अपूर्व इस बार टुकटुकी को जरूर आँकना।''

प्रज्ञा घमक गई। ''माँ अपूर्व नहीं मैं टुकटुकी मौसी का चित्र बनाऊँगी। अब चलो, लम्बी लाइन है।''

वीरू एयरपोर्ट से लौटते सोचता रहा, ऋचा उड़ गई पीछे एक चुप्पी छोड़ गई। ऋचा को अपने सामने देखने की वीरू को आदत सी पड़ गई थी। अब दो माह देखने-सुनने की परिधि से बाहर हो गई जो वीरू के लिए सुखद न था। मन उदास हो रहा था। समय का इन्तजार था जब ऋचा को फोन कर सके। सच ऋचा के साथ बहुत सा अच्छा-बुरा—सह्य-असह्य समय गुजरा है। घर खामोश है, लेकिन शोर की कमी शान्ति नहीं कहलाती। बीहड़ अटूट सन्नाटे से भरे घर में वह भीतर-ही-भीतर बहुत उचाट था। ऋचा के बिना अर्थहीनता का एहसास कचोट रहा था। शुक्र है दो महीने में लौट आएगी। बोध के स्तर पर यह दूरी परायी के साथ-साथ तनावपूर्ण सी लगती है। उसकी सोच जाने किन-किन कंदराओं में से चलकर आ रही थी, जहाँ से चेहरों की कतारों में सिर्फ गहरे स्तर पर ऋचा समझ में आती है, चाहे उसे कभी वह कह न पाया हो। अचानक से गूँगा...अचानक से निःशब्द हो जाने की स्थिति ऋचा के विदा होते आ गई थी। जाने का दबाव तो उसका ही था। सोच की रफ्तार तब टूटी जब कानों में टुकटुकी की आवाज आई, ''काबा काटी करबै ना।''

''वाह! टुकटुकी मौसी मैं रो रही हूँ या रात भर आप रो रही थीं।''

वीरू कमरे से बाहर आकर बोल पड़ा, ''प्रज्ञा, क्यों मौसी को तंग कर रही है? मैंने तो टुकटुकी का रोना नहीं सुना।''

प्रज्ञा ने मुस्कराते हुए कहा, ''छोड़िए बाबुम। माँ नहीं है न सो टुकटुकी मौसी को मक्खन लगा रहे हो।''

वीरू खामोश हो गया। इधर से उधर टहलता रहा। प्रज्ञा पूछ बैठी, ''बाबुम डीप्रैस्ड हो।''

''नहीं रे। लेकिन लगता है ऋचा के जाते ही मेरे भीतर कुछ टूट सा गया है।''

दोपहर प्रज्ञा स्टूडियो चली गई। टुकटुकी खाना खाकर सो गई। शाम होने को आई। वीरू दफ्तर में था। ऋचा को फोन मिला दिया। ऋचा की आवाज सुन आवेश से भर गया।

''ठीक हो ऋचा? तकलीफ तो नहीं हुई न? कोई लेने आया था? अरे, तुम्हें

नींद से तो नहीं जगा दिया। अभी जैट लैट होगा?'' वीरू एक साँस में सब पूछ बैठा।

''वीरू, तुमने तो प्रश्नों की झड़ी लगा दी। तुम्हारी आवाज ने मेरा अकेलापन काट दिया है। मेरी अवस्था तो मेले में गुम हो जाने जैसी हो गई है। ठीक-बेठीक अभी बताना जल्दबाजी होगा, हाँ, फोन मत करना। रोज पत्र लिखना। तुम भी, मैं भी। प्रज्ञा से भी कहना। हाँ, जो दम्पती मुझे लेने आए थे वे भद्र लोग थे।''

''सच ऋचा तुम दूर चली गई हो तो ऐसा लगता है, मैं स्वयं से दूर चला गया हूँ। देखो, मैंने ही तुम पर दबाव डाल कर लन्दन भेजा था और मैं ही तुम्हारी अनुपस्थिति को सहन नहीं कर पा रहा हूँ। तुम से बात करके मन हल्का हुआ।''

चलो एक वादा करो, तुम ठीक रहोगे? टुकटुकी, प्रज्ञा, शंकर, गौरा दी, बाबुम, सौगत दा, मिन्नी, इति सब ठीक हैं।''

''सब ठीक हैं। लेकिन तुम वहाँ ज्यादा थकना मत। देखो ऋचा, यह ई-मेल आदि मेरे, तुम्हारे बस की नहीं, खत लिखते रहेंगे। ऋचा, हाथ से लिखे पत्रों को पढ़ने का आनन्द दूसरा ही होता है।''

''ठीक कहा वीरू। मशीन कहाँ हृदय के सच्चे उद्‌गार पूरी तरह प्रकट कर सकती है।''

''हम सब तुम्हें बहुत मिस कर रहे हैं। ऐसा लगता है तुम्हें गए काफी दिन हो गए थे।''

''चलो, वीरू मैं आज से ही पत्र लिखने बैठती हूँ। यहाँ, एक डैस्क है वहाँ सारे इन्तजाम हैं। सुबह के कुहासे में कलम की रोशनी जीवन को दिशा देगी—वीरू। ये पत्र नहीं, सूर्य का पृथ्वी को देखने के लिए झुकने की क्रिया है। प्रेक्षा-तितिक्षा-की यात्रा के बाद अब मुमुक्षु की यात्रा पर आ गए हैं मित्र। तुम्हारे साथ मुझे एक गहरी आश्वस्ति, एक पूरा विश्वास-यात्रा की पूर्णता का पूर्ण सामर्थ्य मिला है पूर्णमिदम् की यात्रा।

खंड–3

मुमुक्षा*

* मोक्ष की कामना।

वीरू,

विदेश की धरती से मेरा प्रथम पत्र, तुम्हें प्रणाम करता है बन्धु। बाबा ने मठ में मुझे लेकर जो सपना देखा था, वह सच होगा कि नहीं, यह तो अभी कहना जल्दबाजी होगी, लेकिन यह बाबा की गुप्त शक्ति है जिसने मुझे ऐसे देश में भेज दिया जहाँ मेरा आना असम्भव था। प्रेक्षा, तितिक्षा की यात्रा के बाद बाबा ने मुझे मुमुक्षा की यात्रा पर ढकेल दिया है—यह उनका कोई विधान है—गुप्त आज्ञा। मुझे नेपथ्य में रहना जरूरी लगता है। रोज-रोज साहित्य गोष्ठी में जाना न मेरा स्वभाव है, न उचित लगता है। मैंने यह बात साफ-साफ यहाँ के कार्यकर्ताओं को बता दी है। तुमसे बात करके मन कुछ हल्का हुआ। उसका हल्का होना जिस बात पर आधारित है वह तुम्हें बता चुकी हूँ—कल फोन पर। सम्पर्क बिन्दु वही है। दूर हूँ तो क्या हुआ। समय का बहाव आगे हमें किस मोड़ पर खड़ा करता है, उसका गणित समय के हाथ में है। मेरे, तुम्हारे हाथ में नहीं। यूँ भी जोड़-घटाव में अक्षम हूँ—उसमें इति माहिर है। लेकिन इतना जानती हूँ समय कभी भी वापिस वैसे ही शुद्ध रूप में नहीं आता, क्योंकि जीवन के उतार-चढ़ाव में समय भी इधर-उधर होता रहता है। समय की हर माँग को हमने स्वीकारा है और न चाहते हुए विधि का विधान समझ मैं यहाँ आ गई हूँ। जानते हो वीरू, प्रत्येक इनसान अपने रिश्ते को अलग-अलग खिड़की से देखता है। पृथक् कोण और पूर्वग्रह के तहत। तभी न रिश्ते की सम्पूर्णता को देख नहीं पाता, जो दिखाई देता है वह आधा-अधूरा—कटा-छटा ही होता है। ऐसा कटाव, अधूरापन हमारे रिश्ते में नहीं है, क्योंकि कुछ भी देखने की अभीप्सा नहीं है। यह खयाल अभी इसलिए आया, क्योंकि यहाँ दूसरे कमरे में रहने वाली महिला ऐसे नुकीले कोणों से रिश्ते को देखती और नापती है। वैसे मैं उसे जानती भी कितना हूँ। लेकिन यहाँ आकर यह जरूर जाना कि जिस जमीन की मैं पैदावार हूँ, मैं उस जमीन को न भूली हूँ, न उसे कभी छोड़ पाऊँगी। बीज फूटकर वृक्ष बन जाता है लेकिन रहता तो अपनी जमीन पर है न?

सबको यथा योग्य।

तुम्हारी मैं...

मित्र,

तुम्हारा और प्रज्ञा का पत्र मिला। पढ़कर लगा मैं वहीं कहीं तुम लोगों के पास हूँ। वीरू, तुम मेरे पत्रों को प्रिजर्व करना और मैं तुम्हारे पत्रों को सँभालूँगी। इस संचय को हमारे जीवन का इतिवृत्त बनने देना। अब अहम खबरों का खुलासा। इस आधुनिक शहर में भी इस कमरे जैसी जगह का भी अस्तित्व कैसे बचा रहता है, सोचने के साथ विस्मय होता है। कमरे में शाम की वेला हमेशा बनी रहती है। केतकी कहती है, पूरे साल में धूप का एक टुकड़ा भी दिखाई दे जाए तो खुशनसीब समझो। आदमी और हवा के आने-जाने का रास्ता सिर्फ एक छोटा सा दरवाजा। वह दरवाजा भी इतना नीचे कि प्रायः आने वाले को सिर झुका कर आना पड़ता है। उनको देखकर ध्यान जाता है आदिम युग के गुफा निवासी मानव की ओर। खैर, तुम्हारे शहर के जलजले प्रज्ञा के पत्र से मिल गए। प्रज्ञा ने लिखा कि टुकटुकी के साथ पहचान संस्था में व्यस्त हो गई है। यहाँ आने की आपा-धापी में संस्था के प्रति दायित्व और निबाहने का समय ही नहीं मिला। प्रज्ञा, कुछ बातें अहम हैं जो तुझे जानना, समझना जरूरी है। इसे समझो कि बूढ़े इन ओल्डहोम में क्यों रहने आते हैं। क्या उनका घर नहीं होता? होता है प्रज्ञा लेकिन उस घर के अन्य सदस्यों के दिल में इनके रहने की जगह नहीं होती। उपेक्षित, अकेले। प्रश्न गरीब, अमीर घर का नहीं है—प्रश्न उनकी उपेक्षा—नकारा कर देने का है। वृद्ध अतीत में जीने लगता है अतः निराशा, हताशा से घिर जाता है। उन्हें इनसानियत की जरूरत है, दया की नहीं। दया, करुणा से कमजोर व्यक्ति का हृदय परिवर्तन हो सकता है प्रज्ञा, लेकिन उनके जीवन के गुजरे लम्हों की सच्चाई तो नहीं छुपाई जा सकती। तुम्हें उन्हें यह महसूस कराना होगा कि वे संस्था के लिए खास मेहमान हैं—यह विश्वास टुकटुकी पैदा करने में माहिर है। उसमें देने की अदम्य क्षमता है—बिना किसी पावना की चाहना किए। वह देना शुद्धरूपेण होता है। मतलब ऐसे देना जिससे लेने वाले को अपाहिज की झेलन न लगे और न किसी एहसास के नीचे दबे। यह एहसास कराना प्रज्ञा कि संस्था उनसे उनका अस्तित्व छीन नहीं रही है—उन्हें उनका गौरव लौटा रही है। तुम टुकटुकी मौसी से यह गुण जरूर सीख लेना, वरना दान-धर्म-चैरिटी के नाम पर दुकानदारी बहुत हो रही है। यहाँ भी ऐसी दुकानदारी है। वीरू, यहाँ के समीक्षक जब मुझे बुद्धिजीवियों और धर्म संस्थापकों द्वारा साक्षात्कार में शामिल देखते हैं तो प्रश्न ज्यों-का-त्यों आँखों में तैरता रहता है। हाऊ? लेकिन लाचारी में कलम से प्रशंसा करके अपने प्रश्नों को अनुत्तरित रहने देते हैं। तुम जरूर पलटकर इसका जवाब भेजोगे, ऋचा तुम्हें ऐसे आडम्बर, दिखावे की आदत डाल लेनी चाहिए। तुमसे पूछना चाहूँगी क्यों वीरू? ये लोग क्यों नहीं स्वीकारने की आदत डाल लेते हैं

कि स्वशिक्षित हुआ जा सकता है। जीवन में एक आधार बनाकर सत्यम्, शिवम् का रूप भी बनाया जा सकता है। हाँ, भारत की तरह यहाँ कुँवारी माँ की चर्चा नहीं होती—वह स्वीकारा जा चुका है—जानते हो क्यों? म्लेच्छों के शहर की हवा में वासना बहती है—हर नुक्कड़, हर गली में प्रेमलीला चलती नजर आती है। जहाँ वृत्तियाँ इतनी शारीरिक स्तर पर ठहरी हुई हों, वहाँ कुँवारापन कहाँ, और कुँवारी माँ को लेकर दिमाग को क्यों बोझिल करना? यह सब बड़ा सहज, सरल तरीके से स्वीकार लिया गया है। लेकिन इन बुद्धिजीवियों, समीक्षकों की आँखें जब भारत की ओर उठती हैं तो कुँवारी माँ को उसकी गरिमा देने में अक्षम होते हैं। भारत का इतिहास जानते भी कितना हैं ये लोग। नगण्य। ऋचा पुराण यहीं समाप्त।

तुम्हारी मैं...

वीरू,

भाग-दौड़ के जीवन से नफरत है पर वही...वही हिस्से आता है। उसके रहते कितना पानी सिर से गुजर जाता है और पैर धँसे रह जाते हैं। खैर, मैं यहाँ विदेशी हूँ (लेकिन कोई नहीं कहता गो चिनी) न सिर्फ पहनने, ओढ़ने और बोलने के तरीके के साथ-साथ अपने संस्कार और निर्णय पर खड़े रहने की शक्ति की वजह से। डरो मत, अकेलेपन से निपटने में सक्षम हूँ। भविष्य इतना अनिश्चित है, जहाँ आप किसी से आत्मीय बात भी नहीं कर सकते। भारतीय मूल के निवासियों से भी नहीं, चारों ओर लोगों से घिरी हुई हूँ, लेकिन अन्दर-ही-अन्दर एक टापू की तरह बिलकुल सुनसान और कटी हुई। लेकिन इन्हें समझ देती हूँ। वीरू, इनका बचपन होता ही नहीं है, इस वजह से ये लोगों को बेहतर तरीके से प्रेम कर नहीं पाते। प्रेम, विशेषकर आत्मप्रेम, देह वासना, चाहना, कामना से परे का प्रेम माँगलोलिया ग्रैंड फ्लोरा की तरह होता है—कोमल, सफेद, बेदाग और समझ की तीखी गंध। यह निस्संगता और निर्जनता के परे का एहसास है। शुद्ध अन्तःकरण, शुद्ध विवेक, जाग्रत चेतना हो तो ऐसा प्रेम सम्भव है। मुझे मालूम है तुम इन शब्दों के गूढ़ अर्थ को समझ पाओगे। सच वीरू, जीवन में दो ही चीज रीयल होती हैं—फ्रीडम ऑफ थॉट एंड द फिलिंग ऑफ रिस्पोंसबिलिटी फॉर वन सैल्फ। तुम खत पढ़ते मुस्कराये होगे—ऋचा ने इंगलिश खूब बढ़िया बोलना, लिखना सीख लिया है। जैसा देश वैसी भाषा। वैसा भेष नहीं। जरूरी बात—भारतीय माता-पिता चाहते हैं कि इनके बच्चों को संस्कार दूँ। कल कुछ बच्चे इस संस्कार केंद्र में आएँगे। समय कम है—उनके पास भी और मेरे पास

भी। कल एक पेपर पढ़ना है। कल किसी ने एक प्रश्न पूछा, 'लेखक किसे कहेंगी?' हठात् प्रश्न पर निकल पड़ा, लेखक वही होता है, जिसकी जड़ें परम्परा में होती हैं। रूढ़िवादी परम्परा में नहीं। जिसकी संवेदना के अन्त:स्रोत समाज में होते हैं।

शेष फिर—

तुम्हारी मैं...

वीरू,

तुम्हें वह पेपर भेज रही हूँ, जो कल मैंने पढ़ा था। 'वॉट इज रिलिजन' धर्म क्या है?

वेद-शास्त्र-पुराण और सन्त-महात्माओं के वचनों से यही सिद्ध होता है कि संसार धर्म पर ही प्रतिष्ठित है, धर्म से ही मनुष्य जीवन की सार्थकता है, धर्म ही मनुष्य को पापों से बचाकर उन्नत जीवन में प्रवेश करवाता है। ईश्वर की सत्ता को कई लोग स्वीकार नहीं करते, परन्तु उन लोगों ने भी धर्म का विरोध नहीं किया। धर्म का स्वरूप कुछ भी हो परन्तु धर्म का पालन प्रत्येक देश और जाति में सदा से चला आया है। धर्म ही मनुष्य को संयमी, साहसी, धीर, वीर, कर्तव्यपरायण बनाता है। धर्म ही दया, अंहिसा, क्षमा, परदु:ख, कातरता, सेवा-सत्य और ब्रह्मचर्य का पाठ सिखाता है। मनुष्य का धर्म क्या है? उस प्रश्न के उत्तर में धर्म की परिभाषा यह की गई है कि मनुष्य को भगवान ने जो योग्यता दी है, उस योग्यता के अनुरूप जीवन में सुरक्षित रहे—वही धर्म का रूप है। जैसे सन्तरे के पेड़ लगाते हैं तो उसमें सन्तरे का फल ही होना चाहिए—जिस किस्म का सन्तरे का बीज होगा, उसी किस्म का फल उसमें लगना चाहिए तभी उसमें सन्तरे का धर्म सुरक्षित होगा। भगवान ने जो योग्यता देकर आप को इस धरती पर भेजा है उसके अनुरूप यदि आप आचरण नहीं करते और उस योग्यता को खो देते हैं तो आप धर्म से गिर जाते हैं—धर्मभ्रष्ट हो जाते हैं। जो अपने आदर्शों से स्खलित नहीं होता उसका अस्तित्व नाश होना बड़ा कठिन होता है, लेकिन जो अधर्मी विषय सुखों को सच्चा सुख मानते हैं वे पथभ्रष्ट हो जाते हैं। इस समय क्या शिक्षित और क्या अशिक्षित प्राय: अधिकांश जनसमुदाय सांसारिक भोग-विलास को ही सच्चा सुख समझ कर केवल भौतिक उन्नति की चेष्टा में प्रकृत हो रहा है। वर्तमान सभ्यता की त्रासदी यही है कि हम अपने यथार्थ स्वरूप को भूल चुके हैं और कृत्रिम, निष्प्राण तथा व्यावसायिक जीवन व्यतीत कर रहे हैं। आज मनुष्य तकनीकी प्रगति के बावजूद स्वयं को इतना असहाय और असुरक्षित

महसूस कर रहा है। यदि इस शून्यता से त्राण पाना हो तो अध्यात्म की ओर उन्मुख होना ही पड़ेगा। जो सुख विषय और इंद्रियों के संयोग से होता है वह यद्यपि भोग काल में अमृत सदृश भासता है परन्तु परिणाम में वह विष समान ही है। यदि आपको मालूम है कि दूध में विष है तो आप कभी भी उसे ग्रहण नहीं करेंगे और अगर कोई ग्रहण करता है उसे अत्यन्त मूढ़ समझना चाहिए। इसी बात को अन्य उदाहरण से समझें। इचिंग—यानी दाद की खुजली को खुजलाते समय बड़ा सुखद मालूम होता है, परन्तु परिणाम में जो जलन होने पर वही सुख दु:ख हो जाता है।

धर्म को बोझ मत समझो। धर्म बन्धन नहीं वह तो मुक्ति की राह दिखाता है। हर क्षण प्रसन्न रखता है। प्रसन्न रहना बन्दगी है। स्वर्ग, नरक के चक्कर में न पड़ें। सब कुछ यहीं है। कर्म करते रहें, उसके पीछे परिणाम जरूर मिलते हैं। जगत में कुछ भी व्यर्थ नहीं जाता। विधि ने सब कुछ सुनियोजित रूप से सजा रखा है। ईश्वर की सृष्टि में परिवर्तन है, पर पुनरावर्तन नहीं है। महापुरुषों से शिक्षा व प्रेरणा लें लेकिन ठीक उन जैसा बनने की न सोचें। स्वयं के भीतर जो प्रतिभा है उसे ही सँवारें। अपने भौतिक स्वरूप से आगे बढ़ें। आत्मबल बढ़ाएँ। हमारा लक्ष्य होना चाहिए धर्म के माध्यम से आनन्द और प्रसन्नता। द्वेष, हिंसा नहीं। क्षणिक भोग, क्षणिक आनन्द नहीं।

वेद की आज्ञा पालन करना परम आवश्यक है, क्योंकि वेद की रचना किसी रचनाकार व्यक्ति ने नहीं की, वह तो अपौरुषेय है, स्वत: प्रमाण है। वेद की आज्ञा है—''उत्थाव्यं जागृतव्यं योक्तव्यं मूर्तिकर्मसु। भविष्यती त्येन मन: कृत्वा सतत भव्येथा।'' अर्थात् अभी से जागो, उठो, भगवान की शरणागति करो तथा भगवदाश्रित होकर संकल्प करो कि मैं भगवत चरण में रहकर सब कुछ करूँगा। माधुर्य भाव से जीवन जीना है, क्योंकि माधुर्य भाव में ही पूर्ण रस है। माधुर्य भाव का अर्थ प्रेम, वासना नहीं, वह तो शरणागति की स्थिति में मधुरता है। सरैंडर विदाउट कंडीशन। ऐसे भाव आएँगे तब माधुर्यभाव आएगा। जीवन में रस, त्याग जिजीविषा आएगी। धर्म जाग्रत होगा। पश्चिम जगत के लिए यह सरैंडर बहुत आवश्यक है, क्योंकि आज की पीढ़ी नकारात्मक सोच में गिरफ्तार है। शरणागति का अर्थ घर-द्वार छोड़कर संन्यासी हो जाना नहीं है। हमने जो ममता, मोह आरोपित कर रखी है यानी जो अपनापन, मेरा मेरा—उसे उठा देना है। अकर्मण्यता नहीं, कर्म में शरणागति। ''उत्तिष्ठत जाग्रत प्रापय वरान निबोधत। क्षरस्य धारा निशिता दुरत्यया दुर्ग पथस्तत्कवयो वदन्ति।'' अर्थात् उठो, अज्ञान निद्रा से जागो एवं श्रेष्ठ विद्वान् जिस मार्ग को क्षर की तेज धार के समान दुर्लंघ्य, दुर्गम बताते हैं, उसको महापुरुषों, महात्माओं के पास जाकर समझो। महात्मा

का अर्थ—महान आत्मा। ऐसी आत्मा धर्म को एक दृष्टि से देखती है। सब धर्म एक हैं—हमारी समझ का फर्क है। आप मानवता को नष्ट करने वाला कोई भी अवगुण, अधर्म अपने अन्दर मत रहने दीजिए। जिससे मानवता सम्पुष्ट हो उन्हीं सद्‌गुणों को धारण कीजिए। यही मानवता है और यही मानव धर्म है। जो धारण करने योग्य है उसे धर्म कहते हैं। महापुरुष वे हैं जो परमात्मा के तत्त्व को यथार्थ रूप से जानते हैं। महापुरुष सब भूतों में द्वेषभाव से रहित एवं स्वार्थ रहित, अहंकार रहित तथा सुख-दुःख में सम एवं क्षमावान हैं। ज्ञानी और अज्ञानी के कर्मों में यही अन्तर है। दार्शनिकों ने जहाँ काल के वास्तविक द्रव्य होने का खंडन किया है कि काल कोई वस्तु है ही नहीं वहाँ वे ये भी कहते हैं कि यदि आदमी पर दुःख पड़ा हो तो उसको एक रात छह महीने के बराबर मालूम पड़ती है और यदि उसके जीवन में, घर में सुख हो, आनन्द हो तो रात कब बीत जाती है पता ही नहीं चलता। काल मन का संवेदन है। इस संवेदन में सात्त्विक धैर्य बना रहना चाहिए, जिससे मन विक्षिप्त न हो पाए। अपने को रोकने की शक्ति धर्म के माध्यम से बनी रहती है। संसार तेज रफ्तार से बदलता जा रहा है वहाँ यह जान कर आनन्द मिलता है कि कुछ बातें अभी भी वैसी ही हैं जैसी पहले थीं। आनन्द। आनन्द ही ब्रह्म है। आनन्द से जीवन की उत्पत्ति है। आनन्द विश्व चेतना है अत: ब्रह्म है। ब्रह्मांड की असंख्य इकाइयों को परस्पर अन्योन्याश्रित रूप में स्थिर बनाए रखने वाली गुरुत्वाकर्षण शक्ति भी यही है। अत: आनन्द है तो भगवान है—धर्म है। भगवान क्या है? इस सम्बन्ध में क्या कहूँ। सबके अपने-अपने विचार हैं परन्तु मुझे अपने निश्चय पर सन्देह नहीं है और न ही दूसरों के निश्चय को गलत बताने का मुझे अधिकार है। भगवान क्या है, उसका वास्तविक उत्तर तो स्वयं भगवान ही जानते हैं। हाँ—भगवान, गॉड, अल्लाह के विषय में सभी शास्त्र उनके नजदीक का वर्णन करते हैं—लेकिन वह पूरा वर्णन नहीं, अधूरा ही रह जाता है। हाँ, भगवान है अवश्य, उनके होने में रत्ती भर भी शक नहीं, यह दृढ़ निश्चय है। अभी किसी ने पूछा, "ही कैन नॉट अंडर सैंड द कॉनशस ऑफ डूइंग रॉन्ग, इफ ही हैव नो फ्री विल एंड नॉट अकांटेबल।" यह सोच की मूल भूल है। वे खास भावना को एक सरल और आन्तरिक जरूरत समझते हैं। भगवान को भी इसी भूल के तहत गिनते हैं। सद्‌विचार या चेतना—सत्य की पहचान से उत्पन्न होती है। जो अन्तरात्मा को मान्य है वही सही, सत्य है और करने लायक है। सही-गलत की पहचान शुद्ध मति से करनी होती है। ध्यान रहे परमात्मा की प्राप्ति से ज्यादा कठिन परमात्मा पर विश्वास का होना है। आप किसी भी मत को मानें। सबसे प्रधान और श्रेयस्कर वही मत है जिसमें अहिंसा, साम, अस्तेय, ब्रह्मचर्य, अपरिग्रह, ज्ञान-वैराग्य,

इन्द्रिय दमन, तितिक्षा, श्रद्धा, क्षमा, दया, निर्भयता, निहंकारता, मैत्री आदि गुण हो। इसी धर्म को धारण करने से भीतर शान्ति मिलती है।

सर्वे भवन्तु सुखिनः सर्वे सन्तु निरामयाः
सर्वे भद्राणि पश्यन्तु मा कश्चित् दुःखभाग् भवेत्।
ओ३म् शान्तिः शान्तिः शान्तिः।

वीरू,

आज कुछ नहीं सिर्फ प्रज्ञा का खत तुम्हें भेज रही हूँ। तुम्हारी बेटी बड़ी अक्लमन्द हो चली है। ''माँ, तुम मुझे टोका करती थीं कि मैं क्यों एक तेज गति से क्रियान्वित हो उठती हूँ—यह जानते हुए भी कि एक खास तरह की धीमी गति मेरे भविष्य के लिए बहुत जरूरी है। मैं जानती हूँ कि अपने आतंक से, अपने नाइटमेयर से उत्पीड़न नहीं होना चाहिए, क्योंकि मुझे भय से ऊपर उठना होगा। तुम कहती हो माँ, मुझे अपने आत्मविश्वास की जड़ों को गहरा करना होगा—एक गहरी नींव की तरह। तुमने कहा भरोसा खुद पर रखो तो वह ताकत बन जाता है और दूसरे पर रखो तो कमजोरी। अपूर्व से भी ऐसी बातें सुनने को मिलती हैं और टुकटुकी मौसी। डाँटकर बोलती है एई में—भावना-टावना गटर में फेले दे आर तोर मॉर मोतुन युद्ध कर। किछु भापते होबे ना—जा होच्छे होते दे। तुम भी यही कहती थीं माँ कुछ न सोचूँ, जाने दूँ—होने दूँ, जो कुछ हो रहा है बाहर भीतर।'' वीरू, टुकटुकी ने जैसे प्रज्ञा को सँभाला है—क्या मैं कर पाती? प्रज्ञा समझ गई है कि डैलिकेसी हैल्पलैसनैस शैतान का दूसरा चेहरा होता है। वह कोशिश कर रही है कि वह रिकवर हर होलनैस। तुमने लिखा प्रज्ञा के जीवन में तुम ही तुम हो। नहीं वीरू, जितना प्यार तुम उसे देते हो उसका शतांश भी मैं नहीं दे पाती। देना नहीं चाहती—ऐसा नहीं है—लेकिन लेखन ने जकड़ रखा था। और टुकटुकी की ममता के आगे तो अपन दोनों शून्य हैं। ऐसी सखी बड़े संयोग से मिलती है। मुझे मालूम है कि वह किसी पत्र में कोई सन्देशा नहीं भेजती—खुद के टूट जाने के और मेरे कमजोर पड़ जाने के भय से। पक्षी को पढ़ाना हो तो खुद पक्षी होना पड़ता है—इसीलिए भीतर से गम्भीर मेरी सखी प्रज्ञा के साथ ममत्व के साथ बचपना रखती है। आज तुमसे बातें नहीं कर पाई लेकिन इसका अर्थ कदापि मत लेना कि मेरे ध्यान में तुम नहीं हो। मेरे ठाकुर, बाबा के बाद जो स्थान है वह तुम्हारा ही है। यह तो स्वीकारोगे कि कभी-कभी एकान्त और खामोशी भी आवश्यक होती है।

तुम्हारी मैं...

वीरू,

अच्छे होगे। स्मरण बना रहता है। कौंधते स्मरण में भी कुछ कहना नहीं हो पाता। जीवन की चाल वही बेढंगी। फालतू की व्यस्तताएँ...दुनियादारी। लेखन लँगड़ाता हुआ। बेचैनी हर पल की। पता नहीं वह स्थल मैं कहाँ छोड़ आई हूँ, जहाँ से मन को अर्थवान के बीच बने होने की अनुभूति होती थी। सच वीरू, इन दिनों विशेष कुछ नहीं लिखा। लिखना चाहा भी नहीं, न लिख पाने का क्षोभ नहीं। तमाम सोच मुझसे बहुत दूर हैं। पढ़ कर हैरान होगे कि मैंने अखबार तक हाथ में नहीं उठाया—पढ़ना तो दूर की चीज! वहाँ के समाचार प्रज्ञा देती रहती है। गौरा दी, मिन्नी, इति, शंकर, टुकटुकी। टुकटुकी की बकबक बहुत याद आती है। यहाँ के लोग न हँसना जानते हैं, न रिश्ते बनाते हैं। जो है वह सब व्यवसाय के क्षेत्र तक सीमित है। अब समझ में आता है कि यह अकेलापन ही इन अंग्रेजों के बच्चों को शराब, पब, ड्रग में डाल देता है। लेकिन मेरे लिए लोगों की घुसपैठ नहीं होने से सोचने को बहुत कुछ प्राप्त हो जाता है। भीड़ के आते ही मेरे अन्तरमन को किसी कुएँ में गिरने से बचाने के लिए गहरा प्रयत्न करना पड़ता है। प्रज्ञा ने लिखा—ओ माँ, आय एडमायर यू। हाऊ यू हैड स्मैश्ड यौर ओल्ड सैल्फ ऐंड क्रियेटिड अ न्यू वन विथ न्यू जैश्चर्ज। यू आर सुपर माँ, आय लव यू। उसे कैसे समझाऊँ कि अनचाही जगह और अनचाहे लोग जीवन में संचार नहीं पैदा करते बल्कि जीवन के किनारों को चूहों की तरह कुतर-कुतर कर रख देते हैं। पता नहीं मैंने तुममें एक बदलाव की चाह जरूर की थी। ऐसा बदलाव जो पुराने को तुममें पुनः बिल्डअप कर दे और बाहरी संसार में किसी नए सैल्फ को जन्म देवे। जानती हूँ तुम्हारा बदलाव मेरे स्वभाव से फर्क और गति में प्रज्ञा से ज्यादा तेज होगा।

विश्वास करो वीरू, तुम्हारे साथ चले कदमों को जो स्वाभाविक आनन्द हासिल हुआ है, वह यहाँ हैड लाइन्स में छप कर भी नहीं मिल रहा। मूक दर्शक हूँ मैं।

तुम्हारी मैं...

वीरू,

मैं जब यहाँ बुद्धिजीवियों के बीच समाजशास्त्र, धर्मशास्त्र की बातें करती हूँ तो खुद को छला हुआ पाती हूँ। ये हर सम्बन्ध को, वार्ता को खोटे सिक्के से कैश करवाने में जुटे हुए होते हैं। लगता है लैक्चर नहीं दे रही हूँ, खानापूर्ति करते हुए कोल्हू के बैल की तरह खुद को थका रही हूँ। मैं इस समय कहीं नहीं हूँ, तुम्हारे

साथ भी नहीं। तुम से भी दूर। तुमने लिखा, तुम्हारी व्यस्तता को समझ देता हूँ। तुमने लिखा कि जब दो व्यक्ति वर्षों से एक साथ रहते आए हों तो वे सब एक-दूसरे के शारीरिक होने की प्रतीति से अनभिज्ञ हो जाते हैं, इस वजह से वे ऐसे साथ रहते हैं या चलते हैं मानो अकेले हों। अपने आप से बात करते हुए, किसी उत्तर की प्रतीक्षा किए बगैर। सच, ऐसे रिश्ते से न उत्तर की प्रतीक्षा होती है, न आकांक्षा। तुम्हारा खत जवाब चाहता है—तुरन्त। जवाब में यही कहूँगी कि मैं यहाँ तुम्हारे बिना इस अधम समाज के जनसमूह में असहाय सी महसूस कर रही हूँ, मानो रीढ़ की हड्डी ही गायब हो। ऐसा समाज वहाँ भी है वीरू, लेकिन वहाँ की जड़ें भीतर तक गड़ी हुई हैं। यहाँ तो सब कुछ अप्रकृत है। यहाँ के लोगों के विचार, यहाँ के मौसम की तरह कभी एक जैसा नहीं रहता। टुकड़ों-टुकड़ों में इनसान दिखता है। शहर लाइफलैस, लोग टैक्नीकल फूलज़। इन गोरी चिड़ियों को यही पता नहीं कि उनका घोंसला किस धातु का बना हुआ है, वे धर्म के तत्त्व को कहाँ से जानेंगे। खैर, प्रज्ञा का खत पढ़ कर लगा वह जिन्दगी को लेकर और मुझे लेकर भी उलझी हुई है। यह उलझन जीवन बनाने, समझने के लिए सही सूत्र है—सही बनावट है। पीड़ा से जन्मे जीवन से उबरकर औरों को सुख देने, खुद को बाँटने का प्रयत्न करना चाहिए। 'पहचान' संस्था प्रज्ञा को दिशा जरूर देगी। अपूर्व उसका मित्र है और मित्र से शक्ति भी मिलती रहती है—युद्ध में खड़े रहने की शक्ति। युद्ध ही तो जीवन है। जैसे तुमने मुझे शक्ति दी वीरू—न आज्ञा, न संकेत सिर्फ साथ होने का एहसास, पूरी ईमानदारी के साथ। यह शक्ति अपूर्व जरूर प्रज्ञा को देगा—ऐसा मेरा विश्वास है। एक हफ्ते में लन्दन देख डाला। टूर लिया था सो ट्रैफनगर स्क्वायर, चर्च, बिगबैन, चेन्ज ऑफ गार्ड, टावर ऑफ लन्दन, मादाम टूसो। सब जगह भीड़, तौबा-तौबा। शेक्सपियर साहित्य लुप्त हो रहा है। तुमने ठीक कहा था अनपढ़े लोगों में लोक शिक्षा जिन्दा रहेगी। महाभारत, रामायण—लोक प्रचलित हैं। बातें बहुत हैं, समय कम।

तुम्हारी मैं...

वीरू,

मेरे उपन्यास सब अंग्रेजी में छप गए हैं। 'पूर्णमिदम्' पूर्णता की ओर है, तुम्हें भेज दूँगी, फिर 'अधिकृत बेड़ियाँ' लिखना प्रारम्भ करूँगी। अक्सर किताबों का सम्बन्ध उसके रिव्यूज पर होता है, लेकिन मैंने अपनी किताबों के रिव्यूज पर न ध्यान दिया, न जिज्ञासा दिखाई कि कहाँ, क्या लिखा है और लिखने वाला कौन है? मैं स्वयं रिव्यू लिखना पसन्द भी नहीं करती, सिर्फ इस कारण

कि निन्यानबे प्रतिशत लेखक अपने विषय को रिव्यू से ज्यादा जानता है। फिर भी इसी में उलझा रहता है—रचना का जीवन इन रिव्यूज में बन्द हो जाता है। प्रभु की कृपा से मेरा लेखन ही मुझे आनन्द की पराकाष्ठा देता है। जानते हो वीरू, लोगों से मिलते चले जाने में और खुद को मंच पर खड़े होकर भाषण देते चले जाने में इनसान को समय के साथ-साथ उसका निजत्व भी वेस्ट हो जाता है। यह एक एगनी है वीरू जिससे न उबरा जा सकता है, न उसे सहकर खामोश रहा जा सकता है। वन हैज टू नॉट ओनली फेस बट लिव दिस एगनी। प्रज्ञा कहेगी—माँ इन्जॉय यॉर सक्सैस। जानती है प्रज्ञा सफलता हमारी अपनी छाया है, उसे पकड़ने का प्रयत्न नहीं करना चाहिए। अपनी राह चलते रहने पर सफलता स्वयं ही साथ चलेगी, क्योंकि छाया तब तक तुमको फालो करेगी, जब तक तुम रोशनी की ओर चलती रहोगी। अरे वीरू, एक मजेदार टिप्पणी सुनो। एक भद्र पुरुष ने चाय के कप पर टिप्पणी की कि हेमिंग्वे कहते थे कि नॉरमन मेलन के लेखन में शब्दों का डायरिया है और मैं कहता हूँ ऋचाजी की वाणी को कब्ज है। बोलती कम लिखती ज्यादा है। सुना और मुस्करा दी। क्या कहूँ—ऐसी परिस्थिति के लिए सही शब्द नहीं हों तो मुस्करा देना बेहतर है। शब्द उलझा देते हैं, पर मुस्कराहट हमेशा काम कर जाती है। और हाँ—मित्रों की प्रेरणा से बालकों के हितार्थ—'हाऊ टू बी गुड ह्यूमन वीइंग' पर चर्चा होगी। समय कम है। कुछ एक ही क्लास ले पाऊँगी। बच्चों के भीतर सद्‌गुण और सदाचार आएँ तो बाल-संस्कार केन्द्र की स्थापना एक सही दिशा की ओर कदम होगा।

सब को यथायोग्य।

तुम्हारी मैं...

वीरू,

चक्रवात का नाट्य-रूपान्तर प्रारम्भ हो गया है। इसकी वजह से केतकी से मिलना लगातार होता रहता है। केतकी अपने पति से लड़कर यहाँ रहने लगी है। मेरे बगल वाले कमरे में। इसका पति दूसरी औरतों से इश्क वगैरह करके केतकी के पास लौट आया था, लेंकिन केतकी ने टका सा जवाब देकर कहा, "यू नो, आय कैन नॉट कम बैक टू यू—कॉलीन।" क्यों पूछने पर केतकी बिदक गई, "इज इट नॉट आबबियस ? वी हैव रीमेड अवर लाइफ्ज विदाउट ईच अदर, ऐंड दैटज हाउ इट मस्ट बी। विल्यु नैवर ग्रो अप ? नैवर फेस फैक्टस। इनस्टैड ऑफ प्रीटैंटिंड दे डू नॉट एकजिस्ट।" मैं देखती रह गई। शाम जब रीजेन्ट स्ट्रीट में घूम रहे थे तो

वही भद्र पुरुष दूसरी औरत के साथ घूम रहा था। सच वीरू, मेरे मत के साथ विदेशियों के मत का पार्थक्य देखकर यही समझ आता है कि चाहे संसार कितना भी सिकुड़ गया हो—देशों के सोचने के ढंग और आदर्श बिलकुल भिन्न हैं। लन्दन जैसे निर्मम स्थान में मन सूखकर काठ हो गया है। बन्धु, साथ-साथ भीतर से वैराग्य भी सिर उठाकर बाहर नजर आता है। इस नीरस शहर का दबाव मुझ पर आता जा रहा है। शायद मैं थक गई हूँ। बनावटी मिलना, मिलाना मुस्कराने से ऊब गई हूँ। तुम बहुत याद आते हो, यह भी जानती हूँ कि तुम भी इसी स्थिति में होगे। खैर, प्रज्ञा उवाच, "माँ, जब से तुम गई हो इस शहर में एक उदासी, एक खामोशी छाई हुई है। लोगों की भीड़ तुम्हारे पीछे से मंच पर तुम्हारे उपन्यासों पर चर्चा करती है—हाउ बोरिंग।" वीरू, तुम्हारी पैगी ने कहीं तूलिका की जगह कलम तो नहीं थाम ली। उसे कहना भीड़, समाज उनकी प्रशंसा या उनके द्वारा मिली बदनामियों के सामने युयुत्सु की तरह हर पल, हर क्षण, तत्पर होना होता है, वरना खंड-खंड अस्तित्व हो जाता है। वैसे तुम्हारी बेटी है, तुम्हारी लाडली है, तुम्हारे पास है—मैं क्यों चिन्ता करूँ? ऊपर से उसकी टुकटुकी मौसी। प्रज्ञा पर जितना स्नेह उतनी ही गहरी गिद्ध की दृष्टि। और अपूर्व? उसके जीवन को दिशा देनेवाला। ठीक वैसे जैसे तुमने मेरा दिशा-निर्देशन किया। कितनी बार दोहरा चुकी हूँ यह बात, और दोहराती रहूँगी।

तुम्हारी मैं...

जनाब वीरू,

खुशियाँ मेहमान हो गई हैं और उलझनें किरायेदार। सुबह आठ से रात नौ बजे तक काम में बीतते हैं। मानसिक श्रम इन लोगों के साथ नहीं करती क्योंकि अंग्रेजों में विचारों में परिवर्तन लाना असम्भव ही है। यहाँ बुनियादी समस्याएँ काफी हैं। रेसिज़्म, सेक्स, ड्रग्स, बेकारी आदि। ये लोग सोच भी नहीं सकते कि परिवर्तन किसी शृंखला में बँध नहीं सकता। बाँधा जा ही नहीं सकता क्योंकि परिवर्तन ही भविष्य को उन्नत करता है। इतिहास गवाह है। ये सत्य का न सामना करना चाहते हैं न उसे थामना चाहते हैं। एक भ्रम, एक छलावा, भुलावे में बस जीवन बसर करते चले जा रहे हैं और बेवजह समस्याओं में उलझ जाते हैं। समझना ही नहीं चाहते कि परिवर्तन का एक व्यक्तित्व होता है जिसके माध्यम से साहित्य समाज की जीवन यात्रा को जाना जा सकता है—अतीत को वर्तमान से जोड़ने का सूत्र। यहाँ परिवर्तन के नाम पर सिर्फ हिंसा, खुला सेक्स। सच वीरू समझ में नहीं आता कि पश्चिमी समाज चाहता क्या है? कुछ भी स्थिर नहीं। पहरावे की तरह बदलते

आचार-विचार। मृत प्रगति इसे ही कहते हैं। यहाँ सब कुछ दिमाग से चलता है, हृदय का व्यापार यहाँ नहीं। सोच-समझकर जोड़े सम्बन्धों में इनकार भरी इच्छाएँ स्पॉन्टेनिअस जिन्दगी के विरुद्ध चलती नजर आती हैं—भावनाहीन, दयाहीन, सहानुभूतिहीन ऐसी परिस्थिति में कोई विवेकपूर्ण विश्लेषणात्मक साहित्य की रचना कैसे कर सकता है। असम्भव नहीं तो कठिन जरूर है। बाबा—ऐसे अधिकार-लिप्सु और अपने कर्तव्य की तरफ इतनी उपेक्षा दृष्टि रखनेवाले को उच्चारा करते थे अधम मानव। वे कहा करते थे कि अधम मानव आसुरी सम्पदा के नाते धनाढ्य और देवी सम्पदा से दरिद्र होते हैं। इन अधम मानवों के बीच मैं तुम सबके बिना असहाय महसूस कर रही हूँ। दोष न इस शहर का—न जनसमूह का—दोष मेरा है, मेरे संस्कारों का है। कह सकते हो आय एम प्रिमीटिव पर्सन। दिखावा मेरी फितरत में शामिल नहीं और जहाँ हर रिश्ते में एक भय, एक औपचारिकता हो वहाँ अपनापन कहाँ से आएगा?

तुम्हारी मैं...

वीरू,

तुम्हारी ऐसी चुप्पी से एकदम डर जैसा लग रहा है। उठते, बैठते तुम्हारे स्मरण का छू-छू जाता भाव, फिर भी उसे व्यक्त करने की असमर्थताएँ। अभी इति के पत्र से सौगत दा के देहान्त का पता चला। मन में वेदना हुई। सौगत दा हमारे जीवन के सफर में हमसफर थे—हमारा जीवन बनाने की आधारशिला। सान्त्वना से तुम्हारी वेदना कम नहीं होने की लेकिन सौगत दा ने जो शक्ति हममें पैदा की है—वह तो हमेशा जिन्दा रहेगी। हमें पेड़ को उसके फल के माध्यम से जानना चाहिए। सौगत दा की बातें, उनका चरित्र हम सबमें जरूर सार्थकता भर देगा—विशेषकर तुममें। यह मेरा विश्वास है। शंकर ठीक है न? और टुकटुकी, गौरा दी। वीरू, मन को ज्यादा वेदनाशील मत करना, सत्य को स्वीकार लेना बन्धु। पीड़ा बोध से उद्विग्न मत होना। रवि बाबू ने एक जगह लिखा था—"आलो जखन भालो करिया ना धरे, तखनि केबल धुआँ बाहिर हुइया, कालीमाय समस्त टाकिया फेले। आलो जखन धरिया उठे तखन समस्त धोआँ के निरस्त करिया दिया समस्त संशय, संकोच, दुःख के काटिया फेलिदा, अकुंठित तेजे दीपमान हइया प्रकाशित हय।" तुम्हारे जीवन का भी यही श्रेष्ठ सत्य है वीरू। खैर, आज सम्मेलन वालों ने प्रशंसा पत्र दिया। साथ में चैक भी। जाने क्यों सखे, चैक हाथ में लेकर अतीत में चली गई। मैं, गाँव की बालिका, जिसके बापू ने गरीबी के तहत अपनी लाडली को मन्दिर के अधीन कर दिया—जहाँ बाबा जैसे श्रेष्ठ योगी के संस्कार और शिक्षा

मिली, तुमसे मिला साहित्य ज्ञान। बीते उन पलों में आज भी जीवन्त भाव है लेकिन यहाँ जो देना-पावना हो रहा है वह बस एक खानापूर्ति, औपचारिकता मात्र भर है। यहाँ एक से बढ़कर एक साहित्यकार हैं—उनकी बातों में आशा, आकांक्षा का पता भी मिलता है—लेकिन इनके पते पर किसी स्थायी भाव का निवास नहीं मिलता। यह यहाँ का संस्कार है। सब कुछ ढोल की तरह खोखला। अभी धीरे-धीरे गुनगुना रही हूँ—सुनो—

विपदे भोरे रक्खा कौरो, एई नहे भोर प्रार्थना
विपदे आयी ना जैनो करी ना भय

तुम हो तो भय कैसा। वैसे एई देशेर आमार ठाई नाई।

ठीक रहना

तुम्हारी मैं...

वीरू,

प्रज्ञा का पुनः एक खत। माँ-आय आलमोस्ट सीज टू एग्जिस्ट। तुम्हारे बारे में सोचती हूँ, कल्पना करती हूँ और सोचती हूँ वह दिन कब आएगा—जब तुम घर का दरवाजा खोल भीतर आओगी। बस अब आने की तैयारी है। प्रज्ञा कहती है माँ अपूर्व जब मेरी जिन्दगी में आया तो मैं चौंक ही नहीं गई थी, भयभीत भी हुई थी। शंकित थी उस समय। बाबुम से बात भी की थी। उस समय तो उसका व्यक्तित्व एक साधारण कलाकार सा लगा था, लेकिन माँ, अब लगता है इतने असाधारण व्यक्ति के साथ जीवन निर्वाह करने का दुःसाहस मैं जुगाड़ पाऊँगी ? अपूर्व हमेशा तुम्हारा उदाहरण देता है—तुमसे बहुत प्रभावित है—कहता है तुम माँ जैसी न भी बन पाओ, लेकिन उनका अंश हो, संस्कार हैं तुममें, तुम जीवन की सफलता को छू लोगी। मुझे तुम्हारा बाबुम का साथ याद आता है—अजीब सा भय पैदा हो गया है माँ। कहीं मैं चल पड़ी तो टूट न जाऊँ। फिर चेहरा तुम्हारी ओर और बाबुम की ओर जाता है। दो प्राण, दो मन, दो धारा किस तरह पास चलते हुए भी एक हैं! कितने सुन्दर छन्दबद्ध तरीके से एक ताल, एक लय में बँधे हुए—कहीं भी कुछ बेसुरा नहीं। इतना पवित्र सम्बन्ध न देखा, न सुना, न कोई मानेगा—लेकिन माँ, मैंने इस हकीकत को देखा है—टुकटुकी मौसी इसकी गवाह है। मैंने अपूर्व से दोस्ती बढ़ाई है—चित्रकला भी आगे बढ़ती जा रही है—मर्यादा में रहकर हम करीबी मित्र बन गए हैं माँ।

यहाँ के समाचार ज्यों-के-त्यों हैं। गौरा मौसी की पार्टी, मिन्नी की पब पार्टी, बाबूसा खामोश और अकेले होते जा रहे हैं। इति मौसी अपनी रौ में चलती रहती

है। 'पहचान संस्था' के कारण मैं, टुकटुकी मौसी आसपास के गाँव हो आते हैं। इस फील्ड में बहुत काम है माँ। इतने उपेक्षित, अपमानित, लाचार, इन ओल्ड पीपल को देखकर मन क्षुब्ध हो जाता है। धीरे-धीरे संस्था में सदस्य बढ़ रहे हैं। बाबूसा से आर्थिक सहायता भी मिलती रहती है। तुम आ जाओ बस। बाबुम ठीक है। शंकर दा, टुकटुकी मौसी तुम्हारे आने का इन्तजार कर रहे हैं।

तुम्हारी प्रज्ञा...

वीरू महाशय,

प्रज्ञा की बीमारी की खबर मिली--तुम लोग उसकी तीमारदारी कर रहे हो या आदत बिगाड़ रहे हो। तुम ढेर सारे फल, फूल, मैगजीन ले आते हो और टुकटुकी आते-जाते प्रज्ञा के सिर पर हाथ रख बुखार देखती रहती है। यह खबर तुम तो देने से रहे—प्रज्ञा से ही मिली। लिखा--माँ, तुम जैसे बाबुम को फल काट कर बैठकर खिलाती हो न, ठीक वैसे बाबुम मेरे सिर पर सवार रहते हैं। मैं चिन्तित नहीं हूँ--तुम्हारे और टुकटुकी के रहते मुझे काहे की चिन्ता। चिन्ता है तो इस बात की, प्रज्ञा की तीमारदारी में तुम कहीं बीमार मत पड़ जाना। वीरू—आराम तुम्हारे लिए लक्जरी नहीं नैसेसरी है। तुमने लिखा हमारे खतों को कोई पढ़े तो हमें बतियाते हुए समझे, सुने। वे खत ही क्या जिनके शब्द प्रकृत होकर नहीं आते जैसे पेड़ के पत्ते—तो बेहतर है वे न लिखे जाएँ। प्रज्ञा समझदार हो गई है—उसकी समझ को साधुवाद। अपूर्व का योगदान बहुत बड़ा है वीरू, वह उसे समझाता रहता है कि माँ ने ही नहीं बाबुम ने भी कितना बड़ा सैकरीफाइज किया है। सात फेरों से बँधे न होते हुए भी तुम दोनों का बन्धन अटूट है—अद्‌भुत कैम्पेनियनशिप। आज मैं तुम दोनों के प्रति गौरवान्वित हूँ। देखा न माँ—मैं भी बड़े-बड़े लिखना सीख गई हूँ। वीरू, शंकर-टुकटुकी खुश हैं न? आते ही विवाह बन्धन में बाँध देंगे। बाहर जाती है कि नहीं। टुकटुकी को खदेड़ कर शंकर के साथ भेज दिया करना। जाने क्यों आज गाँव याद हो आया—मैं, तुम, टुकटुकी, वीरू सभी खेतों में खेलने--मन्दिर में भजन गाती मैं--बाबा की आँखों में अपने लिए ढेर सारे सपने देखती मैं। सब बीतता जा रहा है। समय, उम्र, विचार सब-सब।

ठीक रहना।

तुम्हारी मैं...

सखे,

आज अहम खबरों का खुलासा पढ़ो। शहर में हिंसात्मक जलजले रह-रहकर घट रहे हैं। फिर भी सब काम ज्यों-के-त्यों होते रहते हैं। यहाँ के समीक्षक मेरी प्रशंसा करके कदम उखाड़ना चाहते हैं। तुम यह सब पढ़कर लिखोगे मेरी रहनुमा तुम्हें इन प्रशंसकों के साथ जिन्दा रहने की आदत डालनी पड़ेगी--क्षमा करें जनाब—इनके बीच कुछ दिन और रही तो यह शहर मेरे चिथड़े-चिथड़े कर देगा और तुम बैठे-बैठे उन चिथड़ों की सिलाई करते रहना। एई वीरू, कभी ऐसा हादसा हो जाए तो मुझे मूँज की रस्सी से मत बाँधना--उसे गुलाब के फूलों से बाँधकर मुझे बाँधना। ठीक। बस हो गए न उदास। पगले, साँस रहते मन की बात नहीं कहूँगी तो क्या मरकर भूतनी बनकर तुम्हें बताऊँगी। सच तो यह है अगर बाबा की वाणी में सत्यता है तो मेरे योगी मैं मोक्ष प्राप्त करूँगी।

वीरू, तुम क्या व्यवसाय में बहुत उलझ गए हो? गाँव, बंसी, अल्हड़पन कुछ भी याद नहीं आता। तुम्हारी अन्तरात्मा क्या कहती है?

मुरली—कुंजिन कुंजिन बाजती।
सुने री सरित, श्रवण दे तुम जेहि विध हरिमुख बिराजती
कर पल्लव जब धरत साँवरे सप्त स्वर साज निकले झाँकती
सूरदास दसों दिसा न भई, सबहिन के सिर गाँजती।

मुरली मत छोड़ना वीरू। तपस्या है वह तुम्हारी—

प्रसन्न रहना--

तुम्हारी मैं...

सुनो,

प्रज्ञा की बातें नर्सरी टाक्ज नहीं रहीं। लगता है मेरी अनुपस्थिति में इस लड़की ने अचानक ही अपनी उम्र से आगे की लम्बी छलाँग लगा ली है। अपूर्व का कमाल है यह। अब अपने देश आकर अपूर्व को अपने नजरिये से देखना चाहूँगी। अपनी आत्मा से महसूस करना चाहूँगी। हमारी प्रज्ञा को वरण करने की इच्छा रखने वाला पुरुष निश्चित ही बहुत मैच्योर और प्रज्ञावान होगा। सब जानते हुए मैं उस व्यक्तित्व के भीतरी तत्त्वों को अपनी छठी इन्द्रिय की कुंजी से खोलना चाहूँगी। सच के प्रति मेरी भूख को तुमसे और टुकटुकी से ज्यादा और कौन जानेगा। यह मेरा एकान्त डिवायन है। कुछ भी छोटा, रिमोट, बड़ा या ऑबसीन नहीं।

प्रज्ञा के बारे में सोचती हूँ तो बार-बार अपना बचपन याद हो उठता है। ऐसा लगता है कल की ही तो बात थी जब दो नन्हे बच्चे तालाब किनारे खेला करते

थे। बंसी की धुन पर एक अबोध लड़की कभी नाच करती तो कभी बंसी बजाने वाले के लिए झूठ-मूठ का घर बनाती, खाना पकाती। वह छेड़-छाड़—वह अल्हड़पन, कान पकड़कर पढ़ाना, नाक खींचकर उसे चिढ़ाना—सब कहाँ गया वीरू? तुम्हें याद है वीरू—कुछ? थोड़ा-थोड़ा? मुझे याद आता रहता है अक्सर। मेरे एक खत में उसका जिक्र भी था। फिर उसी बात, उसी एहसास को दोहरा दिया है। अब आने के दिन नजदीक आ रहे हैं सो भारत की याद तीखी हो गई है।

बाबूसा को प्रणाम। गौरा दी, राशिद भाई को राम-राम। मिन्नी बिटिया को प्यार। मस्ती में कमी आई कि नहीं। शंकर, टुकटुकी को अखंड प्यार। बहुत याद आते हैं सब।

तुम्हारी याद में—

तुम्हारी मैं...

वीरू,

इति का सन्देश तुम्हारे माध्यम से मिला। उससे कहना, मैं यहाँ लिखना तो शुरू करती हूँ, लेकिन समाप्ति तक नहीं पहुँच पाती। यहाँ समय दौड़ता ही नजर आता है—ठहराव नाम की चीज ही नहीं। लिखने और उसके व्यवधान में अन्तराल बहुत ज्यादा हो जाता है। लिखते समय शब्द किसी खाली कोने से निकलते लगते हैं। लिखना अपने आप में थकाने वाला अनुभव जैसा यहाँ लगने लगा है। इति, मैं तेरे भय से शब्दों को अनुशासित और संयमित करने का प्रयत्न करती हूँ, लेकिन कर नहीं पाती। सब कुछ धुन्ध की तरह लगता है। जिन्दगी के जहाज का कम्पॉस लगता है भारत ही छोड़ आई हूँ अतः सब दिशाहीन। सच इति, लन्दन प्राणहीन लोगों से भरा है। समझ में नहीं आता कि चारों ओर फैली धुन्ध लोगों को प्राणहीन बनाती है या प्राणहीन लोग धुन्ध पैदा करते हैं। इति, सौगत दा की मृत्यु का सुना। तुम्हारे अच्छे मित्र थे। मित्र के जाने का दर्द समझ सकती हूँ, लेकिन तुम्हें नहीं लगता इति कि जीवन की गरिमा मृत्यु ही देती है। हम जो कुछ जीवन में करते रहे हैं उसको गरिमा मृत्यु के बाद ही मिलती है—वे बातें मृत्यु के बाद ही याद आती हैं, वरना लगता है इनसान की जिन्दगी टेकन फॉर ग्रान्टेट ले ली जाती है। चक्रवात का नाट्य-रूपान्तर समाप्त हो चुका है। पहले दिन के रिहर्सल पर डैनी ने नायक की भूमिका को ऊँची आवाज में पढ़ा तो दूसरे दिन गला बैठ गया। तेरी याद आई। विलायतीकरण से। अन्दर-ही-अन्दर खिलखिला पड़ी। ओपनिंग अच्छी रही। लन्दन जैसे सोने को तैयार ही नहीं।

प्रीमियर की रात भीड़—बाप रे। पूरा लन्दन उमड़ आया था। तुम, वीरू, गौरा दी होते तो हँसते कि एक प्रोग्राम के लिए डायरैक्टर नया सूट बनवाने दर्जी की दुकान के चक्कर लगाता रहा। मैं अनजान भारतीय महिला रूप से आई थी अब भद्र महिला हो गई हूँ। सच, भूलना चाहूँ तो भी नहीं भूल पाती तुम सब को। टुकटुकी, प्रज्ञा, मिन्नी तो लन्दन को सिर पर उठा लेतीं। तुम ठीक रहना। काम कैसा चल रहा है।

तेरी ऋचा...

वीरू,

आज का दिन तुम्हारे स्मरण के साथ। जानती हूँ तुम अकेलेपन के एहसास से ग्रसित हो और मैं भी। यह दौर तो गुजर जाने वाला है। यह सच है कि इस अकेलेपन ने हम दोनों को बाँध रखा है, जोड़ रखा है और हमें शक्ति भी मिलती रही है। बबूल का पेड़ अकेला खड़ा रहता है, बढ़ता है। आँधी-तूफान में सशक्त खड़ा रहता है। हमारा जीवन भी बबूल का पेड़ है। सशक्त और सच्चा। आओ, हम एक होकर अपने व्यक्तित्व को निस्सीमता में शामिल करें, अपने आदर्शों को ऊँचा उठाएँ—जिससे अपवित्रता का बिन्दु निकलता जाए—प्रभु धारणा के समीप हो। प्रभावशील, सक्रिय और दृढ़संकल्प से पूर्ण। शेष हरि इच्छा। लगता है कुछ ज्यादा ही नैतिक उपदेश हो गया मित्र अत: यह प्रसंग यहीं समाप्त।

तुम्हारी खामोशी मेरे साथ है और उसे बतियाने देती हूँ, मैं सिर्फ सुनती रहती हूँ, मौन रहकर। शब्द मुझे परेशान करते हैं। कभी-कभी शब्द कह उठते हैं मुझे मूर्ख बनाना बन्द करो ऋचा, यह तेरी फितरत में नहीं है। म्लेच्छों के देश में आकर म्लेच्छ मत बन। मैं अभी बर्मिंघम की ओर रवाना होऊँगी। कुछ लैक्चर है, बाल संस्थान केन्द्र की कक्षाएँ हैं। अरे हाँ, लिखा है कालिदास के कुमारसम्भव की पार्वती ने जिस तरह अन्त में तपश्चर्या का आश्रय लेकर शिव को प्राप्त किया है माँ। सच, बाबुम ज्योति स्तम्भ शिव से प्रतीत होते हैं। शारीरिक सौन्दर्य के भीतर भोगेच्छा नहीं। अपूर्व भी बाबुम का नन्हा शिव स्वरूप है माँ। तुम दोनों कितने बड़े तप में शामिल हो। न सही, तुम्हारा उनसे विवाह लेकिन मेरे माँ-बाबुम तुम दोनों ही हो।

वीरू, प्रज्ञा का पाणिग्रहण हम दोनों करेंगे, मिलकर। इसके लिए एक निर्णय की जरूरत है।

तुम्हारी मैं...

वीरू,

तुम तो हमेशा एक ऊँचे स्तम्भ से रहे हो मेरे जीवन में, एक स्थायी स्थान, जहाँ मैं सब दिशाओं की यात्रा करके भी सिर्फ तुम्हारी ही जमीन पर ठाँव लेती हूँ। सुख लेने, सुकून का एहसास महसूसने। कभी भी इसे अपनी जिद से खंड-खंड मत करना। तुम्हारा पिछला खत मेरी साधना, मेरी मुमुक्षा की यात्रा को रोक देता है। प्राणों में छाए उस बेमाप एकान्त में सुनसान सा निर्जन व्यर्थ से रेगिस्तान में शुतुरमुर्ग सा छुप जाता है मेरा हौसला। मुमुक्षा की चाह में चले कदमों की ऐसी नियति तुम्हें मान्य होगी वीरू? वह भी भावावेश की वजह से। मेरे अक्षत आनन्द शक्ति को कमजोर होते हुए तुम नहीं देख सकोगे, यह मैं जानती हूँ, क्योंकि इस शक्ति के जन्मदाता तुम्हीं तो हो। तुम दिव्य सौन्दर्य के द्रष्टा के साथ स्रष्टा भी हो। मेरे जीवन के मेरे कर्मफल के। दिव्य शब्द में आलंकारिक आकर्षण ही नहीं, वरन् एक अर्थ की अगाध गहराई भी इसमें सन्निहित है। क्या हमारे वेदों में आकार के साथ-साथ निराकार में भी सौन्दर्य की सत्ता स्वीकारी नहीं गई? निराकार सौन्दर्य, एक अतिरिक्त सौन्दर्य होने के कारण से क्या अनादि अनन्त नहीं होता? क्या हमने अपने सम्बन्ध की रूपात्मकता इसी आधार पर आधारित नहीं की? 'न चक्षुशः पश्यन्ति कश्च नयनम्'। इसमें भी स्वीकारोक्ति का आभास है।

विश्वास करो मित्र, सही समय पर सही निर्णय जरूर होगा। '...राम रचि राखा' का सत्य जरूर होगा। मुझमें कोई अड़ियल निर्णय नहीं है बन्धु। समय की गुहार के साथ निर्णय लिए गए हैं और आगे भी निर्णय होगा। यह निर्णय न आवेश के साथ होगा, न मजबूरी के तहत।

मेरी बात न समझ आए तो मुझे मूर्ख समझकर मुस्करा दो।

तुम्हारी मैं...

माँ,

आज मैं उदास हूँ या कुंठित हूँ पता नहीं, लेकिन मुझे जो कहना है वह आज कहकर रहूँगी। जीवन के कई सम्बन्धों के इतिहास होते हैं, जो किसी पद या प्रतिष्ठा के मोहताज नहीं होते। तुम्हारा, बाबुम का सम्बन्ध ऐसा ही है, लेकिन एक बात पूछनी है माँ—तुम किस झूठे संस्कार और जिद के हाथों अपने जीवन के इतने बड़े सच को अस्वीकार कर, तुमने अपने और बाबुम के दुःख को बड़ा और अकेला क्यों कर दिया माँ। जानती हो बाबुम तुम्हें कितना मिस करते हैं। कभी उनका दुःख, उनका त्याग देखा है आपने, त्याग की कीमत चुकाने में बाबुम मन से दुर्बल होते

जा रहे हैं। तुम सामने होतीं तो तुम उन्हें शक्ति देती रहतीं। खतों के माध्यम से पलभर को शक्ति मिलती जरूर है माँ, लेकिन फिर वही अकेलापन। तुम्हारी इस बात को सम्पूर्णत: अस्वीकार करती हूँ माँ कि प्रेम जीवन की साँसें नहीं होतीं। मैं आत्मिक प्रेम की बात कर रही हूँ, जो तुम दोनों में है। इनमें जीवन नहीं होता तो क्या यह सम्बन्ध इतने शुद्ध रूप में जिन्दा रहता। बाबुम कहते हैं तुमने मुझे लेकर कुछ सपने सँजोये हैं। उस सपने का क्या करूँ माँ, जिसमें मेरे माँ-बाबू का गठबन्धन न हो। हमेशा याद आता रहेगा कि यदि मैंने जन्म न लिया होता तो तुम दोनों एक होते। सोचो माँ—तुम्हारे निर्णय में कितने लोगों का सुख छिपा है। अपूर्व कहता है हम कोर्ट मैरिज कर लेंगे—नहीं माँ। मेरा विवाह होगा तो तुम दोनों के हाथों से गठबन्धन होगा—पाणिग्रहण होगा—तुम दोनों मिलकर मेरा हथलेवा करोगे, वरना न विवाह, न उत्सव।

बुरा मत मानना माँ—मैंने प्रेम से तुम्हें बात कही है—तुम्हारी बेटी हूँ न, जानती हूँ कि तुम समझ जाओगी—स्वीकारोगी। जानती हो माँ तुम्हें दो-दो कन्यादान करने हैं। अब मुस्करा दो। आय लव यू माँ।

तुम्हारी प्रज्ञा...

इति,

यह मेरा निजी पत्र है तुम्हारे नाम। मैं बर्मिंघम से बाय कर रवाना होने वाली हूँ। यह खत एक पहचान वाले हिन्दुस्तान जा रहे हैं, उनके हस्ते भेज रही हूँ। प्रज्ञा का विवाह आ रहा है। मैं भी आ रही हूँ। वीरू के साथ कन्यादान करने। चौंको मत। वीरू जैसे महान योगी पुरुष का आसमान बहुत बड़ा है इति—मेरी धरती उसके सामने छोटी है। रास्ते तंग थे तब निर्णय नहीं ले पाई हूँ, अब आसमान और धरती का मिलन होने जा रहा है। जाने कितने शब्दों का उपन्यास में प्रयोग किया, लेकिन इति एक शब्द जो वीरू को कहना था—कह नहीं पाई। शायद अभी भी उचित समय नहीं आया। आकर यह उच्चारण करूँगी। तुझे इसकी खबर दे रही हूँ इति कि भारत आकर वीरू को वह जुमला कह दूँगी और प्रज्ञा का पाणिग्रहण करेंगे। एक मंडप में, एक गठबन्धन से बँधे। मन करता है वीरू को कहूँ ओ मेरे अरविन्द योगी—शब्द ठिठुर जाएँ इससे पहले मैं, तुम पिघल जाएँ—उससे पहले भीतर का आकाश बूँद-बूँद टपटपाने लगे तुम उसे अपनी अंजलि में कैद कर लो। घटनाविहीन ही घट जाने दो सब कुछ—अलौकिक यात्रा को वंचित मत करो। हम दोनों, उन दोनों का विवाह देखेंगे और उस सपने को महसूसेंगे जो वीरू ने दिखाए थे। जानती है इति—वीरू से विवाह न करके भी उस एहसास से परे नहीं हूँ मैं। यह सरप्राइज कम्पलीट

है। मैं आ रही हूँ। यहाँ से गाड़ी से लन्दन फिर भारत। तुम्हें विश्वास नहीं हो रहा है न बान्धवी, लेकिन यह सच है—बस एक निवेदन है अभी वीरू को कुछ मत बताना। मैं आकर बताऊँगी—उसके चेहरे के भाव देखूँगी, फिर टुकटुकी की उछल-कूद देखूँगी और प्रज्ञा की गलबहियाँ में होऊँगी।

खत लिखते मुझे कोई शर्म महसूस नहीं हुई। जो भी भावनाएँ रही हों—तुम तक—तुम तक पहुँचाने का बोध सुखकर है।

—ऋचा

✪✪✪